'재일'
이라는
근거

지은이
다케다 세이지竹田青嗣

재일조선인 2세로 1947년에 오사카에서 태어났다. 본명은 강수차(姜修次)이며, 필명인 다케다 세이지는 다자이 오사무의 소설 『竹青』에서 따왔다. 와세다대학 정치경제학부를 졸업했고 메이지학원대학 국제학부 교수를 거쳐 현재 와세다대학에서 교수로 재직하고 있다. 재일조선인 작가론으로 문예평론을 시작하여 사상과 철학 전반에 관한 글을 발표했고, 현재는 실존론적 인간에 대한 철학 연구에 전념하고 있다. 저서로는 『〈在日〉という根拠』(1983), 『エロスの現象学』(1996), 『人間の未来―ヘーゲル哲学と現代資本主義』(2009) 등이 있으며, 『언어적 사고의 수수께끼』(2005), 『처음 시작하는 철학공부』(2014) 등이 국내에 번역 소개되었다.

옮긴이
재일조선인문화연구회

재일조선인의 문학과 문화를 연구하는 모임. 2009년에 '11월모임'으로 출발하여 2011년에 공저 『재일코리안 문학과 조국』을 펴냈다.

사쿠라이 노부히데櫻井信葉 남서울대학교 일본어과 조교수
윤송아尹頌雅 경희대학교 후마니타스칼리지 강사
이승진李承鎭 동국대학교 일본학연구소 연구원
이한정李漢正 상명대학교 일본어문학과 조교수
정재훈鄭載勳 경희대학교 후마니타스칼리지 강사
조수일趙秀一 도쿄대학대학원 총합문화연구과 박사과정 재학

'재일'이라는 근거

초판인쇄 2016년 3월 21일 **초판발행** 2016년 3월 31일
지은이 다케다 세이지 **옮긴이** 재일조선인문화연구회
펴낸이 박성모 **펴낸곳** 소명출판 **출판등록** 제13-522호
주소 서울시 서초구 서초중앙로6길 15, 1층
전화 02-585-7840 **팩스** 02-585-7848 **전자우편** somyungbooks@daum.net **홈페이지** www.somyong.co.kr

값 19,000원 ⓒ 소명출판, 2016

ISBN 979-11-5905-023-7 93830

동국대학교 일본학연구소 번역총서

다케다 세이지 지음
재일조선인문화연구회 옮김

'재일'
이라는
근거

'ZAINICHI' AS FOUNDATION

『'재일'이라는 근거』는 내가 처음 쓴 책이다. 벌써 30년이나 전의 일이다. 지금 다시 읽어 보니 그 무렵에 내가 맞닥뜨렸고, 또한 그 시대 속에서 열광했던 문제의 형태가 상당히 다른 모습으로 드러나 있었다.

이 책에서 나는 이회성과 김학영이라는 거의 같은 세대의 재일작가를 다루었다. 두 사람은 당시 재일청년들이 부딪히고 고뇌한 아이덴티티 문제의 전형적인 두 타입의 길을 상징하고 있었다. 거창하게 말하자면 여기에서 중심 테마는 '민족인가 동화인가'라는 아이덴티티 문제였다. 그리고 또한 그 배후에는 일본 전후문학이 계속 안고 있던 '정치와 문학'이라는 문제가 있었다.

이 책을 씀으로써 나는 뭔가 내가 가야 할 길의 방향을 발견했으나 그 후 잠시 동안 문예 비평을 계속한 후 도중에 철학으로 방향 전환을 했다. 그 이유가 내 안에서는 분명했다.

내가 두 재일작가 속에서 본 것은 큰 틀에서 다음과 같은 문제이다. 근대 사회에서는 수많은 청년들이 전통적 윤리로부터 이탈하여 자유로운 사고의 힘에 의해 자기 삶에 대한 로망과 이상을 추구한다. 그리고 상징적으로 말하자면 거기에 다음 두 가지의 커다란 길이 있다. '정치'의 길과 '문학'의 길이다(지금은 한층 다양화되어 있으나).

많은 젊은이들은 '정치'(= 사회정의)의 진실과 '문학'의 진실을 추구함으로써 자기의 내적 모럴 기준을 형성해 간다. 그러나 거기에는 반드시 "복수(複數)의 진실"이 존재한다. 그리고 그것은 정치의 올바름과 문학의 올바름에 대한 예리한 '신념 대립'으로서 나타나고 어느 경우에는 매우 격렬하며 냉혹한 항쟁을 낳는 일조차 있다.

수많은 젊은이들이 청년시절에 사회와 인간의 진실과 이상을 강하게 추구하는 것은 근대사회에서 볼 수 있는 고유한 현상이다. 그러나 이러한 로망과 이상에 대한 '신념 대립'은 곧잘 서로의 존재를 부정하듯이 격한 투쟁으로까지 돌진한다. 이러한 '신념 대립'을 어떻게 극복할 것인가라는 물음은 내겐 해결할 수 없는 하나의 난관이었고, 이를 계속 안고 살아온 나에게 철학은 이 문제를 푸는 열쇠를 제공했다. 이렇게 말하는 것도 그야말로 모든 이상의 '신념 대립'이라는 문제가 바로 근대철학의 감추어신 중심 문제이기 때문이다.

유럽의 근대는 애초부터 가톨릭과 프로테스탄트의 심각한 신념 대립에 의해 촉발되었다. 이후 종교적 신앙과 이신(理神)론·계몽주의의 대립, 나아가 종교와 철학, 국가와 종교, 정치의 모든 이데올로기, 마지막으로 '정치와 문학'과 같은 대립이 계속해서 나타났다. 이들 각각의 처지에서 사람들은 그 진실을 둘러싸고 격한 대립을 거듭했다. 요컨대 내가 처음 부딪힌 재일 아이덴티티의 대립이라는 문제가 근대사회의 모든 장면에서 연출된 청년의 로망과 이상에 관여하는 본질적인 문제의 한 부분이었다는 것을 이해할 수 있었다.

이 책을 출판한 지 30여 년 정도 지난 지금, 나는 어떤 장소에 서 있는가에 대해서 솔직한 감상을 쓰고 싶다.

위의 문제는 지금에 와서는 절실함을 잃은 것처럼 보일지도 모른다. 그러나 이상과 로망의 신념 대립이라는 문제는 사회의 정치적 갈등이 냉혹할 때 첨예한 형태로 나타나지만 그것이 완화되면 배후로 후퇴해서 다소 애매한 형태를 띠는 만큼, 그 기본형은 지금도 다르지 않다. 현재 이 문제는 사회적 이상의 상실과 내적 모럴의 근거에 대한 애매함의 의식으로서, 즉 젊은이들의 자유와 이상의 희박함에 대한 애매한 위기 의식이라는 형태로 나타나고 있는 것처럼 생각할 수 있다(아마 무라카미 하루키 문학이 그것을 상징하고 있을 것이다).

1980년대에 일본에 포스트모던 사상이 들어왔다. 그것은 처음에는 마르크스주의의 독단적 태도에 대항하는 새로운 사상으로서 등장했다. 마르크스주의는 정치와 문학의 신념 대립을 첨예화하는 커다란 원인을 제공했기 때문에 포스트모던 사상은 내게 이 문제를 해결할 수 있는 희망의 사상처럼 비쳤다. 그러나 그것은 착각이었다. 나의 입장에서 말하자면 포스트모던 사상은 유감스럽게도 이 대립의 문제를 해결할 원리를 가지지 못했고 오히려 그것을 재연하는 것이었다.

나는 오히려 근대철학의 사고(특히 헤겔, 니체, 후설 등) 속에서 이 문제를 본질적으로 풀 수 있는 가능성을 보았다. 그것에 대해 깊이 생각해 볼 수 있는 한 예를 들어보겠다.

헤겔의 『정신현상학』에 "비평하는 양심과 행동하는 양심의 대립"이라는 독특한 개념이 있다. '행동하는 양심'은 자기의 개별성을 축으로 해서 그것을 보편성으로 이끌어내려는 근대의 윤리 정신이다. 이것에 대해서 '비평하는 양심'은 오히려 보편성을 발판으로 해서 자기의 개별성을 실현하려고 한다. 그리고 양자는 그 자질 차이에 의해 대립하고 서로 자기 쪽에 사안의 본질이 있다고 주장하고 상대를 서로 비판하여, 그 대립을 극복하는 원리를 발견하지 못한다.

행동하는 양심과 비평하는 양심의 대립은 정치와 문학의 대립에 딱 겹쳐지지는 않는다. 하지만 여기에서 헤겔이 보여주고 있는 양심의 대립 구조는 근대정신의 로망과 이상이 대립하는 본질을 매우 적절하게 암시해 준다.

'정치'의 길은 자기 삶의 방식을 사회적인 정의와 일치시키려는 길이다. 이에 대해 '문학'의 길은 자기의 로망과 진실에 따라 내적인 자유 의식을 실존의 가장 중요한 핵으로 간주한다. '정치'적 인간은 '문학'이 자기의 내적 자유에 갇혀 있는 것을 비난하고 그 정치적 반동성(反動性)을 규탄한다. '문학'적 인간은 정치의 신념을 검증받지 않은 이데올로기로 간주하고 이에 항변한다. 예술은 인간의 내적 자유 정신의 표현이므로 상위의 어떤 관념에도 규정받거나 구속받지 않는다라고 생각한다.

헤겔이 시사한 바에 따라 말하면 다음과 같다. 근대정신은 윤리의 근거를 더 이상 종교적 절대성에 두지 않는다. 그로 인해 이 정신은 반드시 자기 존재의 개별성과 사회적 보편성이라는 두 계기의 분열 구조를 경험한다. 인간의 자질이 어느 쪽의 계기에 더 힘을 싣는가에 따라 이상의 신념 형식이 결정되며, 진리는 하나라는 암묵적 확신이 그것을 유화(宥和)할 수 없는 격한 대립에까지 이르게 한다. 그러나 문제는 이 대립이 정말로 극복 불가능한 것인가 아닌가를 철저하게 음미하는 것이다. 어느 쪽이 옳은가라는 진리주의적 사고 또는 모든 신념은 상대적일 수밖에 없다라는 사고는 잘못된 것일 뿐만 아니라 해로운 것이다.

일본의 '정치와 문학'의 문제에 대하여 내 나름대로 상당히 깊게 말했는데 나는 헤겔의 이 사상과 만났을 때 철학의 원리적인 사고라는 것의 힘에 전율한 기억이 있다.

나의 오래된 책에 대해서 솔직한 감상을 쓰려는 마음에 매우 복잡한 이야기가 되어 버린 느낌이 드나 이것으로 서문을 대신하고 싶다. 한국에서는 지금 문학과 예술에 대해서 어느 정도 논의가 이루어지고 있는지 나는 잘 알지 못한다. 그러나 정치와 예술의 이상에 대한 문제는 근대사회에서 반드시 청년들의 내적 모럴을 형성하기 위한 가장 커다란 입구가 되며 갖가지 문제가 분출하는 원천이 된다. 내가 경험한 문학과 철학의 문제도 이와 무관하지 않기에 내 글에서 뭔가 암시를 받는 독자도 있을 것이라고 생각한다.

2014년 3월 25일

다케다 세이지

역자 서문

이 책은 1983년에 간행된 다케다 세이지의 최초의 평론집 『〈在日〉と
いう根拠』를 번역한 것이다. 번역 저본으로는 1995년에 치쿠마학예문
고에서 출간된 증보판을 사용했다. 1983년의 초판을 가필 수정하여 새
로 2부와 3부의 글을 추가 수록한 것이 증보판이다. 이렇게 보자면 이
책은 꽤 오래 전의 것이다. 지금 이 시점에서 한국어로 이 책을 읽는 것
은 과연 어떤 의미가 있을까. 한마디로 말하면, '나'란 누구인가를 알고
자 하는 사람이라면 누구나가 이 책을 통해 자기 본질의 근원을, 자신
을 둘러싼 세계와의 관계 속에서 다시 생각해 보는 기회를 갖게 될 것
이다. 이 책의 타이틀에 강조점으로 부각된 '재일'(오늘날 한국 사회에서는
이를 '자이니치'라고도 함)은 결코 특수한 존재자가 아니다. 재일은 멀리
있지 않고, 한국과 일본의 경계 지점에 있다. 그렇다고 한국과 일본의
외부에 존재하는 것은 아니다. 근대일본이 형성되면서 발생한 재일의
문제는 단지 '재일'의 범주에만 국한되지 않고 국가와 민족, 혹은 집 /
가족이라는 공동체와 불가분의 관계를 맺으며 살아가는 인간의 보편
적 문제라고 이 책은 말한다.

다케다 세이지는 '자신과 세계가 관계를 맺는 방식'에 있어서 이항대

립적인 범형(範形)들의 출현과 그것이 투쟁과 통합(혹은 지양)의 과정을 거쳐 결국 근대사회('시민사회')라는 신화적 영역, 상상의 시스템에 갇히게 되는 지점을 집요하게 파고들어간다. 즉 문학과 정치, 민족과 동화, 남과 북 등 끊임없이 이분법적 구도를 상정하고 어느 한쪽으로의 귀결을 종용하는 재일조선인사회 내부, 혹은 일본사회 안의 보편적 물음 방식에 문제를 제기하는 것이다. 하지만 저자는 "'민족'이란 무엇인가라는 문제가 포함한 '세계'에 대한 욕망을 이항 대립의 한계에서 해방시키려 했던 것이지, 결코 그 물음 자체를 부인하려 한 것은 아니다"라는 언술에서처럼 어떤 '진리'의 가능성 자체를 부정한다기보다 그 진리가 신화적 범형으로 귀결, 재생산되는 과정을 비판적으로 해부하고자 한다. 당대 일본사회의 인식지평과 문화현상 안에서 재일조선인 청년들(2세대)의 고뇌와 현실 감각을 재일조선인 문학을 통해 점검하고자 한 이 책의 노력은 재일조선인 사회의 다양한 사유의 맥락들을 보여준다는 점에서 주목할 만하다.

이 책은 크게 3부로 구성되어 있다. 1부는 이회성, 김석범, 김학영 등 대표적인 재일조선인 작가들의 작품을 중심으로, 그들이 놓인 '재일'의 근거들을 면밀히 고찰하고 있다. 먼저 「이회성」에서는, 재일 2세대가 민중, 민족내셔널리즘에 근거한 재일 1세대의 '집'과 대립하는 근대적 규범의식으로서 '전후민주주의'를 호출하고 그와 결합하는 방식, 그리고 이러한 자아발견과 주체형성의 과정이 '청춘소설' 3부작을 통해 '일본인 → 반조선인 → 조선인'이라는 이념적 노정 위에서 재일의 '위기'를 해소해 나가는 관념극(劇)으로 연결되는 양상, 마지막으로 작가가 한국 방문 이후 '통일조국'이라는 새로운 이념을 성숙시켜내기 위해 문학적 고투를 감행하는 과정을 분석한다. 저자는 이러한 이회성의 이념적 성숙과 변용이 '재일'의 실재성 결락을 메우기 위한 일종의 관념적 구도화임을 비판적으로 고찰하고 있다.

다음으로 「김석범」에서는, 일본에서 태어났지만 제주도를 자신의 근원적 고향으로 삼고 '민족주의자'로 각성했던 김석범이 해방 이후 조국귀환의 꿈이 무산되고 '재일'이라는 불투명한 세계 속에 갇힘으로써 '제주도'를 자신의 이데아적 존재로 삼고 투쟁할 수밖에 없었던 연유와, 「까마귀의 죽음」을 비롯한 제주도 연작에 등장하는 근원적 민중이라는 '문학적 물음'에 대한 '의도적' 근거를 분석한다. 즉 '민족주의자' 본래의 삶으로부터 멀어진 '재일'의 현실은 그에게 결핍과 모호함, 일탈을 표상하며, 따라서 자신의 삶의 거점인 '제주도' 안에서 강고한 삶의 의미를 추구하고 그러한 조명 아래 '재일'의 의미를 선명하게 하는 것, 그럼으로써 작가 자신의 존재적 삶의 의미를 밝히는 것이 김석범 문학이 가지는 '상상적 태도'의 방향성이라는 것이다.

다케다 세이지에게 글쓰기의 포문을 열어준 작가라 할 수 있는 「김학영」에서는, 김학영의 '말더듬이'라는 개인적 불우의식이 재일조선인이라는 집단적 불우의식과 겹칠 때, 그것이 어떤 하나의 보편적 범형의 추구로 해소될 수 없는 결락의 지점을 내포하며, '민족주의'라는 재일 세대의 규범적 표상과 맞서 재일청년의 공통된 감정세계의 구조 안에 편입되지 못하는 작가 개인의 소외감과 불우성을 증폭시키는 기제로 작용함을 밝히고 있다. 작가의 '세계'에 대한 위화감은 '진리-민족주의'를 둘러싼 특권적인 언설의 세계에 대한 위화감과 중첩되어 있으며, 이는 김학영이 천착하는 내면의 원리와는 화해하기 어려운 지점에 놓인다. 따라서 "'민족주의'란 김학영의 '불우성'을 해방시키기는커녕 오히려 그 불가피성을 선고하는 또 하나의 '세계'의 대표자"로 나타나며 작가의 세계에서 이는 '아버지'라는 구체적 대상을 통해 증폭, 굴절된다.

1부의 마지막 장인 「문제로서의 내면」에서는 일본 근대작가들의 작품을 중심으로 이항대립적인 근대 가치의 기원과 새로운 삶의 범형 안에서 발견되는 인간 '내면'의 원리를 고찰하고 있다.

2부는 1부의 본격 작가, 작품론과 견주어 비교적 가벼운 에세이 형태로 재일조선인의 문제를 다루고 있으며, 재일 2세대로서의 필자의 감각과 시선이 자유롭게 피력되어 있다. 김학영의 죽음을 애도하며 그의 삶과 작품을 관통해온 고통의 유래와 '돌이킬 수 없는' 불우성에 대해 고찰하는 글, 강신자의 『아주 보통의 재일한국인』에서 감지되는 재일의 새로운 감수성을 통해 재일의 '민족'이념 및 공동성을 향한 갈망에 내재한 이율배반적인 성격을 간파하고 그것을 뛰어넘기 위한 새로운 시선의 가능성을 종용하는 글, 재일조선인의 본명과 통명에 얽힌 개인적 경험을 풀어낸 글 등이 실려 있다. 3부는 이회성, 사기사와 메구무, 강신자, 김석범, 이양지, 이기승 등 당대 재일조선인 작가들의 최근 작품들에 대한 간략한 서평을 싣고 있다. 현장성 있는 작품 소개와 짧은 단상들 안에 저자 특유의 재일조선인 사회를 바라보는 날카롭고 색다른 관점들이 투영되어 있다.

어떤 인간이든 자기가 왜 '인간'으로 태어났는지를 묻는 바보는 없을 것이다. 재일조선인은 자신이 왜 재일조선인으로 태어났는지 묻지 않으면 바보가 된다. 재일조선인이 더 바보가 되는 상황은 나는 '조선인'

인가 '일본인'인가, 나의 조국은 '한국'인가 '북한'인가 '일본'인가, 나의 민족은? 등등의 질문 앞에 자신을 내던질 때일 것이다. 다케다 세이지 역시 청년 시절 이 물음 앞에서 단식했다. '말더듬이'로 내어난 심학영은 '말더듬이'의 불우 의식을 재일의 '불우성'으로 포착한 문학 작품을 발표했고, 다케다 세이지는 그 작품 앞에서 재일조선인으로 태어난 자기의 바보스러움을 떨칠 수 있었다. 이후 재일조선인임을 사상의 출발점으로 삼아 국가나 민족 등 공동체 귀속의 원리를 넘어서는 철학사상을 탐구했다. 그 궤적이 이 책에 담겨있다. 그래서 인간의 불우의식을 이 책은 가장 세련된 형식으로 승화시키고 있다고도 말할 수 있다.

현재 재일조선인 문학에 관한 연구가 '디아스포라문학'으로까지 진전되고 있는 상황에서 몇십 년 전에 간행된 이 책이 국내의 문학연구에 어떤 시사점을 줄 수 있을지 가늠하는 건 쉽지 않다. 이 책에서 다루는 주요 작가 이회성, 김석범, 김학영이 먼 곳에 있는 '재일작가'가 아니라는 사실만이라도 국내의 독자에게 전해질 수 있기를 바랄 뿐이나.

끝으로 이 책의 출판을 지원해 주신 동국대학교 일본학연구소 김환기 소장님께 감사드린다.

2015년 8월
역자 일동

목차

1부

'재일'이라는 근거

이회성, 김석범, 김학영

이회성 李恢成

1. 재일의 '집'

이회성의 초기 작품들은 매우 강한 자전적 성격을 띠고 있으며, 자신의 소년기에서 청년기에 이르기까지의 기억을 한 치의 빈틈도 없이 드러내고자 하는 작가의 강한 정열을 드러내고 있다. 예를 들어 「증인이 없는 광경」(1970)은 전시하의 소년기를 다루고 있으며, 「다듬이질하는 여인」(1971)과 「인면의 대암」(1972)은 부모의 기억과 관련된 소년기를, 또한 「가야코를 위하여」(1970)와 「청구의 집」(1971)은 청년기를 주로 다루고 있다. 독자는 이들 작품을 읽으면서 작가와 매우 닮은 어느 '재일' 2세 이방인이 일본이라는 사회에서 겪어야 했던 일체의 곤란을 그와 함께 추체험追體驗하는 듯한 느낌에 사로잡힌다. 물론 작가 자신도 틀림없이 그것을 소설의 기법으로서 자각하고 있었다. 이회성(혹은 그 주인공)의 입장에서 역사나 과거라는 것은 언제나 현재 직면하고 있는 삶의 짐으로 존재한다. 역으로 말하자면, 현재라는 시간은 과거의 간절한 기억들에 의해 비로소 짜인 천과 같은 상태로 존재한다. 그리고 그에게 과거란 늘 부負의 가치이며 어둠이자 그림자이다. 그는 그것을 '재일' 2세대가 짊어진 보편적인 짐으로 그리지만, 또 동시에 그것을 현재의 삶을 올바른 가치로 이끌어 갈 긍정적인 회전축으로 설정한다. 그러한 의미에서 이회성은 본질적으로 시라카바파白樺派[1]적인 자질을 지니고 있다고 봐도 좋을 것이다.

"아아, 아아……."

하고 철오哲午는 제대로 소리도 안 나오는 신음소리를 내고 있었다. 이 맹렬한 망집妄執은 어디에서 오는 걸까. 일족의 이산, 아득히 먼 조국, 무너져 가는 조 씨 집안. 그걸 느꼈기에 아버지는, 그 총안銃眼 속의 아버지는,

"아이고. 이 원한은 언제 풀는지!"

하고 아들에게 호소했던 건 아닐까.

—「또 다시의 길」

한 가족의 이산, 아득히 먼 조국, 무너져 가는 조 씨 집안과 같은 기억은 모조리 어두운 색조로 채색된 것이지만, 그것이 "맹렬한 망집"으

---

1 1910년 4월에 창간되어 1923년 8월에 종간된 잡지 '시라카바'의 동인으로 참가한 이들을 가리킨다. 이들은 반자연주의적인 성향 아래 개성의 신장, 이상적인 삶, 인도주의, 박애정신 등을 표방한 문학 그룹이다. (이하 각주는 모두 역자의 것이다.)

로 작가의 내부에 되살아날 때, 그는 현재의 삶을 이 땅 위에 견고하게 묶인 것으로서 다시 소유한다. 이처럼 '재일'의 삶이라는 아픈 기억의 폭주 속에서 현재의 의미를 규정할 희망을 이끌어내고, 그것을 작가와 '재일' 2, 3세대 사이의 관계를 연결시키는 하나의 줄로서 보여주는 데에서 이회성의 문학적 욕망의 중심점을 찾을 수 있다.

이러한 모티프가 과거의 기억을 송두리째 뒤집는 것과 같은 작가의 작업을 이끌어냈을 것이다. 자기의 체험을 마치 '재일' 2, 3세대 누구나가 겪는 공유체험인 것처럼 다시 한 번 밟아간다는 것에 작가의 숨겨진 의도가 있었을 것이다. 그렇다면 우리도 그의 발자국을 함께 되밟아 봐도 좋을 것이다.

이회성이 반복해서 그리는 소년기에서 가장 강조점을 두는 것은 아버지에 대한 기억이다. 예를 들어 「다듬이질 하는 여인」에서 작가는 거의 유일하게 아름답고 긍정적인 기억으로 어머니(생모)의 모습을 그리고 있는데, 거기에서 드러나는 아버지의 모습은 매우 상징적이다.

우리는 아버지한테 여자가 약한 동물이라는 것을 배웠다. 어머니에 대한 아버지의 난폭함은 우리를 그렇게 믿게 하는 나날의 교실이었던 것이다. 물론, 우리는 어머니의 지지자였다. 난폭한 아버지를 미워하고, 마침내 우리의 힘으로 아버지를 타도하는 공상으로 우리의 머리는 흥분상태가 되어 버렸다.

우리는 비명을 질렀다. 아버지가 다다미를 발로 찼기 때문이다. (…중략…) 다음 날, 우리는 주저주저하며 어머니의 모습을 가만히 바라보고 있었다. 아버지는 징용 일로 외출해서 방안에는 어머니와 우리만 남아 있었다. 큰 마스크를 쓴 어머니의 창백해진 얼굴에서 푹 패인 눈만이 묘하게 빛나고 있었다. 어세 다툼 끝에 아내의 입술을 난폭한 남편이 찢은 것이나. (…중략…) 갑자기 어머니는 정리해 두었던 기모노를 꺼내 갈기갈기 찢어버리고, 벽장의 고리짝에서 빛이 바랜 저고리와 치마를 꺼내 갈아입었다. 어디에 가는 걸까. 마치 미친 듯한 어머니의 동작은 우리의 마음을 완전히 부수고 있었다.

—「다듬이질 하는 여인」

마치 재일 2세대의 첫 불행은 여기에서 비롯된다고 말하는 것처럼 작품에는 아름다운 어머니상을 짓밟는 난폭한 아버지의 모습이 묘사되어 있다. 이런 난폭한 아버지의 기억은 빈곤, 차별, 굴욕감 등과 마찬가지로 대부분의 2세대들이 뿌리 깊게 공유하고 있는 심상풍경이었다. 누구나가 이러한 고통스러운 기억을 갖고 있고, 이 기억은 과거라는 바닥에 조용히 가라앉아 있는 것이다. 사람들은 그저 그것을 여러 방법으로 상기하고, 그 방법이 다시 2세대의 다양한 현재를 떠받치고 있다고 할 수 있다. 예를 들어 김학영金鶴泳 같은 작가에게 아버지의 폭력이란 자기의 '내면'과 근원적으로 대립하는 부조리한 '외부세계'의 상징으로서 기억의 저변에서 떠오른다. 이회성의 경우는 다르다. 그의 아버지상像은 이를테면 착종錯綜된 애증을 하나하나 풀어 손바닥 위에 올려놓고 보는 느낌이 있다. 이는 김학영의 착종 상태와 같이 봉쇄된 날카로운 시선이 아니라, 유화宥和적 정감으로 녹여낸 부드러운 시선으로 마치 아버지상을 감싸듯 그려진다.

작가는 「인면의 대암」에서, 학교에서 유도 연습에 빠져 있는 아들을 데리러 가랑비 속을 헤치고 온 아버지의 모습을 그리고 있다. 아들은 처음 있는 일이기에 무슨 일이 생겼나 하고 움찔하지만, 아버지는 "여느 보통의 아버지의 표정으로" 우산을 주인공에게 건네고는 빗속을 되돌아간다. 이러한 묘사에는 기억을 응시하는 작가의 유연한 시선이 느껴진다. 작가는 이러한 기억에서 끊임없이 현재의 삶에 의미를 부여하는 무언가를 이끌어내려 한다.

최근이 되어서야 나는 아버지를 생각하는 일이 많아졌다. 소년 시절에는 그렇게나 두렵던 아버지의 느낌이 지금은 세월이 현명하게 퇴색시켜 주고 있다. 오랫동안 나는 아버지의 배후에 있는 섬뜩한 갱도가 무엇인지 잘 이해할 수 없었다. 그 어둠은 아버지의 난폭함을 키우는 짐승의 길로 통하는 것처럼 비쳤다. (…중략…)

요즈음 들어 그 갱도에 빛이 어렴풋이 비춰지기 시작한 것 같다. 어쩌면 자신이 조선인으로서 아버지의 말을 이해하려고 한 탓인가 하고 생각해 본다. 만약에 그렇다고 한다면, 난 멍청하게도 아버지를 너무 얕봐 왔던 거다.
— 「인면의 대암」

소년 시절에는 행복과 온화함으로 가득해야 할 가정을 망친 장본인이었던 아버지가 이윽고 작가의 '조선인'으로서의 아이덴티티를 확증하는 데 불가피한 인물로 부(父)의 기억에서 떠오른다. 아버지의 난폭함은 작가의 현재 의식으로 조명해야만 그 의미를 분명히 알 수 있는 비밀의 갱도로서 나타나고, 이 비밀에 대한 해명이 작가의 '조선인'으로서의 동일성을 확증해 준다. 이로써 상처 입은 기억의 세계는 오히려 그가 현재 존재하는 이유를 증명하는 것이 된다.

이회성 초기작품의 방법적 본질은 항상 이와 같은 기억과 그에 내한 의미 부여와 관련된다. 그가 소년시절의 기억에서 끄집어낸 것은 이해할 수 없는 난폭한 아버지, 괴로운 생활, 혼란, 어머니의 비애, 차별과 굴욕이라는 2세대 특유의 공유체험이지만, 이러한 고통스러운 기억 모두는 작가의 삶의 의지를 만들어내는 방식으로 상기된다.

'조선인'이라는 아이덴티티가 작가 안에서 키워진 '사회'적 관계 규정의 원리라고 한다면, 이회성이 소년 시절로부터 끄집어 낸 기억들은 대체로 그에게 있어 '집'의 풍경이라는 의미를 다른 각도에서 비추고 있다. 그리고 처음에 언급한 바와 같이 작가는 그것을 재일 2세대가 바라보는 '집'의 의미라는 문제로 제기한다. 예를 들어 그는 김석범金石範, 오에 겐자부로大江健三郎와의 좌담회에서 다음과 같이 말한다.

우리는 집이라는 문제를 매우 다루고 싶었던 것입니다. 2세대의 입장에서 말하자면, 재일조선인으로서 자기를 발견하기 위해 집이라는 문제는 좋든 싫든 간에 누구나가 경험하는 것이라고 생각합니다. (…중략…) **재일조선인에게 집은 전적으로 자아 발견이라는 문제와 긴밀하게 얽혀 있었던 것으로** 전후 20년이 지난 지금 2세대들 안에서 필연적으로 발생하는 것이 아닌가라고 생각합니다. (강조—인용자)

'집'이 "자아 발견"이라는 문제의 범형範形[2] 안에서 떠오를 때, 보통 그것은 근대적 자아와 봉건적 생활환경 사이의 알력이라는 관계에서 나타난다. 일본의 근대문학에서 그것은 인간의 '사회'적 원리와 '집'의 원리의 갈등이라는 구조를 보이며 반복적으로 그려져 왔다. 근대 일본에서 사상이나 이념이 끊임없이 외래품으로 수입되었고, 그것을 받아들일 수 있는 사회적 기반이 결여된 채로 청년의 현실 속에 녹아들 수밖에 없었다는 사정으로 인해 이 문제는 한층 과격하고 예민한 형태를 취할 수밖에 없었다.

이 갈등이 의미하는 것은 언제라도, 개인의 근대적인 '사회' 원리 속에서 부상하는 이상(이념)과 그 이상을 계속 살릴 수 없는 초라한 현실 간의 커다란 낙차이다. 근대문학은 이러한 괴리 의식을 근대적인 인간의 고뇌로 그려내는 것에서 출발했고(= 시마자키 도손島崎藤村, 나가이 가후永井荷風), 이윽고 이 고뇌를 근대인 특유의 '고독'이라는 장소에 몰아넣으면서, 가령 나쓰메 소세키夏目漱石와 같이 역설적으로 근대사회의 모순을 묻는 방법에 이르렀다. 그것이 이념과 현실의 조화라는 문제로 향하게 된 것은 시라카바파에서였을 것이다.

단 시가 나오야志賀直哉 등을 보면 사정이 그리 단순하지 않다. 이 작가의 경우 '자아의 이상' 추구에 있어 반대편에 위치했던 '집'이 갑자기 불투명한 실재의 감촉으로 나타나고, 부정해야만 하는 초라한 현실이라는 자명한 의미를 잃는다. 쾌, 불쾌라는 작가의 독특한 감수성이 '아버지'라는 형상을 통해 가까스로 기묘한 실재로서 나타난 집의 감촉을 전하고 있는 것처럼 보인다. 시가 나오야에게 '집'의 형상은 청년 시절의 리얼리티를 통과한 후 생활의식 속에서 말하자면 하나의 사건처럼

---

2 범형은 저자의 조어로서 뒤의 작가 후기에서 설명되고 있다.

나타난다. 『한눈팔기』에서 소세키도 전혀 다른 과정을 통해서 이 불투명한 '집'의 형상과 마주하게 된다. 김학영의 '아버지'상은 이러한 '집'의 형상에 오히려 가깝다고 할 수 있다.

그러나 이회성에게 '집'은 '자아 발견'이라는 전형적인 근대문학의 주제 속에서 떠오르는 '집'을 의미한다. 또한 이를 통해 비로소 그는 자신의 '집'에 대한 기억을 2세대적인 문제와 연결시킬 수 있었다. 물론 그러한 의미에서 '집'은 우선 당장은 부정해야만 하는 현상으로 나타나지만 이후 '재일'의 '집'은 일본의 '집'과는 다른 고유의 문제를 드러낸다.

> 돼지 같은 생활이다! 난 몸서리치며 마음속으로 외쳤다. 돼지는 먹이가 적으면 불만을 드러낸다. 먹이를 안 주면, 쇳소리 나는 비명을 지른다. 그런 아버지는 불만을 드러내고 호통치고 있는 게 아닌가. 게다가 가족들은 돼지 이하다. 불만을 발산할 데가 없고, 그대로 묵묵히 사는 것 외에는 도리가 없다. (…중략…)
>
> 고매한 이상이라든지 위대한 인물을 동경하는 건, 생활환경이 일부러 그렇게 만든 것일지도 모른다.
>
> ―「인면의 대암」

> 호통치는 아버지, 쥐죽은 듯이 수수방관하는 의붓어머니. 철오는 이런 부모한테서 벗어나고 싶다는 생각을 하지 않고선 견딜 수가 없었다.
>
> ―「또 다시의 길」

그러나 역시 말할 수 있는 건 아버지의 고리타분함이었다. 머리에 삿갓을 쓰고 있을 때가 있는 것이었다. 난 느닷없이 그 고리타분함에서 도망치려 하고 있었다고 생각한다.

—「가야코를 위하여」

재일 1세대의 자식들에게 '집'은 우선 고리타분하고 난폭한 아버지 상과 중첩되어 나타난다. 그러나 재일의 2세대들에게 '집'이 고유의 문제를 내포하는 것은 그것이 주변 일본인들의 '집'의 형상과의 낙차 속에서 의식 안에 들어오기 때문이다. 그렇게 해서 '집'은 2세대에게 불우성의 중심점으로 나타날 수밖에 없다. 1세대에게 '조선인'의 집이 어째서 대개 '돼지의 생활'과 같은 장소가 될 수밖에 없었는가는 처음부터 자명한 것이다. 그들에게 그것은 역사 속에서 강요된 것이고, 바꿀 수 없는 생활상의 여건에 지나지 않았다. 그러나 자식들은 그것을 알 수 없다. 그들은 불우함의 한가운데 서 있고, 왜 자신은 저 '집'(일본인의 집)에 속하지 못하고, 이 '집'(조선인의 집)에 속하는가 하는 물음을 끊임없이 제기한다. 그렇지만 이 물음이야말로 아버지가 볼 때는 악마가 자식에게 불어 넣는 사악한 물음과 다르지 않다. 예를 들어 청빈하게 살아야 한다고 생각하는 아버지가 이웃집의 사치스러운 생활을 보고 그것을 동경하는 자식을 가졌을 때, 그는 자기 집에 불쾌한 균열이 생겼다라고 느끼지 않을까? 아버지에게 자식은 늘 생활의식의 일부라고 여겨지기 때문이다.

그러나 자식들이 아버지를 생활의식의 일부로 여기는 일은 거의 있을 수 없다. 왜냐하면 자식들이 근대적인 삶의 범형을 살아가는 한, 반드시 그들은 우선 그가 살아가는 '사회'(예를 들어 "고매한 이상이라든지 위대한 인물"이라는 형태로)속에서 최초의 꿈을 꾸기 시작하기 때문이다.

> 자기중심으로 사물을 생각하는 그(주—아비지)는 누구보다도 인생을 오
> 래 살고 있는 자신의 의견을 왜 아들들이 더 귀기울여 듣지 않는지 불만스
> 럽게 생각하고 있는 것 같다. 부모는 아이에게 나쁜 짓을 할 리가 없는데,
> 아이는 그 마음을 모르고 반항한다는 거다. 그 논리는 이를테면 수신제가
> 치국평천하였다.
>
> ― 「인면의 대암」

우선 자신을 수양하고 집안을 다스리는 데에 인간의 삶의 요체가 있
다는 사고방식은, 교육을 통해서 유능한 사회인이 되는 것이 훌륭한
인간의 조건이라는 근대적 규범의식과는 정확히 정반대이다. 말할 것
도 없이 침략-통치-전쟁이라는 역사의 소용돌이에 휘말려, 어쩔 수 없
이 일본사회에서 살아가야만 하는 1세대에게는 수신제가-치국평천하
라는 순서가 더할 나위 없는 중요한 의미를 지닌다. 왜냐하면 그들에
게 삶의 의미의 중심점은 자신도 역시 선조로부터 계승된 부-자-손이
라는 '집'의 계보를 완전히 잇고 있다는 의식에 있기 때문이다. 1세의
모국에서 오래도록 지속되었던 전통적인 '인간'관이었기 때문만이 아
니라, '재일'이라는 고통으로 가득 찬 생활 속에서 한층 강하게 의식하
지 않을 수 없던 것이기 때문에 1세대들은 자식들에게 더 소리 높여 민
족내셔널리즘을 외치게 된다.
  상징적으로 말하자면, "수신제가치국평천하"라는 아버지의 논리를
둘러싼 부모자식 사이의 불화는 그 순서가 자식에게는 역전되어 있다

는 데에 핵심이 있다. 즉 자식에게는 우선 "치국평천하"가 의미하는 '사회'적 원리의 발견('자아 발견')이야말로 가장 중요한 과제이고, 그 다음에 어떠한 '집'(생활의식)을 만들 것인가라는 문제가 출현하기 때문이다.

이회성이 재일 2세대 작가로서 '집'의 문제를 다룰 때, 그것은 동시에 재일 2세대가 비로소 직면한 '사회'적 원리의 의미를 되묻는 것이기도 하다. 그것은 예를 들면 다음과 같은 형태로 나타난다.

> 그건 한여름의 일이었다. 집 앞에서 놀고 있는데 갑자기 하늘에서 눈부신 빛이 쏟아졌다. 그 순간 철오는 전신이 마비되는 듯한 계시를 받았다. 깜짝 놀라 하늘을 우러러보니, 광채 때문에 눈앞이 깜깜해질 것 같았다. 필사적으로 올려다보자, 큰 금색의 소리개가 찬란하게 빛나며 구름 위에 멈춰 있었다. 신의 가호가 있었던 거다!
>
> ―「또 다시의 길」

"금색의 소리개"란 '옛날 진무神武 천황의 활에 앉아 나가 스네히코長髓彦[3] 무리를 격퇴시킨' 신화에 나오는 새이다. 전쟁 때 열광적인 '신국민'이었던 소년에게 이 환각은 악화된 전황이 역전되어 마침내 승리를 거둘 것이라는 확실한 징조이다. 작가는 「원점으로서의 8월」이라는 에세이에서 이 환각을 "지금 생각해보면 거짓말 같은 것이었는데, 그렇지만 그것은 완전한 사실이었다"라고 쓰고 있다. 작가의 문맥에서 이 환각체험은 전쟁(정치)이 광신에 사로잡힌 사상적 열광 속으로 사람

---

3 일본신화에 등장하는 인물로 진무천황의 야마토大和 원정에 대항했던 호족의 장이었다.

들을 말려들어가게 했고, 본래 조선민족인 소년이 자신의 민족을 침략하고 있는 전쟁에 심정적으로 가담해 버린다는 아이러니컬한 사태를 부각시키기 위해서 상기되고 있다. 그렇지만 다른 관점으로 볼 수도 있다. 작가는 같은 글에서 중학교 시절의 은사를 만났을 때, 그 교사가 예전에 조선인 학도 지원병 훈련을 시키면서 "조선의 아이들은 일본인보다 성실하구나" 하고 중얼거린 일에 대해 쓰고 있다. 여기에서 읽을 수 있는 것은 국민학교 교육하에 있었던 2세대에게 환각체험으로 상징되는 "성실한" 파시즘 체험이 최초의 강렬한 '사회'와의 만남을 의미하고 있었다는 것이다. 필시 이회성 세대에게 '집'에서 '집'으로와 같은 1세대의 삶의 범형을 깨부수는 첫 번째의 '사회'적 원리는 '천황제 파시즘'이었을 것이다.

이회성은 「증인 없는 광경」(1970.5)에서 소년기의 파시즘 체험을 상세하게 묘사하고 있다. 주인공인 김문호金文浩는 국민학교 시절 같은 반 친구였던 야다 오사무矢田修를 전후 20여 년이 지나 우연한 기회에 재회하게 된다. 야다는 패전 직후 진구산神宮山에서 이가 드러나고 창자가 보기 흉하게 터진 일본군인의 부패된 시체를 문호와 함께 목격한 기억이 있다. 야다는 이것을 자신의 과거 속 매우 아픈 상처로 기억하지만, 문호는 마치 이빨 하나가 빠진 것처럼 그 장면을 전혀 기억하지 못한다. 두 사람은 이러한 기억의 차이를 둘러싸고, 과거 그리고 현재에 관여하는 자신의 의미와 의식을 서로 교환하게 된다. 작가가 의도했던 것은 일본인과 조선인에게 '천황제 파시즘' 체험의 의미를 묻는 것이었으며 작가는 현재의 '삶의 방식'의 문제에 이것을 어떻게 결부시킬 것인가를 작품의 테마로 정하고 있다. 그러나 내가 우선 생각해 보고 싶은 것은 김문호와 같은 재일소년에게 '천황제 파시즘'이란 도대체 무엇이었는가 하는 문제이다.

　　그는 옛날의 가네야마金山를 떠올렸다. 그렇다, 신문에 본인이 고백한 것처럼 그 녀석은 동화소년이었다. 우리 일본인 소년이 대일본제국의 승리를 믿어 의심치 않는 파시스트 소년이었다고 한다면, 반도인인 가네야마는 이보다 심한 동화소년이었다. 오타니人谷 선생님을 떠올렸다. 깡마르고 검도 4단 실력의 소유자였다. 그 선생님이 기회만 있으면 가네야마를 예로 들며 일본인 학생들을 야단쳤다.

　　"가네야마를 좀 봐라. 가네야마의 태도는 기특하다는 말로밖에 표현할 수 없다. 야마토人和 혼을 자기 걸로 만들려고 노력하고 있어. 근데 말이야 너희는……."

　　그런 식으로 귀축영미를 격멸하고, 성전聖戰을 완수하는 마음가짐에 대해서 훈화를 시작했다. 정신교육을 들을 때마다 가네야마도 긴장한 채로 들었다. 옆자리에 앉아 있던 가네야마의 그 모습을 그는 거북스러운 느낌으로 기억하고 있다. 당장이라도 가네야마가 의자에서 일어나 무엇인가를 지껄일 것 같은 느낌이 계속됐다. 실제로 가네야마는 의자에서 힘차게 일어나 흥분해서 글썽거리는 눈으로,

　　"선생님, 저는 여전히 황국정신이 부족합니다. 저는 폐하의 적자로서 일시동인一視同仁의 뜻을 받들어, 더더욱……." 이런 식으로 굉장한 결심을 피력했다.

—「증인 없는 광경」

야다는 가네야마 아키히로金山文浩의 파시스트 소년적인 태도를 왠지 이상한 "성실함"으로 기억한다. 예를 들어 또 다른 친구였던 에바나 사토시江花聰는 명예로운 퇴역군인의 아들이지만, 무슨 이유인지 "자신의 아버지를 싫어하"고, 아버지에 대한 "혐오"만큼이나 '황국교육'에 대해서 수상하게 여긴다. 야다 자신도 "머지않아 소년항공대에 입대"하여 "적기와 공중전을 겨뤄, 그들을 바다의 해초와 함께 매장해 줄 작정"이라는 공상을 하지만, 그럼에도 "가네야마를 보고 있으면 뭔가 당하지 못할 것 같은 기분이 든다." 군인칙유를 낭독할 때의 태도와 자세, 다른 학생들보다 "한층 높은" 옥타브, 애투섬과 사이판이 함락되었을 때 분해하던 모습, 이러한 모든 것이 야다에게 "어쩐지, 그런 부분들이 너무 완벽해서 주눅이 드는 기분"을 느끼게 하는 것이다.

작가에 의하면, 조선인 자제들에게 보이는 이러한 "성실함"이란 "강요된 경우에 발견되는 노예의 성실함 이외의 아무것도"(『원점으로시의 8월』) 아니다. 그러나 이때의 "강요된 경우"가 억지로 일본인으로 행동하게 만든 것이 아님은 말할 필요도 없다. 또한 본래 일본인이 아닌 자가 스스로 무리하게 일본인이라고 맹신하려고 하는 점을 "노예의 성실함"이라고 부를 수도 없을 것이다. 만약에 가네야마 아키히로와 같이 조선인임에도 불구하고 일본인이고자 하는 경우를 허위의식이라는 점에서 비판한다면 이는 이데올로기 비판에 다름 아닐 것이다.

가네야마 아키히로와 같은 소년의 비정상적인 파나티즘을 떠받치는 배경에는 우선 첫 번째로 "돼지 같은 생활이다!"라는 '집'과 자신 사이의 심한 이화異和의식이 있다. 이 의식은 소년으로 하여금 인과율의 세계에서 '빈곤'-'난폭하고 이해할 수 없는 부친'-'조선인'이라는 일련의 인과 계통을 재빨리 더듬어 가게 한다. 그리고 자신이 속한 '집'에 얽힌 모든 사정의 전부가 꺼림칙한 자기라고 하는 암암리의 상像을 만들어 버리는 것이다. 무질서, 혼란, 떠들썩함, 호소, 호통, 불만, 빈곤, 이것들은 '재일'의 아이들에게 자신의 '집'(조선인의 '집')만이 지닌 부끄러움으로 가득 찬 특성이며, 김학영이 「착미錯迷」에서 그려낸 바와 같이 "다른 집(일본인의 집-인용자)의 불빛은 모두 따뜻하며 행복하고 평화로운 것으로 보인다." 자신의 '집'만이 불우하다는 자폐감은 재일 2세대에게 결정적인 것이다. 왜냐하면 이 자폐감은 조선인인 자신만이 동료들 사이에서 꺼림칙한 존재라는 개인적인 죄장감罪障感을 무의식 속에서 만들어 버리기 때문이다. 대부분의 경우 재일 1세대에게 이러한 꺼림칙한 감각은 자신과 무관하다. 이들에게는 자신이 주위의 일본인들과 다른 이질적인 인간이라는 사실은 자명하며, 일본사회의 차별이나 억압을 피지배자로서 받아들일 뿐이라서, 불우감不遇感이 내면화된 재일 2세대와 같은 죄장감이 형성될 일은 없다.

가네야마 아키히로의 황민 사상에 대한 비정상적인 열광이, 내면화된 꺼림칙한 자기상을 부정하고자 하는 마음의 움직임에서 기인한다는 것은 의심할 여지가 없다. '일시동인'이나 '일선일체日鮮一体'라는 관념은 스스로를 꺼림칙하게 느끼게 하는 근본적인 이유인 '조선인'이라는 사실을 적어도 교실 안에서는 은폐하게 하는 작용을 한다. '천황의 적자'로 살아가는 것이 가능하다면 가네야마 아키히로는 꺼림칙한 자기로부터 벗어나 누구에게도 부끄러워할 필요 없이 훌륭한 삶을 살아갈 수 있을 것이다.

‘천황제 파시즘’이 이와 같은 형태로 다가올 때, 이것은 주인공에게 ‘집’의 일원인 자기를 부정하고, 일본사회 속에서 살아가기 위한 새로운 원리처럼 느껴졌을 것이다. 즉 ‘천황제 파시즘’이 ‘집’을 중심으로 한 삶의 방식을 짓밟아 버리듯 나타나는 경우에 한해, 이것은 크든 작든 첫 번째 ‘사회’적인 원리로 주인공 내부에 존재해 왔다고 말할 수 있다. 그렇지만 물론 이 ‘사회’적 원리는 아직 충분하게 견고한 것이라고 할 수는 없다. 왜냐하면 이 원리는 그저 소년기의 무의식적인 감정세계의 드라마에 떠밀려 나타난 것에 불과하기 때문이다. 재일 2세대가 실제로 ‘사회’적 원리 속에서 살아가기 시작하는 것은 오히려 청년기에 직면하는 관념적 드라마에서이다. 가네야마 아키히로의 이념적 열광은 그저 ‘황민 교육’이라는 공적인 국면에서만 효력을 발휘하는 것이어서, 그것은 현실의 장소에서는 끊임없이 상대화될 수밖에 없다.

반에서의 가네야마는 아무리 일본인이 되려고 노력해도 역시 백조에 섞인 오리새끼처럼 눈에 띄는 부분이 있었다. 그는 종종 반의 악동들에게 “조센”이라고 불려 상처를 받곤 했다.

조센 조센 바보 취급 하지마
같은 밥 먹는데 어디가 다르냐

야다 오사무는 이사카(伊坂)를 비겁하다고 생각했다. 가네야마는 똑같은 대일본제국의 신민이다. “조센”이라 말하지만 이미 일선(日鮮)은 일체가 되었고, 일시동인이었다. 게다가 국사에서도 배웠듯이 신공황후의 신라정벌부터 원래 일선은 같은 조상을 두었다. 그런데도 이사카가 그런 말을 한다는 건 평소에 공부를 안 한 탓이라고, 야다는 경멸하는 마음마저 생겨났다. 조센이라고 비웃음 당한 가네야마는 가만히 고개를 떨구고 있었다. 가네야마가 참고 있자, 이사카는 위압적인 태도로 소리친다.

　여드름 시발아

　여드름 시발아

　그(야다―인용자)는 그 의미를 이해할 수 없었다. 어딘가 마법 주문과 같은 울림이 있었다. 그리고 그 말이 실제로 사람을 충분히 화나게 할 만한 주문이라는 것은 가네야마를 보고 있으면 알 수 있었다.

―「증인없는 광경」

　"여드름 시발아"라는 주문이 가네야마를 화나게 하는 것은 이 말이 지워졌어야 할 조선인성性을 그의 앞에 생생하게 불러오기 때문이다. 또한 가네야마는 자기-'집'-'조선인'이라는 연계의식을 아직은 거부하기 어려운 어린 소년이기 때문에, 이 말은 주문으로서 마력을 발휘한다. 꺼림칙함, 뒤가 켕기는 느낌, 부끄러움과 같은 의식의 원천은 실은 '집'을 둘러싼 현실에서 분비되지만, '집' 혹은 '조선인'이라는 속성과 자신은 소년의 의식 속에서 결코 명쾌히 분리되지 않기 때문이다. 재일 2세대들은 조금 시간이 흐른 후에야 비로소 자기의 '집'의 꺼림칙함이 자기 자신 내지는 '조선인'의 꺼림칙함에서 비롯되는 것이 아니라는 것을 알아챈다. 그러나 소년은 이러한 것들을 같은 것이라고 느낄 수밖에 없기 때문에, '집'이 부끄럽고 뭔가 찝찝한 느낌으로 다가오는 것이 '조선인'의 꺼림칙함과 동일시되어, 자기 자신의 죄장감으로 내면화되는 것이다.

이 내면화된 죄장감(= 열등감)에 의해 막다른 곳에 몰렸을 때, 소년에게 그 금색 소리개라는 환각이 최후의 혈로血路처럼 찾아왔다고 볼 수는 없을까. 다시 인용해 보겠다.

> 어느 날 여름하늘이 한 순간 어두워지고, 하늘을 올려다 본 나의 눈에 '금색 소리개'가 날아오는 환각이 일었던 것이다. 그 금색 소리개의 환각은 나를 황홀하게 했다. 왜냐하면 그 소리개는 옛날 진무 천황의 활에 앉아 나가스네히코 무리를 격퇴시킨 '금색 소리개'가 틀림없다고 느껴졌고 '성전' 완수를 위해 마침내 나타난 구원의 신처럼 느껴졌기 때문이다.
>
> ─「원점으로서의 8월」, 『북이든 남이든 우리 조국』

소년이었던 작가는 여기에서 마치 이교도 사울이 "진실"의 그리스도교도 바울이 되기 위해, 전뢰電雷를 통한 신의 계시를 필요로 했던 것처럼, '조선인' 소년이 스스로 진정한 '천황의 적자'가 되기 위해 '황계皇系'와 직접 연결되어 있다는 증거를 갈구하고 있는 것이다. 이 환각이 그를 "황홀하게" 하는 것은 한 나라의 명운을 정하는 중대한 계시가 수많은 일본인 소년이 아니라, 바로 그에게 찾아왔다고 하는 의식에서이다. 즉, 가령 '조선인'이라고 할지라도 자기만은 은밀하게 '황계'와 연결될 수 있다는 의식을 통해 소년은 간신히 그 주문의 마력을 견딜 수 있는 것이다.

내가 보기에 작가의 이러한 정신적인 원체험은 이후 '사회'로부터 거절당하는 위기를 반복해서 체험할 때, 이회성이 취하려 했던 위기극복 방법을 제대로 상징하고 있는 것처럼 보인다. 이것은 부負의 존재로서의 자기를 반드시 정正의 가치로 전복시킬 수밖에 없는 격렬한 자기실현의 욕망에서 두드러지게 나타나며, 그 욕망은 또한 끊임없이 그로 하여금 이념적인 귀속(아이덴티티)의 장소를 탐색하도록 한다. 이 위기 극복의 형태는 그의 작품 속에서 명료한 모습으로 몇 번이고 반복됨을 알 수 있다. 필시 그 다음에 출현하는 것은 '천황제 파시즘'에 이어 나타나는 '민주주의'라는 '사회'적 원리의 위기이다. 그러나 그 문제를 본격적으로 보기에 앞서 재일 2세대에게 '천황제 파시즘'의 의미는 무엇이 있었는가를 조금 더 분명히 해 둘 필요가 있다.

전후에 태어난 '재일' 세대는 전시하 일본에서 성장기를 보낸 2세대가 '천황제 파시즘'을 체험했다는 것을 의외로 잘 의식하지 않는다. 예를 들어 "오늘날 총체적으로 '재일조선인'이라고 칭해지고 있는 사람들의 대부분은 예전 '황국신민'의 영락한 말로이고, 또한 그들의 2세, 3세, 더 나아가서는 4세들이다"(「천황제와 조선인」)라고 언급한 안우식安宇植이나, 자칭 '조선인 전중파朝鮮人戰中派'인 오임준吳林俊, 시인 김시종金時鐘 등은 크든 작든 '천황제 파시즘' 체험을 경유한 세대였다. 그들의 파시즘 체험은 이미 1세들의 '황국신민' 체험과는 분명히 다르다.

대다수 '재일조선인'은 토지는 물론이거니와, 살기 위한 수단을 깡그리 빼앗기고, 그 때문에 현해탄의 격랑에 몸을 맡긴 채, 어쩔 수 없이 일본으로 도항한 사람들이다. 그 뿐 아니라, 그 대부분이 다시 징용, 징병 등의 이름을 빌린 통치세력의 폭력적 수단에 의해서 고국과 그 혈연들과 떨어져 염가의 노동력, 그리고 총알받이로 일본의 노동시장이나 전쟁터로 보내진 사람들이다. 그들은 이에 대한 어떤 보상을 얻어내지 못한 채 혹사되었고, 위험에 내몰렸고, 끝내는 다 떨어진 신발짝마냥 버려졌다. 게다가 그들에게 요구되었던 것은 충실한 '황국신민'이었던 것이다. '재일조선인'을 포함하여 일본통치하에 있었던 모든 조선인이 남녀노소 불문하고 모두 천황의 충실한 신민이 될 것을 강요받았고, 그와 같이 교화된 사실은 쉽게 부정할 수 없다.

— 안우식, 「천황제와 조선인」

여기에서 말하는 1세대들에게 '황국신민' 체험은 어디까지나 그들의 생활과 그 심정의 기저를 위협하는 '정치적 강압'이나 '제도'로 받아들여졌다. 왜냐하면 그들에게 이국 생활은 '나라가 망해 산천을 잃은' 사태가 초래한 자명한 사실로 이해되었기 때문이다. 하지만 자식 세대에게 이것은 이미 언급한 바와 같이 크든 작든 그들의 사회의식을 일깨우는 이데올로기로 나타난 것이다. 예를 들어 다음과 같은 구절을 볼 수 있다.

나는 철저하게 일본의 황민화 교육을 받았습니다. 열일곱 살 때 패전을 맞이했지만, 일본이 졌다는 사실이 믿겨지지 않아서 이틀이고 사흘이고 울며 밤을 지새웠습니다. (…중략…) 전쟁이 끝나자마자, 그때까지 오랜 세월에 걸쳐 배양해 온 모든 것, 그 가치 기준이라는 것이 밑바닥에서부터 뒤집혀 버린 세대의 한 사람입니다. 자기의 의식이 관여되지 않은 시점에 나라를 빼앗겼고 나라가 되돌아왔습니다. 그 조국이라는 것이 제2차 세계대전이라는 격동 속에서 생긴 것 치고는 너무나도 나는 그 부활과 관계가 없었습니다. 단지 없었을 뿐 아니라 무르익은 자본주의를 거치지도 않고, 아주 높은 계단을 단숨에 뛰어오르는 형태로 형성된 사회주의국가를 자신의 조국으로 삼아야 했습니다. 게다가 내가 본래 사회주의국가를 지향했던 것도 아닙니다. 저는 마지못해 극단에서 극단으로 자기를 바꿔야만 했습니다.

— 김시종, 「드러낸 것과 드러난 것」

2세대에게 황민화 교육은 결코 '강압'이나 권력적 '제도'로 받아들여진 것이 아니었다. 그것을 사회적인 이데올로기로서 열렬히 믿은 것은 오임준과 같은 병사 체험을 가진 이에게도 마찬가지였다. 전시하의 천황제 체험이 1세대와 2세대 사이에 크게 엇갈린 것과 같이, 패전이라는 사태도 양자 사이에 전혀 다른 양상으로 나타났다. 대부분의 1세대들에게 일본의 패전은 '해방'을 의미했을 터이지만, 2세대들에게 문제는 '천황제 파시즘'에 열중했던 과거의 자신과 '사회주의' 민족의 자식이라는 아이덴티티를 '단숨에' 부여받게 된 현재의 자신과의 비틀림을 어떻게 접합시킬 것인가였다.

같은 글에서 김시종은 "확실하게 빼앗겼던 역사를 보지 못하고, 모양뿐인 진실에서 진리를 추구했던 자신의 부채감이 선진적 의식을 표면화해야만 하는 '해방교육'에 내몰렸을 때, 맹렬하고 조급한 형태로 자신을 포함한 고발자를 필요시"했다고 말하고 있다. 즉, 패전은 그들에게 첫 '사회'이념이었던 '천황제 파시즘'을 부정하게 하고, 그것을 대신하여 이른바 '민족'과 '사회주의'라는 또 하나의 새로운 '사회'이념 모델을 강요했던 것이다. 그것이 "극단에서 극단"으로의 변신이라는 과제로서 등장한 것은 말할 필요도 없다. 왜냐하면 김시종의 말이 명백히 보여주듯이 이 과제는 "모양뿐인 진실에서 진리를 추구함"으로써 자기 민족을 배신했다고 하는 "부재감(=죄상감)"으로 보깅되었기 때문에 '천황제 파시즘'보다 더욱 거역하기 어려운 성질로 그들의 충성을 부추겨야만 했기 때문이다.

그들에게 '천황제 파시즘'을 향한 충성의 발판이 되었던 것이 일본인들과의 사이에서 자신들이 '천황의 적자'인가에 대한 "떳떳하지 못함"이었다면, '조국'에 대한 충성심을 "맹렬하게 재촉"한 것은 동포세계에서 "민족의 자식"인가에 대한, 과거의 '파시즘 체험'에서 오는 "떳떳하지 못함"이 있었기 때문이라는 것은 의심할 여지가 없다.

중요한 것은 이때 이들이 이러한 죄장감에 억눌려, 1세대적인 민중 내셔널리즘의 이데올로기적 형태인 민족 = 국가내셔널리즘을 일종의 절대적인 심판자로서 수용할 수밖에 없었다는 것이다. 필시 이 문제가 2세대에게는 그들 자신의 삶의 경험을 깊이 사싱화하는 데 거다란 장애가 되었던 것이다. 여기에서 다음과 같은 언설이 등장하게 된다.

지금까지 논한 것에서 알 수 있는 것처럼 재일조선인에게 가해진 차별, 멸시 등이 내실에서는 예전 식민지 통치의 연장선상에 있다는 점은 명료하다. 따라서 이것은 침략과 같은 의미라고 할 수 있다. 물론 이 침략은 재일조선인으로서 자립하기 위한 정신적 기반을 침해한다는 의미이다. 그리고 이것은 일상성에서 조선인을 모국어로부터 멀어지게 할 뿐 아니라, 민족의 전통의식과의 단절을 강요하는 것으로 표현된다. 재일조선인이 조선인으로서의 자립을 도모하려고 할 때, 필연적으로 일본인에 의한 차별, 멸시 등을 뿌리치는 강렬한 에너지까지도 그 내면에 쌓게 되는 것은 이를테면 그것이 반침략을 위한 싸움을 의미하기 때문이다.

— 안우식, 「천황제와 조선인」

'재일'의 어떤 현실을 들여다보면 "재일조선인의 자립"을 위한 노력이 "반침략을 위한 싸움을 의미하"는 것처럼 보이는 것일까, 나는 전혀 모르겠다. 2세, 3세, 4세대가 일본사회로부터 받는 차별이나 억압을 조선민족 혹은 그 국가에 대한 '침략'이라고 생각한 순간, 우리들은 앞으로 이를 고작해야 국가주권의 문제로밖에 다룰 수 없을 것이다. 또 그가 말하는 "재일조선인의 자립"이라는 것은 그의 콘텍스트에서 나오는 필연적인 귀결이고, 민족적(그에게 이것은 끊임없이 국가적이라는 숨겨진 의미를 지닌다)인 공민성의 보증이나 자각이라는 것에 불과하다는 것은 말할 필요도 없다. 그러나 이에 대해 불만을 말해 보아도 무의미할 것이다. 안우식이 '재일'의 차별을 '침략'이라고 생각하는 근본적인 이유는 이것이 2세들이 가지고 있는 이념 전반에 걸친 문제이기 때문이다.

원리적으로 말해서 '천황제 파시즘'을 정치적 '강압'이나 '제도'로 받아들인 1세의 시선은 전통적이고 자연스러운 생활의 틀을 지키려는 민중내셔널리즘을 낳았고, 이는 침략에 대항하기 위한 거의 유일하고 정당한 수단이었다. 그러나 이 민중내셔널리즘을 민족내셔널리즘 그리고 국가내셔널리즘으로 확장시키는 순간, 다시 말해서 인간-민족-국가라는 관계를 자명하고 자연스러운 것으로 간주하는 관점이 거기에 개입하는 순간, 정치적 '강압'에 반항하는 민중내셔널리즘은 역으로 정치적 '제도'나 '권력'에 개입해야만 하는 것으로 변용되어 그 뿌리가 말라 버리는 것이다. 그리고 안우식이 견지하고 있는 것은, 말할 것도 없이 '사회주의 조국'이라는 '사회' 원리지만, 여기에서 '재일'-'민족'-'사회주의 소국'이라는 세열은 사명한 것이고, 재일조선인의 차별은 조국의 침략을 의미한다는 기묘한 논법이 성립하게 되는 것이다.

내가 생각하기에 '재일'의 차별은 '침략'을 의미하지 않는다. 차별은 '타인'이나 '사회'에 대한 자연스러운 관계의식의 형성을 빼앗아, 인간을 폐쇄된 관계의식 속에 가두어 버린다. 인간은 이와 같은 폐쇄된 관계의식 속에서 어떠한 일상적인 감정의 기복으로도 해결할 수 없는 불우성의 덩어리를 마음속에 만들어 버리는 것이다. 차별의 '내실'은 개개인의 구체적인 삶 속을 관통하는 것이며, 민족이나 국가라는 원리와는 아무런 관계가 없다.

'집'-'사회'-'집'이라는 근대적인 삶의 범형을 내재적으로 비판하는 시점을 가지지 않는 한 우리는 이러한 삶의 범형에서 끌어올린 사회의식을 1세 민중내셔널리즘에 주입하여, 이를 국가내셔널리즘 같은 것으로 변질시키게 된다. '천황제 파시즘'을 겪은 2세들은 모두 민족 = 국가내셔널리즘의 협박을 받아 이데올로기로서의 민족 = 국가내셔널리즘에 대해 적절한 비판적 시점을 가질 수 없었다. 이것은 또한 그들의 '천황제 파시즘' 이데올로기에 대한 비판이 지금 시점에서 볼 때 커다란 약점을 가지고 있다는 것을 의미한다.

이미 밝혀진 것처럼 안우식과 같은 2세가 수행한 것은 일본에서 '재일'의 현실을 '천황제 파시즘'의 연장으로 파악하고, 이를 또 하나의 '사회' 모델인 '민족'이나 '사회주의 조국'이라는 이념의 장소에서 고발하고 비판하는 것이었다. 그러나 이러한 논리의 틀이 '천황제 파시즘'을 '전후민주주의'라는 이념의 상대적인 우위성을 통해 비판하려고 했던 전후일본 사상의 틀과 유사한 형태임은 말할 것도 없다. 이것이('전후민주주의') '천황제 파시즘' 비판의 근저가 될 수 없는 것은 개개의 내면에서 '천황제 파시즘'이 어떠한 관념으로서 기능했는가 하는 실질을 보여 줄 수 없고, 단순히 근대적인 이데올로기인 '천황제'를, 또 하나의 근대적인 이데올로기인 '민주주의'로 재단하는 것에 불과하기 때문이다. 현재의 상황에서 우리들은 우선 근대적인 이데올로기의 형태로서 드러난 '인간'이나 '사회'라는 관념의 의미 그 자체를 생각하는 것에서부터 출발해야 한다.

이회성이 "전후 20년 이상 지나"서 필연적으로 '집'이라는 문제가 나타났다고 언급했을 때 비로소 우리들은 2세대가 갖는 '재일'의 의미를, 그리고 1세들의 민중내셔널리즘의 '내실'을 재검토할 계기를 얻었다고 할 수 있다. 왜냐하면 이때 비로소 2세대가 '재일'의 '집'에서 태어나, 일본사회에서 삶의 범형을 걷기 시작하고, 그곳에서 1세들의 생활기저인 '집'과 어떠한 관계를 맺어야만 했는가라는 내실이 문학으로 표현되기 시작했기 때문이다.

나 개인에 대해서 말하자면, 일본의 전후민주주의는 나의 주체성을 준비하는 데 있어 귀중한 가교 역할이 되었다. 전후의 나는 일본인 → 반조선인 → 조선인이라는 의식의 자기변혁을 겪었지만, 그 인식을 갖게 되고 평화와 민주주의에 대한 인식을 부여 받았다는 점에서 전후민주주의는 매우 유능한 스승이었다. 특히 전쟁에 대한 평화, 파시즘에 대한 민주주의 인식은 전시하에 작은 파시스트였던 나에게 훌륭한 교과서였다고 할 수 있다.

—「원점으로서의 8월」

'재일조선인 문학자'로서 이회성을 떠올릴 때, 이 말은 매우 상징적인 울림이 있다. 왜냐하면 작가 이회성에게 오리지널한 것이 있다고 한나면, 그것은 바로 '일본인 → 반조선인 → 조선인'이라는 단계의 2세적인 리얼리티이기 때문이다. 다시 말해서 앞서 서술한 바와 같이 2세들은 일본인에서 '단숨'에 조선인이 된다는 '사회' 원리의 전환 경로를 거쳤는데, 작가는 그 경로에 '전후민주주의'라는 다른 모델을 끼워 넣음으로써 이를 첫 '사회' 모델로 소유하게 된 전후 태생의 2, 3세대의 심정을 대변할 수 있었다. 아마도 이회성의 '전후민주주의'를 파시즘이나 전쟁에 대한 단순한 반면교사로 파악해서는 안 될 것이다. 그것은 무엇보다 "호통치는 아버지, 가만히 수수방관하는 새어머니. 이런 부모한테서 도망치고 싶다"(「또 다시의 길」)는 욕구에 의한, 다시 말하자면 저 꺼림칙한 '집'-'조선인'인 자기라는 의식으로부터 탈출하기 위한 또 하나의 '사회'적 원리로 기능했던 것이다.

나는 '전후민주주의'가 '재일'의 진후세대에게 '친황제 파시즘'을 대신하는 강력한 '사회'적 원리가 될 수 있었던 이유를 다음과 같이 생각한다. 우선 첫 번째로 인간은 본래 개인으로서 '자유'로운 존재라는 관념이 봉건적인 '집'이라는 낡음에 대한 반항의 이념적 근거가 되고, 동시에 '집'과 자신이 반드시 직결되는 것은 아니라는 의식에 의해 자신을 늘 따라다니는 '꺼림칙함'이 상대화되기 때문이다. 두 번째로 '천황제 파시즘'으로는 도저히 돌파할 수 없었던 일본인의 차별적인 시선에 대해서도 이 이념은 유효하다. 왜냐하면 인간은 누구나 '평등'하다는 관념이 일본사회의 차별이나 멸시를 비판하는 근거가 되기 때문이다.

앞서 언급한 2세들의 민족＝국가내셔널리즘 원리는 일본사회를 향한 비판의 시점을 가질 수 있지만 1세대적인 '집' 의식에 대해서는 완전히 무력하다. 즉 이회성이 '전후민주주의'를 '일본인 → 반조선인 → 조선인'이라는 과정에서 '반조선인'의 원리로 도입했을 때, 그것은 '자아의 확립'이라는 과제가 '사회'적인 자기발견과 '집'으로부터 이탈을 동시에 의미하고 있던 재일 2세대의 삶의 형태를 정확하게 표현한 것이다. 그렇게 생각할 때 "민주주의라는 것을 받아들인 차원에서 가정을 다시 한 번 검토하면, 집안에 있는 낡음이라는 것에 대해서 아무래도 자신이 비판자로서의 시선을 가질 수밖에 없는 것입니다"(「김석범·오에 겐자부로·이회성 좌담회」, 김석범, 『말의 주박』 중권)라는 작가의 발언을 아주 잘 이해할 수 있을 것이다. 그는 이것을 '반쪽바리'의 고뇌로 그린 최초의 작가였다.

그것이 노정하는 것은 '집'과 '사회'에 얽힌 새로운 '재일' 세대의 대립적인 의식의 극劇이다. 이미 어느 정도 대강 묘사한 바와 같이 신세대가 갖는 의식의 극은 크든 작든 일본인의 세계에 대해 무의식적으로 드러나는 죄장감의 무대로 연출되었다. 거기에서 탈출하려는 충동이 새로운 '사회'적 원리를 불러오게 되는 것이다. 필시 여기까지는 우리들이 일본 근대사회에서의 지적인 삶의 범형을 반복한다고 할 수 있다. 그러나 '재일'에게 '집'에서 '사회'라는 의식의 경로는 현실 사회로부터 그들이 끊임없이 거부당하는 사태에 의해서 독특하게 굴절된 과정을 거치게 된다. '집'으로부터 탈출을 시도한 '재일'들은 결국 '반쪽바리'에서, 그리고 거기에서 한 걸음 더 나아간 누군가가 되고자 할 것이다. 이때 그는 자기가 '누구인가'라는 것의 다양한 가능성을 목격하게 되지만, 이 가능성의 극劇은 어느새 무의식중의 감정세계의 무대가 아니라, 청년기의 관념극으로 행해지게 된다.

주註 : 여기에서는 시인 김시종을 재일 2세대로 다루고 있지만, 이 글을 쓴 후에 김시종은 해방 후 부모를 조국에 두고 일본에 왔기 때문에 2세대가 아니라는 지적을 받았다. 분명 그렇기는 하지만 김시종의 저서 『클레멘타인의 노래』에 의하면, 김시종은 통치하의 조선에서 '황민 교육'을 받은 세대라는 것을 알 수 있다. 따라서 '천황제 파시즘'에서 일본의 패전이라는 전환을 체험한 세대라는 점에서, 크게 보면 차이가 없다고 여겨져 굳이 수정하지 않았다.

2. 관념의 극劇

이회성은 1970년부터 1971년에 걸쳐서 '청춘소설'이라 불리는 세 편의 작품을 썼다. 1970년 「가야코를 위히여」, 1971년 3월 「청구의 하숙」, 11월 「반쪽바리」가 그것이다. 「또 다시의 길」, 「우리들 청춘의 도상에서」(1969), 「죽은 자가 남긴 것」, 「증인 없는 광경」(1970)과 같은 선행 작품들에서 작가는 소년기의 '집'에 얽힌 부負의 기억들을 축으로 '집'(='아버지')과의 갈등과 화해라는 주제를 담았다. 그리고 이들 '청춘소설'들에서는 분명히 이러한 화해를 가능하게 한 이념세계 창출의 계기를 모색하고 있다. 즉 '조선인'으로서의 주체형성을 가능케 한 동기로서 작가의 '청년기'라는 시기를 의식하고 있는 것이다.

작가가 이들 작품에 봉인하고자 했던 '청년기'의 의미를 추출해 보면, 첫 번째는 귀속(= 자기 확인)이라는 과제이며, 두 번째는 앞의 과제와 떨어뜨려 생각할 수 없는 '위기'이다. 이 두 개의 표식은 이들 청춘소설을 공통으로 관통하는 가장 중요한 모티프로, 예를 들어 다음과 같은 인용에서 상징적으로 나타난다.

나 자신은 어떤 사람일까? 생각해 보면, 이 의문은 오오키 마사히코大木真彦 혼자만이 아니라, 자기 자신에 대한 근원적 물음인 것이었다. 이제까지의 나는 이 물음을 얼마나 진지하게 받아들였던가. 생각할수록 어쩐지 불안한 생각에 빠져 들고, 그 때문인지 몸에 살고 있던 개똥벌레가 사라져 가고, 어둠을 갈라오는 여름의 번개에 맞은 것 같은 기분에 사로잡힌다.

─「반쪽바리」

"나 자신은 어떤 사람일까?"라는 물음이 존재와 관련된 근원적인 물음으로 청년의 뇌리에 나타났을 때, 그는 시대 속에서 이미 관념의 극劇에 한 발자국 들여 놓았다고 해도 좋을 것이다. 이 극은 죄장감이나 자아 확장욕에 의해 규율된 심리세계 극의 연장선상에서 나타나고, '언어'로 형상화된 세계상 속에서 자기와 세계의 관계에 대한 태도를 묻는 것으로 모습을 드러낸다. 우리들은 이때, '언어'에 의해 잘 다듬어진 논리 속에서 세계 그리고 타자와 관계하며, 그 관계성을 '언어'로 추상화된 '자기'의 위상에서 묻는다. 근대 이후 처음으로 보편적인 형태로 나타난 삶의 이러한 과정이야말로 우리 안에서 만들어지기 시작한 '사회'나 '인간'이라는 개념의 모종판이라 해도 좋다.

여하간 이 근원적인 물음에 대해 확신에 찬 해답을 포착하는 것, 여기에 이회성의 '청년기'가 지닌 궁극적인 의미가 있었다. 이 자기 확인의 과제를 실패한다면 '재일' 2세대는 오오키 마사히코(이 인물의 실제 모델은 분신자살한 와세다대학 학생 야마무라 마사아키山村正明이다)와 같은 상황으로 몰릴 수밖에 없다. 조선인이기에 느낄 수밖에 없는 굴욕감, 증오, 스스로를 벌하는 의식의 혼탁 속에서 자기를 익사시켜 버리는 것, 이것이 바로 '위기'의 의미이다.

청년기를 '자기 확인identification'과 '위기'가 길항하는 과정으로 파악하는 시점은 근대소설의 발생과 더불어 나타나며, 그것이 전개되면서 성숙해 왔다. 이케다 히로시池田浩士가 『교양소설의 붕괴』에서 지적한 바와 같이 서양에서 이것은 '교양소설'이라는 이름을 부여받았고, 괴테 이래의 강고한 계보를 형성했다. 이케다 히로시는 그 성격에 대해 다음과 같이 말하고 있다.

> '교양소설'은 단지 한 개인의 자기형성 과정만을 그리고 있는 것이 아니다. 그 개인의 성장을 잠재적으로 지탱히는 것은 사회 현실에 대한 시선이며 사회적 현실 속에서 개인은 어떤 식으로 의미 있는 삶을 영위할 수 있는 가라는 물음이다. 그런데 바로 여기에 '교양소설'의 가장 본질적인 문제성 또한 감춰져 있다.
>
> —『교양소설의 붕괴』

이케다가 지적한 "문제성"이란 다음과 같은 것이다. '교양소설'이란 본질적으로 '위기'를 극복하여, '자기확인'과 '자기실현'으로 나아가고자 하는 근대적 자아의 이야기이며, 그런 관점에서 보면 여러 곤란과 위기를 직면한 주인공의 삶의 의미는 그가 성공리에 자기실현을 이룬다라는 사태에 의해서만 확실해진다. 또 '어떤 식으로 살 것인가'라는 물음은 일반적으로 개인과 사회의 조화를 전제로 할 때 비로소 가능한 물음이지만, 이 조화는 반드시 보증되지는 않는다. 따라서 '어떻게 살 것인가'라는 물음에는 근대 이후라는 세계역사 속에서 위험한 '불가능성'이 끊임없이 따라 붙는다.

이러한 고찰에 주목할 필요가 있다. 근대일본의 다양한 이념적인 '물음'의 범형을 상기해 보면, 이 점은 추측가능하다. 예를 들어, E. H. 에릭슨은 개인이 사회 속에서 겪는 '자기확인'과 '위기'의 극을 심리·사회학적으로 정식화하여, 그것을 '아이덴티티'라는 키워드로 제시했다. 에릭슨의 이론은 이를테면 위험한 '불가능성'을 지우고자 하는 욕구가 그 성격을 규정한다고 본다. 그는 다음과 같이 지적한다.

확실히 사회는 청년에게 이데올로기적 관점, 그리고 활동적인 운동(예를 들어 댄스, 스포츠, 퍼레이드, 데모행진, 폭동 등)과 같은 다양한 의례적인 조합을 부여하고, 이를 통해 청년을 사회의 역사적 목표를 위해 동원하려고 한다. 가령 사회가 이를 실패한다면, 이러한 운동의 패턴은 각기 제멋대로 자기 자신의 조합을 추구하며 소집단으로 자폐해 간다. (…중략…) 그리하여 생활주기의 단계에서 자기 자신을 결국은 발견한다는 약속(= 자기확인—인용자)과, 역으로 자기 자신을 잃게 된다는 위협(= 위기—인용자)이 이렇게까지 밀접하게 서로 연계해 있는 단계는 없는 것이다.
—「청년—그 충성과 다양성」, E. H. 에릭슨 편, 『자아의 모험』

그의 아이덴티티론은 프로이트의 성性체제의 단계발전적인 사고방식을 토대로 하고 있다. 즉, 성체제가 구순기-항문기-남근기-잠복기라는 단계를 거쳐 정상적인 성기성욕으로 성숙해 가는 것처럼 인간의 심리, 사회적인 자아의식도 유아기-소년기-청년기라는 단계의 통합적인 성장을 거쳐 어른의 성숙된 자아에 이른다고 보는 것이다. 그의 생각으로는 청년기가 정상적인 성인의 자아에 이르는 전(前)단계이고, 따라서 청년은 사회가 준비하는 적절한 "역사목표"를 자아에 심음으로써 본래적인 과제가 완성된다. 주의해야 할 것은 이러한 사고방식이 실은 교양소설적인 시선이며, 나아가 그것이 본질적으로 품고 있던 개인과 사회의 상관적인 '문제성'을 개인적인 성, 사회·심리적 메커니즘의 문제로 해소해 버린다는 것이다. 개인의 성체제가 정상적인 발전에 실패하면 '고착'이나 '퇴행'에 이르는 것처럼, 자아가 통합에 실패하면 "소집단으로 자폐"해 사회와의 적절한 연대의식을 상실한다고, 그는 지적한다. 이 상실은 에릭슨에게는 개인의 심리·사회적인 '병'을 의미하지만, 근대사회라는 구조 자체가 내포하는 개인과 사회의 조화로운 관계 상실을 개인의 '병'으로 간주하는 것은 불가능하다.

에릭슨이 현대사회의 '오이디푸스 상황의 변용'이라는 문제를 전환축으로 삼아, 개인과 사회의 조화로운 통합을 꿈꿨다면, 이회성은 일련의 청춘소설을 통해 '2세내의 현실과 의식의 위기'를 도약대로 삼는 2세적인 아이덴티티 모색을 시도했다. 「청구의 집」에서 작가는 정체를 알 수 없는 '섹스'의 꿈에 사로잡힌 주인공 신동인(申東仁)을 등장시킨다. 그는 아름다운 여인을 범하려 하지만 실패하는 꿈을 꾼다. 주인공은 이 꿈을 청년기 자아감각의 핵심적인 것으로 느낀다. 그는 '조국'을 향해 강한 정열을 가진 친구에게 반감을 드러내지만, 이것은 콤플렉스의 반증에 불과함을 어렴풋이 의식하고 있다. 그러나 이 꿈의 감각은 조국애로 가득 찬 친구와는 대극에 있고, 마찬가지로 성적 피해망상에 사로잡힌 여성 이시다 세쓰코石田世津子와, 형과 어머니 사이의 근친상간의 상념에서 여자를 범하고 살해했다는 망상에 사로잡힌 청년 이호인李浩仁의 세계에 신동인을 근접시킨다.

이 소설은 억압받아 출구를 찾고자 하는 청년의 성충동과 엄격한 자기규범, 그리고 윤리관과의 갈등이 중심적인 모티프를 이루고 있다. 한편 '조국'과 '동포'에 대한 충성의 세계가 사회적 자기 확인의 과정으로 동인에 의해 소환된다. 다른 한편으로 억압된 '섹스'의 세계에 사로잡혀 무너진 인간들의 세계가 그의 인간이해의 하나의 문으로 제시된다. 이 두 세계 사이를 왕복하는 것이 주인공의 자기인식과 인간인식에 양식을 제공한다. "조국을 위해서 살려는" 장창섭張昌涉이 '매력적'인 인간임에 틀림없지만, 동인은 거기에는 어떤 결함이 있을 것이라고 생각한다. 예를 들어 창섭에 대한 동인의 위화감은 다음과 같이 그려진다.

넌 꿈을 꾸는 거냐? 질퍽한 꿈을? 난 인간이 추악하다고 생각하진 않지만, 추악함을 느끼지 않곤 살 수 없다고 생각하네. 맞아, 그 혼돈, 위기 속에서 위태롭게 도망쳐, 추악함을 극복하고, 아름다움을 만들어내고 있지 않은가. 정말 격렬하게 움직이는 인간은 그걸 알 수 있을 거야. 그렇지 않으면 위선자라네. 이호인이 널 증오했던 건 바로 그거라네.

―「청구의 집」

청년기의 억압당한 '성'에 대한 상념이 여기에서는 혼돈, 위기, 추악함으로 다루어지고, 이것을 "극복"하는 것이 불가결한 과제로 의식된다. 또한 이것은 인간을 '정치적인' 맥락으로만 파악하려는 정치 지상주의적 인간판에 대한 이의제기로 이어진다. 창섭은 동인의 말에 대해 자신에게는 분열된 조국의 운명이 최우선이지만, "우리들에게 이호인이 몸의 일부인 것도 분명해. 분명 나에겐 그런 관점이 어느새 결여되어 있었을지도 몰라"라고 대답한다. 그리고 이때 주인공은 "눈앞의 세계가 서서히 확장해 가는 것 같은 기분을" 느끼게 된다.

청년기의 이회성에게 장창섭과 오버랩되는 듯한 '총련적' 정치주의는 복잡한 양의성兩意性을 띠고 있었다. 그는 '조국'이야말로 최우선이라는 이론상의 정당성(그는 그렇게 여겼다)에 강하게 이끌리면서도, 인간에게는 '질퍽질퍽'한 '내면'의 세계가 있고, 그것을 잘라 낼 수 없다는 인식을 가지고 있었다. 이 감각을 유지할 수 없었다면, 그는 소설 창작을 시작하지 않았을지도 모른다. 이 균열을 메우는 말은 단순한 "이데올로기적 관점"을 포착하는 것 이상의 중요성이 있다. 즉 이것은 그를 '재일' 2세대 문학자로서 정립시키게 하는 시금석으로 나타났다고 할 수 있다.

「반쪽바리」에서 작가는 이 문제를 '반쪽바리'의 존재 근거를 묻는 형태로 설정한다. 동포학생 동료들로부터 "민족허무주의자"라 불리는 주인공은 조직학생과 일본인학생의 운동을 곁눈질하면서, 취직의 불안이나 세상을 향한 불만을 안고 있다. 친구인 오오키 마사히코의 분신자살은 그에게 충격을 주고, 귀화자였던 오오키 마사히코의 삶의 방식이 '반쪽바리'인 자신의 삶과 중첩된다. 그는 오오키가 본래적인 '귀속 장소'를 빼앗겼기 때문에 죽음으로 내몰린 것으로 생각한다. 그것을 빼앗은 것은 바로 귀화한 '재일'의 아버지이고, 귀화인이라는 이유로 그를 받아들이지 않았던 동포학생조직이며, 조선인이라는 이유로 그를 거부한 일본인 연인과 그 어머니이다. 주인공은 자기 아버지의 귀화선언을 계기로 자신의 '귀속 장소'를 확인하기 위해 조국(한국)을 방문한다. 그는 그곳에서 "이 사람들도 힘겹게 살고 있으며, 살아가는 것을 추구하기 위해 조국통일을 지향하는, 그 마음의 울림까지도 분명히 느낄 수 있었다"고 생각한다.

> 조국이여, 조국이여! 통일조국이여! 난 마음으로 외쳤다. 지금 난 죽는 것도 살아가는 것도 이뤘다. 그리고 **반쪽바리**로서 조국에게 그렇게 소리치는 것도 자유임에 틀림없었다. (강조 – 인용자)
>
> ─「반쪽바리」

어쩌면 주인공이 여기에서 확인한 것은 조국의 민중과 함께 "통일"을 향하고 있다는 일체감이고, 이 일체감 속에 '재일'과 파고다공원의 민중이 공통으로 소유한 마음의 욕구가 있다는 "실감"에 다름 아니었다. 그리고 작가도 역시, '재일' 또한 **'재일'의 지점**에서 그 과제로 향할 수 있다라고 말하려고 하고 있다. 이렇게 해서 정치주의의 양의성은 작가의 내부에서 조정되고, '재일'의 본래적인 '귀속 장소'는 어디에 있는가라는 물음에 대한 이념의 형태도 정해진다.

여하튼 여기에서 중요한 것은 이회성이 청년기의 성·심리적, 혹은 이데올로기적 곤란을, 인간이 그로부터 "위태위태하게 도망쳐 나와, 추악함을 극복하고, 아름다움을 만들어내"게 된다는 "혼돈, 위기"의 시선으로 그리고 있다는 점이며, 이야말로 작가의 청춘소설을 관통하는 '교양소설'적 시선이라는 것이다. 그리고 이 시선은 '조국'과 '재일'사회가 가져 온 '역사목표'가 '재일'청년에게 있어서 본질적으로 유화적인 것이라는 사고방식을 전제로 한다.

필시 '교양소설' 표현수준의 '문제점'은 이러한 지점에서 드러난다. '교양소설'이 만들어내는 리얼리티는 주인공이 체험하는 다양한 '곤란과 위기'의 의미가 그의 성공한 인생의 위치에서 잇달아 두루마리 그림을 펼치듯이 개시되는 곳에서 나타난다. 이때 그가 위기 한가운데 있었을 무렵엔 '불가해한 꿈'처럼 펼쳐지던 일들이 시간적으로 정합화되고 그로 인해 마치 인생과 사회에 얽힌 비밀 일체가 해명될 듯 다가온다. 그런데 이 의미의 개시는 개인과 사회가 조화될 리가 없다는 시대감각 안에서는 리얼리티를 계속 제공할 수 없다. 예를 들어 무샤노코지 사네아쓰武者小路実篤의 소설이 다이쇼大正 교양주의를 배경으로 등장했지만, 쇼와昭和의 어두운 시대 속에서 리얼리티를 잃는 섯은 그 때문이다. 작가가 주인공을 어떻게 살아가게 하고, 어떻게 결착짓게 하는가는 작가의 인생관이나 사회관의 문제라기보다는 작가의 시대에 대한 현실의식의 문제인 것이다. 즉 독자는 결코 작가가 연마한 인간관을 보기 위해 소설을 읽는 것이 아니라 오히려 작가의 현실의식을 받아들여 거기에서 드러나는 리얼리티를 읽어내는 것이다. 그러한 의미에서 우리들은 '아버지'와 '집'과의 상극을 '불가해한 세계의 상'으로 유보하고, '재일'의 현실을 해명할 수 없는 세계로 표현한 김학영의 현실의식에 주의를 기울여야 한다.

이회성이 '재일'을 "극복" 가능한 "위기"로 그렸을 때, 실은 '재일'의 새로운 존재구조가 상실되기 시작했다고 나는 생각한다. 이 두 청춘소설은 주인공이 이시다 세쓰코와 이호인 그리고 오오키 마사히코라는 인물을 '반면교사'로 삼아, "위기"를 비껴간다는 느낌을 부여한다. 주인공은 사건에 휘말리기보다 이를테면 그 앞을 한숨을 쉬면서 통과하는 것이며, "위기"는 타인의 모습을 빌려 외부에서 그를 위협하는 것에 불과하다.

작가가 정말로 심각한 형태로 "위기"에 휘말리는 주인공을 등장시키는 것은 오히려 이들보다 앞서 발표한 「가야코를 위하여」에서이다. 일본인 소녀와 재일 2세 청년의 '연애'라는 설정 속에서 "위기"는 극복하거나 회피할 수 없는 모습으로 나타난다. 「가야코를 위하여」에서 작가의 현실의식이 「청구의 집」과 「반쪽바리」와 비교해서 훨씬 예민하게 드러난다고 말해도 좋다.

에릭슨에 의하면 사회는 청년의 자기 확인 방도로서 "이데올로기적 관점", 즉 이미 유포되어 있는 다양한 사회관이나 인생관 그리고 심미관을 이념상의 모델로 부여하고, 청년은 그것들을 "댄스, 스포츠, 데모" 등과 자유롭게 연결(조합)시키면서 개성의 감각을 포착하고, 동시에 사회 내부에 참가한다고 하는 실감을 얻게 된다. 이념이나 생활상의 모럴이나 미의식을 타인과의 공통항으로 삼아 사회적 공동성을 자아에 일체화시켜 가는 이 아이덴티티 확립의 양식을 지금 '교양소설'적 물음으로 바꾼다면 그것은 '자신은 무엇을 위해, 무엇에 의해 살 것인가'라는 형태가 될 것이다. 이를 인간의 심리·사회적인 자아통합을 위한 물음이라고 한다면 심리·성적인 통합에 대한 물음은 '자신은 누구를 위해, 누구에 의해, 누구와 함께 살아갈 것인가'라는 형태가 될 것이다.

즉 전자는 크든 작든 간에 '주의', '신조', '사상', '미의식', '모럴'의 모색이라는 형태로 나타나고, 후자는 '연애'라는 상징적인 형태로 부상한다. 여기에서 주의해야 할 것은 '누구를 위해, 누구에 의해 살아갈 것인가'라는 물음이 인간의 개인적인 생활의식을 지탱하는 '삶의 보람'을 의미하는 데 비해 '무엇을 위해 살아갈 것인가'라는 물음은 인간의 사회적 존재가 지니는 의의에 대한 물음을 의미하고 있다는 점이다. 근대 '교양소설'에서 '어떻게 살 것인가' 하는 물음은 이 개인적인 생활의 관계성에서 나타나는 의미와 사회적 존재의 의의를 두 개의 극으로 삼아 다양한 문제의 범형을 새기게 되는 것이다.

「가야코를 위하여」가 재일작가의 '청춘소설'로서 상징적인 것은 이 두 가지 면의 계기가 회피할 수 없는 모습으로 그려지기 때문이다. 작가는 주인공 임상준林相俊이 도쿄에서 학교생활을 하던 중에 이념적인 귀속 장소를 모색하고, 고향인 홋카이도에서 가야코와의 연애를 진전시켜가는 모습을 면밀하게 그린다. 고향과 도쿄를 왕복하면서 상준은 이를테면 심리·사회적 자기통합과 심리·성적인 자기통합이라는 과제를 동시적으로 직면하게 되어, 결국 양쪽 다 복잡하게 뒤엉켜 결국 가야코와의 연애는 파국으로 끝나게 된다.

이회성은 제1상에서 상준과 가야코의 만남을 아무렇지도 않은 듯 그린 후, 대학생인 그를 청년기 특유의 울적함 속에서 부상시킨다. 하숙집 옆에 있는 유치원 아이들을 보고 있는 동안 불안한 상념에 사로잡히게 되는 주인공의 모습은 이룰 수 없는 '섹스'의 꿈에 고뇌하는『청구의 집』의 신동인과 거의 유사하다. 이와 같은 "이루 말할 수 없는 나른함"과 "우울증"이 실은 "대학 동급생에게조차 그는 자신의 국적을 말하지 않았다"고 하는 상황에서 기인한다는 것을 이윽고 독자는 눈치채게 된다. 청년기의 울적함멜랑콜리이 여기에서는 해결할 수 없는 '집'과의 갈등에 대한 문제와 이데올로기상의 자기변혁 문제에서 온 것이라는 점이 밝혀진다.

　'유랑민'이 되어 일본사회 속에서 언제 무너질지도 모르는 생활을 지탱해 온 부친과, 초조함에 촉발되어 반항하려는 아들들의 모습을 작가는 생생히 비추고 있다. 서로 죽이겠다고 언쟁하며 부친과 충돌하는 형 일준日俊을 묘사하는 장면은 반항해도 지옥, 반항을 당해도 지옥이라는 '재일' 세대 간의 심각한 의식의 괴리를 충분히 전달하고 있다. 이미 언급한 바와 같이 이것은 '수신제가'를 강조해야 하는 '아버지' 세대와, 사회적인 '귀속 장소'를 우선 정하는 것이 아이덴티티의 기반이 되는 '자식' 세대 사이의 확집確執이다. '자식'의 입장에서는 '효를 다하려고 하면' 근대적인 자아감각이 묵살당하고, 자아감각에 '충성을 다하려고 하면' 부모를 배신할 수밖에 없는 딜레마에 직면하지 않을 수 없다. 그러나 일본의 시민사회로부터 '거부' 당하는 것을 막연히 인지하는 주인공에게 부친의 다음과 같은 말은 지금까지와는 다른 형태의 울림으로 다가온다.

　그러니까 난 로프가 실이 될 정도로 시큼하게 "조선인이 돼라, 조선인이 돼라"고 말해왔지. 그렇지만 난 실망했어. 부모가 말하는 건 하나도 들어주지 않지.

—「가야코를 위하여」

"조선인이 돼라"는 부친의 요청과 이념상의 요청 사이에는 큰 차이가 있다. 전자는 1세대적인 생활감정의 공유를 원하지만, 후자는 재일 사회와 '조국'을 향한 공동적인 충성을 의미하기 때문이다. 작가는 '아버지' 측으로부터의 요청을 이 "조선인이 돼라"는 말 속에 집약시켜, 이를 이념적인 형태로 주인공에게 실현시키고자 한다. 예를 들어 주인공은 다음과 같은 회상을 한다.

고등학생 때 상준은 "고등학교의 입시학원화에 반대하고 학교의 자유를 지키고자 하는 진보운동"에 참가했고, 어느 날 학생집회에서 전교 학생들을 향해 마이크를 잡는다.

> 상준은 언제나처럼 목소리를 낼 것이라 생각했다. 모순은 느끼면서도 '일본인학생'으로서 지금까지도 토론에 참가해왔고, 조금이나마 효과 있는 발언을 할 수 있었다. 그의 눈에는 진보파가 점차 설득력을 지닌 발언의 효과에 만족하기 시작했고, 운동부 녀석들은 야유하지 않으면 안 된다고 초조해하기 시작했으며, 다수의 학생들은 불안정한 중립성에 대해서 생각하기 시작한 것처럼 보였다. 그는 논지에 폭을 더하기 위해서 빈번하게 "우리들은 —"을 넣기 시작했고 마침내는 "우리들 일본인 고등학생은 —"이라고 연호하기에 이르렀다.
>
> 그러자 그때 상준은 들었던 것이다. 누군가가 날카로운 목소리로 "거짓말쟁이!"라고 외친 것을. 누굴까? 상준은 별안간 동요를 느끼고 전체 학생들 앞에서 오금이 굳는 것을 느꼈다.
>
> ─「가야코를 위하여」

우리들은 여기에서 작가가 꺼림칙한 '집'을 부정해야 할 '사회'의 원리로 '천황제 파시즘'을 가져오고, "여드름 시발아"라는 주문으로 거부당한 체험을 이른바 '반복강박'과 같이 되풀이하는 것을 목격하고 있는 것은 아닐까. 너에게는 "우리들 일본인 학생은 —"이라고 말할 자격이 없다. 그렇기 때문에 또한 일본의 '진보운동'이나 기타 여러 가지 것들에 대해 목소리를 낼 권리도 없다. "거짓말쟁이!"라는 소리는 여기에서도 다시 마력을 발휘하는 것이다.

그러나 일반적으로 '재일'이 청년기에 이르러 일본사회로부터 심리적인 거부감을 강요받는 것은 꼭 이와 같은 주문에 의한 것은 아니다. 오히려 대부분의 경우 거부당한다는 감각은 일상 사회 속에서 서서히 그리고 암묵적으로 생겨난다. 즉 대부분의 경우 우리들은 실제로 참가를 시도하기도 전에 이를테면 심리적인 자기규제로서 "거짓말쟁이"라는 목소리를 자기 내부에서 스스로 만들어 낸다고 해도 좋다. 그렇지만 어쨌든 이러한 자기규제가 일본사회로부터 초래된 것이라는 사실은 말할 것도 없다.

필시 여기에 '재일' 청년의 첫 번째 '위기'가 있다. '전후민주주의'라는 '사회'적 아이덴티티 모델은 이 심리적 거절감에 부딪쳐 소멸한다. 그럼에도 일본인처럼 살아가려 한다면 무의식적으로 '조선인'이라는 꺼림칙함을 끊임없이 어깨에 짊어질 수밖에 없다. 이 경우 그는 '실은 나는 일본인이 아니다'라는 사실을 반쯤 인정하면서 그 반동으로 자신이 '조선인'이라는 것을 부정하고자 하는 충동에 끊임없이 직면해야 한다. 이 "위기"의 타개는 이념적으로 지금까지 두 가지 길밖에 없었다. 다시 말해서 '일본인이라든지 조선인이라든지 하는 건 관계없다, 난 "인간"

이다'라는 자기확인을 통해 '민주주의'적 모델을 고수하든가, 그렇지 않으면 '민족으로서, 민족을 위해 살아간다'라는 또 하나의 모델을 받아들이는 것이다.

주인공은 여기에서 새로운 이념으로서 '조국' '민족'이라는 원리를 받아들이는 길을 선택한다. 이를 준비하는 것이 바로 '재일본조선유학생동맹'이라는 조직이고, 그 친구들이며, 그들과 함께 하는 연극활동이나 그 외 다양한 '의례적 콤비네이션'이다.

유학생이라고? 처음 상준은 '유학생'이라는 말에 위화감을 느꼈다. 왜 내가 유학생이라는 걸까?

박초朴鑾는 웃으며 말했다.

"분명 일본에서 태어나 자란 우리들 입장에서 보면 이 '유학생'이란 말은 확 다가오지 않는단 말이야. 그렇지만 우린 돌아가야 할 조국이 있지 않나. 돌아산다는 건 다시 말해서 지금 유학하고 있단 얘기지. 그러니까 우린 유학생인 셈이지."

이 삼단논법 같은 표현에 상준은 이상하게 감탄했지만, 뭔가 물구나무를 서서 세상을 보는 것 같은 기분이었다. 어딘가 치수가 맞지 않는 새 교복을 입게 된 것 같아 탐탁지 않았다.

"그건 우리들도 처음에는 그런 기분이었다고. (…중략…) 그런데 멋진 말이라고 생각지 않아? 이 정도로 우리들의 맹점을 찌르는 말도 없지. 도무지 유학생이란 실감이 안 나는 건 그만큼 우리들이 마음으로는 후지산을 보며 살고 있고 백두산을 응시하지 않았던 탓이라 생각해. 이건 역시 주체성의 문제라고."

이런 얘기를 박초와 나눈 것은 유익했다. 상준은 최근 수개월 동안 자기 내부에서 서서히 싹트고 있는 것을 느끼고 있었다. 작년 봄에 S시의 친구들과 만났을 때 메르크말_{指標}을 갖지 않으면 안 된다고 말한 친구가 있던 것을 기억하고 있다. 그 지표가 나오기 시작한 기분이었다.

—「가야코를 위하여」

스탕달은 '결정작용結晶作用'이라는 말로 인간의 심리·성적욕구가 취미, 미의식, 감수성 등을 매개로 미에 대한 동경이라는 형태를 취하는 것을 보여주는데, 상준이 '유학생동맹' 동료들의 세계에서 체험하는 것이 이를테면 '말의 결정작용'이라고 할 만한 사태이다. 사랑의 결정작용이 감탄, 발아, 희망이라는 단계를 밟는 것처럼 여기에서는 우선 '유학생' '조국' '백두산' '주체성'이라는 말이 주인공의 관념세계 속에서 서서히 생명을 갖게 되며, 주인공에게 어딘가 중요한 의미를 띠기 시작한다. 스탕달에 의하면 결정작용은 "오직 그녀만이 이 세상에서 자신에게 즐거움을 부여해 줄 것이다"라는 확신을 만들어냄으로써 완성된다. 즉 이것은 인간의 심리·성적욕구의 대상을 특정한 인간으로 향하게 함으로써 그의 생활상 아이덴티티를 사회적인 규범에 맞춘 형태로 성취시킨다. 마찬가지로 말의 결정작용은 인간의 심리·사회적 욕구를 특정 말의 군으로 연결시키고, 그에 의해서 이것을 사회와 인간이해의 어떤 당파성으로 편입시킨다. 푸코는 『언어표현의 질서』에서 이것을 다음과 같이 표현하고 있다.

학설(= 말—인용자)은 그것이 항상 사전에 존재하는 귀속(계급, 사회적 규약, 민족, 국적, 이해, 투쟁, 반역, 저항, 허용 등과 관련된 귀속)의 표징, 표시,

도구로서의 가치를 지닌 것에 걸맞게 말하는 주체로부터 출발하여 언표를 문제로 삼는다. 학설은 **개개인을 언표행위의 어떤 일정한 형태로 연결**시키고, 따라서 다른 모든 형태를 취하는 것을 금한다. 그러나 학설은 그 대신 언표행위의 **어떤 일정한 형태를 이용하며 개개인을 상호 연결**시키고, 바로 이를 통해 그들을 다른 모든 사람들로부터 구별하는 것이다. (강조―인용자)

―『언어표현의 질서』

언어이론에서 말이라는 것은 관념세계에서 일어난 추상적 의미작용일지 모르지만, 실제로 우리들은 '청년기의 말'을 결코 이러한 것으로 체험하지 않는다. '조국' '주체성' '애국심' '역사' 등이라는 일련의 말은 주인공 속에서 이미 진부한 추상이 아니며, 그의 안에 자기와 사회 총체의 관계를 생생하게 표상시키고, 그 관계의 상像을 '이 현실이야말로 나에게 유일하게 의심할 수 없는 현실이다'라고 확신하는 가운데 주어지는 것이다.

현실이란 다름 아닌 '해석'이라고 말한 것은 니체지만, 틀림없이 청년시기 언어의 결정작용은 그 말의 생생한 실재감으로 세계를 '해석'하고, 그로써 그에게 살아있는 '현실'을 불러온다. 그러나 중요한 것은 이 언어의 결정작용이 밀의 공동성으로 향하는 청년의 이니시에이션入門儀禮을 의미하고 있지만, 청년의 입장에서 그것은 마치 가로막혀 있던 자기 본래의 존재의의가 이념상의 수업修業이나 연마에 의해 실제로 끄집어내어지는 과정처럼 나타난다. 이때, 이들의 말은 '어떻게 살아갈 것인가', 혹은 '나는 어떤 사람인가'라는 '교양소설'적인 물음에 무엇인가 근원적인 '지표'를 부여하면서 재생된다.

물론 청년이 이 '물음'과 '지표'를 아무렇게나 움켜잡는 것은 아니다. 우리들이 이미 봐온 바와 같이 이것은 개인 안에서 투쟁하는 '집'-'사회'라는 범형의 상호 관계를 통해 다가온다. 예를 들어 융은 다음과 같이 지적한다.

　　저는 예전에 덧붙이듯이 말씀드렸습니다만, 격정이 없으면 이념도 결코 인생을 결정할 정도로 커지지 않습니다. 저는 어떤 종류의 정신의 발생은 운명의 문제이기도 하다고 말씀드렸습니다만, 그것은 우리들의 의식이 자동적인 콤플렉스를 생각 그대로 창출시키는 입장이 아니라는 것을 말하려고 했기 때문입니다. 정신은 그것이 우리들에게 부딪히고, 의식된 의지에 대한 그 우월을 분명히 증명하지 않는 한 결코 자동적일 수 없습니다. 즉 정신도 또한 어두운 영역으로부터 나오는 저해阻害의 하나입니다.

　　　　　　　　　　　　　　　　　　　　　　　　　—『현대인의 혼』

　　이념(= 말)에 생명을 불어넣고, 그것을 하나의 추상으로부터 생생한 실재로 변하게 하는 것은 "격정"이라고 융은 말한다. '조선인'이라는 데에서 오는 은밀한 죄장감, 그것을 명쾌하게 부정할 수 없다는 데에서 오는 동포사회를 향한 자책감, '무엇인가'가 되어야 한다는 자기실현의 욕망과 그것을 저해하는 것처럼 보이는 '아버지'에 대한 이율배반적 감정. '재일' 2세대의 '어두운 영역'이 보통 이러한 형태로 감정세계의 밑바닥에 흐르고 있음은 물론이다. 자기를 확정할 수 없는 이와 같은 붕 떠있는 듯한 상태가 청년에게 울적함을 가져오고, 그리고 '어떻게 살 것인가'라는 물음과 거기에 부여된 '지표'가 그를 굴절된 위화감으로부터 구할 듯이 다가오는 것이다.

상준이 동료들의 세계에서 발견한 것은 "넌 조선민족을 위해서, 조선인동포와 함께 살아라"고 하는 이념적인 '귀속 장소'이다. 이 규범에 따라서 "그럼 어떻게 해서 그렇게 살아갈 수 있을 것인가"라는 물음을 거듭해감으로써 그는 마음의 공동을 지워갈 수 있는 것이다. 이렇게 하여 우리들은 주인공이 '일본인 → 반조선인 → 조선인'이라는 자기확인의 단계를 청년기의 다양한 고뇌와 곤란 속에서 착실하게 밟아가는 모습을 목격하게 된다.

그러나 아마도 '재일'의 입장에서 이 '귀속 장소'의 발견은 그것 자체가 제2의 '위기'를 의미하고 있었을 것이라 생각된다. 우리들은 여기에서 상준의 '연애'에 대해서 생각해 봐야 한다.

이회성은 주인공과 가야코의 연애 안에 하나의 문제를 설정하고 있다. 그것은 '재일'의 환경 속에서 '위축되어' 성장한 청년과 전쟁 중에 부모에게 버림받은 불우한 일본인 소녀를 모두 '전쟁'이라는 역사의 과오에 휘말린 피해자로 간주하고, 이들의 연애가 두 민족의 관계 윤리로서 어떻게 결실을 맺을 것인가와 같은 실험적 모티프였다. 예를 들어 작가는 상준이 처음 가야코와 입맞춤을 나눈 장면을 그린 후 주인공으로 하여금 이렇게 말하게 한다.

"전쟁에 보복하고 있는 거라 생각하지 않아? 우리 입맞춤이."
상준은 문득 그런 생각에 사로잡혔다. 한 순간 두 사람을 연결시키는 것이 시대의 전쟁 탓이라고 하는 흥분이 스쳤던 것이다. 그러나 동시에 그는 그 어두운 시대에 자신들이 서로 만나게 되었고, 그것이 이러한 감동을 가

저온 계기가 된 것에 감사하는 것이었다. (강조-인용자)

—「가야코를 위하여」

일본인 가야코와 '조선인' 상준의 연애라는 설정 그 자체가 민족적 동일성을 과제로 하는 주인공에게 위험한 것이라는 점은 말할 필요도 없다. 그러나 작가는 여기에서 재일의 현실을 깊이 파고들려고 할 때 이 문제를 피할 수 없는 벽으로 직관하고 있었을 것이다.

처음에는 서로 자신의 신상이나 고민을 숨김없이 이야기하고, 그 불행한 과거를 애석해하는 모습을 보여주면서 두 사람의 연애가 진행된다. 여기에서 특징적인 부분은 주인공에게 이 연애가 자신의 삶의 방식을 가야코의 삶의 방식에 연결하고, 두 사람의 삶의 방식을 다시 '사회'나 '역사'에 연결하고 싶다는 플라토닉한 모습으로 그려진다는 것이다. 가야코와의 연애를 역사의 과오에 대한 '보복'으로 포착하고, 그 성취가 피해 입은 자의 자기극복을 의미한다는 의식이 상준의 내부에 분명히 살아 있다. 이러한 연애의 형태는 스탕달이 말한 네 가지 연애 규범(정열연애, 취미연애, 육체연애, 허영연애)의 어느 것과도 비슷하지 않다. 오히려 기타무라 도코쿠北村透谷의 '상세계'와 '실세계' 사이의 싸움에서 진 시인의 '아성'이라는 연애개념에 가깝다. 도코쿠에게 연애란 인간의 이상이 현실 속에서 삶의 장소를 잃었을 때 유일한 거점으로 남겨진 영역을 의미한다. 즉, 근대가 가져온 청년시기의 관념극이 연애를 '색연色恋(색정이나 연애)'이라는 장소로부터 떼어놓고, 거기에 '이상'과 '신조' 그리고 '윤리'라는 요소를 불어넣은 것이다. 연애가 근대소설에서 항상 '어떻게 살아갈 것인가'라는 물음과 얽혀 등장하는 것은 그 때문이다.

아마도 상준이 가야코와의 연애에서 무의식중에 꿈꾸고 있었던 것은 불행한 과거를 극복하고 본래의 '귀속 장소'에서 살아가려는 남자와, 그것을 이른바 1세적인 '집'의 친화감과 정서에 의해 무언중에 떠받드는 여자가 협력하여 만들어내는 '재일'의 새로운 '집'의 이미지였을 것이다. 가야코가 조선의 효행이야기인 '심청전'의 히로인 이미지와 겹쳐 그려지고, 조선의 민족 악기에서 유래한 이름을 가진 소녀라는 설정은 우연이 아니다. 가야코의 이미지는 「다듬이질 하는 여인」에서 그려진 '생모' 상과 더불어 작가(혹은 그 주인공)에게 잠재적인 아니마이상적인 여성상처럼 그려진다. 그리고 '이 여성과 더불어 어떻게 살아갈 것인가'라는 물음에 주인공은 사회적 아이덴티티와 생활상의 존재이유를 함께 녹여내려고 하는 것이다.

　그러나 가야코와의 연애는 우선 다음과 같은 장애에 부딪친다. 가야코는 전쟁 기간 중 일본인 부모에게 버림받고, 상준 아버지의 지인인 마쓰모토 아키오(이 인물도 조선인 출신이다)에 의해 키워진 딸이다. 가야코의 모친은 일본인으로, "조선인과 결혼하여" "평생 역경에서 헤어나지 못하게 되"었다고 속으로 생각한다. 이 부모는 지금은 귀화를 생각하고 있고, '조선인'인 상준과 가야코 사이를 탐탁지 않게 여긴다. 상준의 아버지도 "쪽바리 여자하고는" 결코 "잘 되지 않는다"는 사실을 끊임없이 아들에게 이야기한다.

　일본인 가야코와의 연애는 이러한 장면에서 낡은 '집' 의식과 자유로운 인간관을 토대로 한 새로운 '집' 의식의 상극을 의미한다. 상준이 이 연애를 가야코의 부모와 아버지의 반대를 뿌리치고 강행하는 것은 그의 안에 내재하는 "삶의 방식을 강력하게 추구하고자" 하는 인간상의 근원적인 핵을 사수하는 것을 의미한다. 그러나 심리적으로 이것은 동시에 '조선'적 모태로서의 '집'에 대한 배신을 의미하기도 한다. 즉, 가야코와의 연애는 주인공이 마음속의 자기규범을 깰 것인가, 그렇지 않으면 '조선'적 모태를 버릴 것인가 하는 이율배반에 직면하게 한다. 그것은 주로 가야코의 부모와의 갈등으로 그려지고 있지만, 마쓰모토 아키오를 보는 상준의 시선은 흡사 '재일'의 '아버지'를 보는 이회성의 시선과 같다. 그리고 그 시선 속에서 우리들은 그러한 결단을 강요당하는 '재일'청년의 꼼짝할 수 없는 숨막힘을 읽을 수 있다.

두 번째 장애는 이념적인 장소에서 찾아온다. 재일조선인 사이에 뜨거워진 귀국운동이 재일학생들에게 파급되고, 학내에서 귀국신청에 관한 논의가 격렬해지게 된다. 귀국신청은 '조국'을 부여잡고자 하는 청년들에게 이를테면 후미에踏み絵[4]처럼 다가온다. "우리들은 지금 뜻밖에도 조국을 향한 충성심, 애국심을 시험 받고 있다. 신청할 수 없다는 건 그 마음이 결여돼 있기 때문이고, 틀림없이 민족허무주의에 빠져 있기 때문이다"라는 활동가의 말이 커다란 낫이 되어 학생들의 '보신성保身性'을 베어 내어, 그것을 그들 앞에 들이댄다. 상준은 다음과 같이 생각한다.

귀국신청이 바로 애국심의 기준이라는 말을 들으면 반발하면서도, 활동가인 이상 그런 말을 듣는 것도 어쩔 수 없다고 체념하는 마음도 생긴다. 그

---

[4] 기독교가 박해를 받던 에도 시대에 기독교도를 식별하기 위해 사용된 그리스도 혹은 마리아의 그림이 그려진 널빤지. 당시 사상 검증의 수단으로 쓰임.

렇게 느끼는 것이 발언을 횡설수설하게 했다. (…중략…) 설령 애국심이 결여돼 있어도 조국에 대한 느낌을 가지고 있고, 그 마음에 의심은 없다. 문제는 지금 비로 돌아갈지 말지 여부다. 그리고 난 돌아갈 수 없다. 왜? 닌 가야코를 일본에 두고 돌아갈 수 없으니까. 그게 진심이다.

—「가야코를 위하여」

주인공은 여기에서 청년시기의 관념극劇이 초래하는 하나의 상징적인 '물음'에 맞닥뜨리려 하는 것이다. 조직학생들이 상준에게 들이댄 '물음'을 만약 더욱 예리하게 밀고 나간다면 "넌 조국을 위해 목숨을 던질 것인가, 그렇지 않으면 동포를 배신하고 자신의 보잘것없는 생활을 지키려고 할 것인가"라는 형태로 나타날 것이다. 이 '물음'은 바로 근대적인 관념극 속에서 '어떻게 살아갈 것인가'라는 물음이 이상과 현실을 헤맨 끝에 나타난 '극한의 물음'에 다름 아니다.

이 '물음'은 일절의 애매함도 허용되지 않는 정황에서, 인간이 사회적인 이념과 생활의식 중 하나를 선택해야 할 때만 제기되는 것이 아니다. 오히려 이제까지 금기, 묵계, 습속, 제의, 습관이라는 형태로 성립한 인간의 '공동적인 것'을 향한 귀속성이 이제는 개개인의 삶의 방식에 대한 '물음'으로 내면화되었음을 보여준다.

그리고 개인과 사회가 시대 속에서 본질적으로 이화異化의 관계 속에서만 존재할 수 있을 때, '어떻게 살아갈 것인가'라는 '교양소설'적인 물음은 이 양자택일적인 물음에 부딪쳐 소멸할 수밖에 없다. 즉, 이것은 '불가능한 물음'이 되는 것이다. 왜냐하면 이념적 현실을 취할 것인가, 생활상의 현실을 취할 것인가라는 결단적인 물음은, '신'과 같은 초월성을 상정하지 않는 한 누구도 선택할 수 없는 문제이기 때문이다.

그러나 상준의 '물음'은 반드시 그러한 궁극적인 형태로 찾아오는 것은 아니다. 여기에서 모태인 '집'에 대한 배신의 의식으로부터 반동적으로 초래된 '조선민족'을 향한 충성심과 가야코와 만들어야 할 새로운 '재일'의 '집'이라는 모습에 대한 집착이 그의 내부에서 갈등하고 있다. 상준의 "속마음"은 분명히 후자에 중점을 두고 있으며, "애국심이 결여돼 있어도 조국에 대한 느낌을 가지고 있"다는 환기 구멍을 통함으로써, 말하자면 저 '불가능한 물음'과 직면하는 것을 피할 수 있는 것이다.

그러나 그것은 또한 도쿄에서 보낸 가야코와의 은밀한 공동생활을 '조국'이라는 귀속 장소에 대한 또 다른 꺼림칙함으로 채색하지 않을 수 없다. 귀국을 결의하는 친구들을 곁눈질하면서 두 사람의 동거생활은 처음의 기쁨에 찬 분위기에서 차츰 어두운 그늘이 드리워지게 된다. 상준은 결국 가야코에게 자신의 '삶의 방식'을 이해시키는 것이 두 사람에게 필요불가결하다고 말하듯이 행동하고, 가야코의 내면에 세세한 주의를 기울일 여유를 잃어간다.

"내 성격에 있는 어두움은 일본에 있는 한, 없어지지 않을 것 같은 생각이 들어"라는 말은 가야코에게 귀국을 설득하기 위한 근거로는 지나치게 박약하고 조리에 맞지 않는다. 가야코는 상준에게 "나, 아버지를 두고 갈 수 없어. 아버지는 날 의지하시거든. 자주 심청전 얘기를 해 주셨던 게 요즘 들어 생각나"라고 말한다. 마침 가야코의 "— 때문에"라는 어미가 가진 매력에 찬 울림이 이제는 "짜증"스럽게 느껴지는 것처럼 민족의 효녀 "심청"으로 겹쳐지는 가야코의 이미지도 여기에서는 분명히 질곡으로 그려진다.

모태적인 '집'에 대한 배신 의식, 현재의 자신은 가야코와의 "생활"에서 '조국'과 일체가 될 수 없다는 의식, 가야코가 일본인이라는 사실에서 오는 온밀한 꺼림칙함, 이와 같이 몇 겹이고 굴절된 의식이 상준을 괴롭히고 초조하게 만든다.

가야코의 감기가 낫고 사오일 지난 아주 맑은 날, 정오가 조금 지났을 무렵, 두 사람은 기치조지吉祥寺 상점가를 걷고 있었다. 가야코와 나란히 걷던 상준은 어느 샌가 한 발 한 발 뒷걸음질 치듯이 해서 가야코와 거리를 두기 시작했다. 가야코는 앞으로 밀려 나가는 것처럼 5미터 정도 앞서게 되었다. 그 뒷모습을 물끄러미 응시하고 있던 상준이 갑자기 짓궂게 말했다.
"다리를 저네. 가야짱, 너 절름발이야?"
(…중략…)
"절름발이 아니거든."
"그럼 다시 한 번 걸어봐. …… 거봐, 역시 이상하잖아."
걷기 시작한 가야코는 그 소리에 움츠렸다. 그러고는 스스로 확인해 보려고 두세 발 걸었는데 정말로 비틀거리며 다리를 절었다. 암시에 걸려 더 이상 자연스럽게는 걸을 수 없게 된 것처럼.
— 「가야코를 위하여」

"절름발이"라는 말은 도쿄의 "생활"에서 독립해서 걸을 수 없는 가야코에 대한 상준의 초조함을 직접적으로 표현하는 말일 것이다. 그러나 이 말은 두 사람의 공동생활을 향한 주인공의 불안한 마음도 표상하고 있는 것처럼 보인다. 상준은 가야코를 자신의 귀속 장소에 끌어들임으로써 모태의 '집'에 대한 배신 의식과 '조국'에 대한 배반감을 더불어 유화시키려는 심정에 사로잡혀 있다. 그러나 가야코는 상준의 요구가 이기적인 성격을 내포하고 있다는 것을 감지하고 있고, 그의 삶의 방식이 가야코의 생활의식에는 어딘가 어울리지 않음을 깨닫고 있다. 상준은 가야코와의 '연애'에 은밀히 봉해 놓은 '재일'의 새로운 '집'을 향한 꿈이 완전히 상상할 수 없는 형태로 변형되기 시작한다는 사실에 짜증 내며, "절름발이"라는 말로 그 초조함을 표현하고 있는 것이다.

> 선거가 시작된 것일까? 멀리 골목 쪽에서 스피커 소리가 묘하게도 분명히 들려 왔다. (…중략…) 이윽고 탁한 목소리로 정견을 늘어놓는 입후보자의 목소리가 울려 왔다. 가야코는 듣고 있는 건지 자고 있는 건지 알 수가 없었다. 스커트를 입고 한쪽 무릎을 세우고 있어서 드러난 다리가 들여다 보였다. 그는 욕정에 사로잡혀 손을 뻗었다. 가야코는 기뻐하지도 않고 그저 가볍게 허리를 꼬며 받아들일 뿐이었다. 무엇인가가 그때 두 사람 몸 사이로 힘없이 부스러지고 있었던 것 같았다.

> ─「가야코를 위하여」

이러한 장면은 함께 생활하는 남녀의 일상적 감정의 멋진 표현으로 등장하는 것이 아니다. 상준의 '조국'이라는 아이덴티티가 일본인 가야코와의 "생활" 속에서 강요될 때 두 사람의(= 공동적인) 생활의식은 "힘없이" 뭉개져 버린다. 왜냐하면 여기에서 주인공의 '이 여자와 어떻게 살아갈 것인가'라는 물음은 '나를 선택할 것인가 조국을 선택할 것인가'라는 생활의식상의 '극한의 물음'에 의해 위협받게 되고, 또 다시 '불가능한 물음'이 될 수밖에 없기 때문이다.

청년기의 관념극은 그것이 얼마나 착종된 형태로 나타나든 반드시 인간의 사회적 생존의 의의와 개인적인 생활의식상의 의미, 그리고 시대상황이라는 세 가지 항의 상관도세삼도 위에서 맴돈다. 우리들의 '교양소설'적인 물음이 가능한 것은 그것이 인생이나 사회의 의미를 최종적으로 개시하는 것이기 때문이 아니다. 오히려 이 물음은 단지 그런 종착점과 만나지 않음으로써 가능하다고 할 수밖에 없다.

바꿔 말하면, 만약 현실상황이 엄중한 경우에는 인간의 개인적인 생활의 의미와 사회의 원리는 결코 조화를 이룰 수 없는 것이다. 아이덴티티의 이러한 '위기'를 구하는 것은 결코 이념상의 연마나 계율에는 있을 수 없다. 귀국운동이 잠잠해지고 '재일' 안에서 동포를 위해 일하는 것도 좋은 것이라고 하는 공인이 퍼져 '재일'동포를 어떻게 구할까라는 물음의 규범이 거듭되었을 때 이윽고 상준의 '조선인' 아이덴티티는 '재일' 안에서 살아남아야 할 조그마한 통로를 부여 받는다. 미찬가지로 상준이 가야코와의 생활 속에서 직면한 '위기'는 가야코의 부모가 일단 그녀를 상준으로부터 되찾아 가는 사태에 이르러 해소된다. 그는 그것을 묵인해 버리고 그로 인해 가야코의 마음은 상준에게서 떠나는 것처럼 보인다. 작가는 소설의 마지막 장면에서 주인공에게 다음과 같은 감개를 품게 한다.

가야코를 그런 길로 내몬 건 내 탓이라고도 할 수 있다. 주위의 벽은 어찌 됐든 자신의 사랑이 확실하다면 가야코가 그렇게 되는 걸 막을 수 있었을 거다. 이제는 알 수 있다. 너무 늦은 실감이라 해도 서툴렀던 자신의 사랑에

분함을 간직한 채로 되돌아볼 수 있다. 하지만, 이라고 그는 생각한다. 그 시대에는 그게 최선이기도 했다. 그 학생시절에는 미숙한 상태로 살아가는 것을 동경하고, 조바심 내서 실수를 저지르는 일도 있었다. 세상을 자기 방식으로 끌고 나가려고 수많은 선인들의 말에서 의미를 찾으려고 하며, 모방하거나 반발하면서 삶의 방식을 찾으려고 했던 건 아니었을까. 그러나 가야코와의 사랑만은 모방이 아니라 이 시대에 우리들이 새긴 틀림없는 하나의 청춘이었다. 설령 지금은 마음의 묘비로서 다시 고려될지라도 그것만은 하나의 진실이었다.

—「가야코를 위하여」

여기에 부상하는 것은 아마도 작가의 조심스러우면서도 의심할 수 없는 그 '교양소설'적 시선이다. 작가는 이때 그 '재일'의 회피 불가능한 '위기'를 '미숙에서 나온 실수'로 묻으려는 것처럼 보인다. 사실 '재일'에게 있어서 규범화된 이념적 자기 확인의 길은 흡사 근대일본의 이념상 '물음'이 그러한 길을 밟아야 했던 것처럼, 그것이 살아남아야 할 현실적 기반을 향한 통로가 막히고 논리와 생활 그리고 정황과의 상관 속에서 그 '불가능한 물음'을 끊임없이 물어야 하는 것 같은 길이다. 상준과 가야코의 연애 "묘비"란 미숙한 청춘의 기념비가 아니라 오히려 일본 사회에 있으면서 아이덴티티가 지니는 본질적인 불가능성과 격돌하는 새로운 '재일' 세대가 갖는 마음의 흔적이라고 할 수 있다.

이미 본 바와 같이 이회성은 이 흔적을 시급하게 치유하지 않으면 안 된다는 듯이 「청구의 집」과 「반쪽바리」라는 두 청춘소설을 연이어 쓴다. '조국' 민중과의 현실적인 연결을 일시적으로 보류하고, 그것을 심정적인 연대 의식으로 재생하는 것으로써 그는 '재일'의 아이덴티티를 유지하려고 한다. 그러나 상준에게 일어나기 시작했던 것은 아이덴티티 그 자체의 '위기'이고, 이것이야말로 '재일'을 살아가는 청년기의 관념극劇에서 '나는 어떤 사람인가'라는 물음을 강행했을 때 노출된 것이다.

이회성은 그 이화의 흔적을 매장함으로써 '재일'의 아이덴티티 그 자체가 지닌 '위기'를 은밀히 덮는다. 그가 세 청춘소설을 통해 이룬 것은 '일본인 → 반조선인 → 조선인'이라는 아이덴티티의 경로를 보존하고, 그것을 후속세대를 위한 새로운 '사회' 모델로서 제출한 점이다. 이 이념적 노정은 분단된 두 개의 조국과 '재일'이라는 상관 속에서 새로운 '물음'을 창출해 나가게 된다. '나는 어떤 사람인가'라는 물음은 사회, 정치적 맥락 속에서 '세상은 어떠한 모습이 아니면 안 되는가'라는 물음으로 전화轉化되고, 이 물음 속에서, 이 물음으로, 그는 자신의 존재 의의를 알아내야만 한다. 그러나 '재일'의 '위기'는 여전히 그 생활영역에서 어둡고 불안한 그늘로 자리 잡고 있다. 우리들은 아직 작가가 갖고 있는 이념의 궤적에서 벗어나고 싶어도 벗어날 수 없다. 거기에 '재일'의 '사회'적 모델의 현대적 한 전형이 출현하게 되기 때문이다.

3. 성숙하는 이념

이회성은 1972년 6월에 한국을 방문한 뒤, 둑이 터진 것처럼 평론적 저작과 에세이를 써낸다. 이들 저작은 1974년 에세이집 『북이든 남이든 우리 조국』, 대화집 『참가하는 말』, 1975년 에세이집 『임진강을 향할 때』에 정리되어 있는데, 방한에 관한 저작을 비롯해서 한국의 정치정세, '재일'의 차별문제 혹은 자신의 문학이념 등을 다루고 있으며 대체로 사회적인 제 문제에 대한 작가의 적극적인 참가의 자세를 볼 수 있다.

이것들을 통독하면 작가의 이념 전개에서 어느 지방의 신문사로부터 초대받고, 이에 응해서 한국을 방문한다고 하는 것이(별로 알고 싶은 것은 아니지만, 왠지 그 경위를 작가는 그다지 상세하게 쓰지 않는다) 결코 작은 일이 아니었음을 알 수 있다.

앞서 언급한 일련의 저작들은 이를테면 재일작가 이회성의 이념적인 매니페스트manifest라고 할 수 있는 것이지만, 방한이 작가로 하여금 이들 저작을 쓰게 하는 방아쇠 역할을 한 것은 의심할 여지가 없다. 왜냐하면 뒤에 자세히 서술하겠지만, 방한을 둘러싼 문제는 무엇보다 그가 한때 소속되어 있던 "민족조직" 그리고 작가의 귀속 논리를 둘러싼 반목으로 나타나고, 이회성은 이 문제를 기점으로 하여 '총련적'인 귀속 논리로부터 어쩔 수 없이 자립하게 되기 때문이다. 서울대학교에서 한 강연 기록인 「물신과 저항정신」은 다음과 같은 작가의 말을 전하고 있다.

그런데 어제 저는 '민족문화'라는 테마로 내가 어떠한 입장에서 문학을 하고자 하는가 등의 문제에 대해서 말할 기회를 가졌습니다. 그 자리에서 '민족과 국가'의 관계에 대해서 간단하게 언급했습니다. 이 '민족과 국가'의 관계에 대해 생각해 볼 때 우선 민족은 자연적인 존재입니다. (…중략…) 민족을 자연 존재라고 한다면 국가는 각각의 시대에 따라 인간이 형성해 온 인위적 존재입니다. 그렇기 때문에 가령 국가는 변할 수 있지만 민족은 그대로 존재해 나갑니다. 그래서 우리나라처럼 두 개의 국가가 존재하고, 분단상황이 이어지고 있는 현실 속에서 우리들은 잘못하면 국가의 논리로 자칫 온갖 사물을 고찰하고 행동하기 쉬운 법입니다만, 그게 아니라, 다시 말해서 분단된 한쪽의 국가적 논리를 가지고 사고하고 행동하는 게 아니라 전체 민족의 입장에서 우리 민족이 나아갈 길을 찾아야 하지 않을까 싶습니다.

—『북이든 남이든 우리 조국』

국가보다도 민족이 자연적 존재이고, 따라서 인간이 정말로 의거해야 할 거점은 민족이라는 원리라고 주장하는 논리는 이회성의 새로운 이념의 형태라는 점에서 중요한 지표가 된다. 그러나 물론 내 견해에서 본다면 개인과 '사회'의 근대적인 관계를 맺는 의식으로 나타나는 귀속의식에서, 국가와 민족 어느 쪽이 자연스러운가를 묻는 것은 원래 무의미하다고 할 수 있다. 그것은 마르크스적인 문맥에서 말하자면 권력(법)과 종교 어느 쪽이 자연스러운지 묻는 것과 같고, 더 저속하게 말하자면 성과 사랑 중에 어느 쪽이 자연스러운지 진지한 체 하며 논의하는 것과 비슷하다. 여하튼 국가가 아니라 민족이야말로 자연스러운 원리라고 하는 작가의 입론은 아마도 작가가 사회적 아이덴티티의 현실적 기반을 어디에서 찾아내는가 하는 문제와 관련이 있고, 상징적으로 말하자면 이때 그의 시야 속에 '재일'의 민중이 아니라 "남쪽의 민중"이라고 하는 이념의 새로운 토양이 등장했다고 생각해도 좋을 듯하다.

에릭슨은 아이덴티티의 의의가 '자명의 진리'로서 받아들여지기 위한 조건으로 '진실성', '현실감각', '실재성'이라는 세 가지 점을 들고 있는데(『역사 속의 아이덴티티』), 그러한 의미에서 '재일'의, '조국'을 귀속 장소로 삼는 아이덴티티 의식은 일반적으로 말해 최후의 '실재성'이라는 조건, 다시 말해 '다른 인간과의 협동을 통해 확정된 사회생활'이라는 조건에 있어서 본질적인 '불안'에 노출되어 있다고 생각할 수 있다. 이 '불안'은 그가 본국 쪽에 비중을 둔 귀속원리의 정도에 따라서 한층 심각함을 더하게 된다.

이회성이 한국 학생들과 지식인들 앞에서 국가가 아닌 민족이라고 말했을 때 작가는 거의 처음으로 자기의 이념을 받아들이고, 그 현실성을 '자명의 원리'로서 확증하는 사회의 실재를 느꼈다고 해도 좋을 것이다. 여기에서 작가는 "넌 한국의 민중이나 한국의 정치 그리고 한국의 기타 모든 일들에 대해 말할 자격이 없다"는 소리를 듣지 않았던 것이다.

그렇지만 현지에서 이뤄진 좌담회에서 한국 작가 이호철은 이회성에게 이번 '귀국'은 하나의 새로운 시험대이고, 그 절실함은 1920년대 중국에서의 앙드레 말로의 경우와는 비교할 수 없다고 서두에 말하면서, "바로 이 점에서 작가로서 이회성 씨는 조국 문제와 점차 절실하게 부딪히기 시작할 것이라 생각하고, 국내에서 활동하는 작가와도 보다 견고한 연대로 연결될 것이라 생각합니다. 그리고 이 점에서 작가 이회성 씨는 조국의 문제와 점차 깊숙이 연관을 맺고, 곤란함에 직면하지 않을까요? 우리의 곤란함을 그대로 분담하자는 건 아니지만, **이 곤**

란함에 이회성 씨 또한 깊이 개입해 온 측면이 있지요"(「조국땅을 밟고」, 『참가하는 말』, 강조 - 인용자)라고 언급하고 있다.

나는 이호철이 말하는 "곤란"이란 조국 문제의 어려움이라기보다 오히려 이회성이 남쪽의 정치적 사회적 현실에서 분리되어 있고, 그러한 조건에서 '조국'과 '통일' 문제를 작가로서 채택하여 표현해 가지 않으면 안 되는 것의 "곤란"을 의미한다고 생각한다. 즉, 그는 '당신이 '조국'이나 '통일'을 우리와 더불어 과제로 삼는 것을 우리는 거부하지 않는다. 그러나 당신의 "곤란"은 당신이, 당신이 서 있는 현실 그 자체의 내부로부터 스스로의 힘으로 그 과제에 맞서야 한다는 점이다'라는 논리로 말하고 있다고 보인다. 이러한 태도는 물론 정당한 것이라 생각한다. 그러나 일본의 지식인은 그러한 태도를 자주 취하지 않는다. 그들은 '당신이 일본의 현실이나 사회를 우리들과 더불어 과제로 삼는 것을 거부하지 않는다. 다만 당신은 당신의 현실 그 자체의 내부로부터 그곳으로 향하지 않으면 안 되는 곤란을 감수해야 한다'라고 말하는 대신, '당신의 문제는 이 일본의 내부가 아니라 오히려 당신의 조국에 있다. 그러나 당신의 노력은 우리가 우리의 문제를 생각하는 데 있어서 큰 힘이 된다'는 식으로 말한다.

어쨌든 이회성이 친구이기도 한 이 한국 문학자의 말을 어떻게 받아들였을지 매우 흥미롭다. 왜냐하면 방한을 계기로 전개된 작가의 새로운 귀속이념은 '재일'적인 아이덴티티의 현실적 기반(= 실재성)의 결락缺落을 "남쪽의 민중"과의 연대의식으로 메우자는 모티프를 숨기고 있고, 그럼에도 불구하고 한국 작가의 말은 이 모티프에 진중한 쐐기를 박는 것처럼 보이기 때문이다.

앞서 말한 이회성의 일련의 평론과 에세이에 내 나름의 역점을 찍는 다면 대강 다음과 같다.

①

영국 작가 조지 오웰의 문학적 에세이에 『우든 좌든 우리 조국』이라는 것 이 있습니다. 그 표현법을 빌려서 말하자면 '북이든 남이든 우리 조국'이라 는 게 제 소감입니다. 여기에서 제 조국관에 대해서 말해 보겠습니다. 제 진 짜 조국은 통일을 이룬 국가입니다. 이 점에서 말하자면 현재의 분단된 조 국의 남북 정권은 과도적 성격을 띠고 있다고 봅니다. 분단국가가 없어질 날은 이르면 이를수록 바람직합니다. 저는 통일국가를 마음으로 고대하고 있습니다.

—「시대와 여성의 역할」

표현을 바꾸면 민족은 영구적인 존재이고, 국가는 시간적 존재라고 할 수 있다. 이것은 보편적 진리이다.

—『북이든 남이든 우리 조국』

재일조선인 문학이라는 것은 무엇일까, (…중략…) 어떠한 이론으로 나 타나든지, 재일조선인 문학의 운명이라는 면에서 생각하면 이것은 언젠가 없어질 문학입니다. (…중략…) 그리고 결국에는 조선인 문학 그 자체 안에 회수되지 않으면 안 되는 문학으로서의 지향성을 지니고 있습니다.

—「문학자와 조국」

②

단, 동시에 '동화소년'이었던 내가 한 명의 재일조선인으로서 조국을 지 닌 주체자로서 존재할 수 있기 위해서는 일본의 민주교육이 나에게 있어서 그릇이 다른 일본인 그 자체였다고 생각하지 않을 수 없다. 민족적 지각을 촉구하고, 자신의 조국에 책임을 갖는 최고의 교육은 민족교육이며, 민주 적 민족교육이야말로 나에게 필요한 것이었다.

—「원점으로서의 8월」

그렇기 때문에 나는 양정명梁政明이 삶을 지속해가고, 귀화자로서의 역경 을 지양했으면 좋았겠다고 생각하지 않을 수 없다. 패턴으로서의 숙명이 아니라 예를 들어 일본인으로서 양 민족의 가교가 되는 독자적인 존재자로 서 굴하지 않고 청춘을 지속시키는 것, 그 지난함 속을 살아가는 것이야말 로 현대의 청춘을 깊게 해 주는 것이 아니었을까?

「두 개의 조국 소유자의 외침」

정열과 애국심이 이 청년을 사지로 향하게 하고 있다. 거기에 자기연극화 의 경향과 영웅주의의 싹이 있었다 해도 그것은 스스로의 청춘을 조국 구제 를 위해 갚고자 하는 인간의 피하기 어려운 감회라고 할 수 있다. 그 행위는 결코 광신적인 게 아니라 선별된 행위였다.

—「문세광의 좌절」

③

현실인식이라는 경우 그것은 현실사회와 관련된 작가의 주체적인 상상력이라는 식으로 표현해도 상관 없다고 생각한다. 즉 작가의 현실사회에 대한 상상력이 풍부하게 작용하는지 빈곤한지가 문제이다.

—「진정한 체험에 대해서」

①에서는 그의 귀속 거점이 '재일'이나 '북쪽의 조국'에서 '통일된 국가'라는 장소로 이동하고 있는 것을 볼 수 있고, 이를테면 현실의 "국가"보다 이념으로서의 "민족"이 중요시되고 있음을 알 수 있다. 그러나 앞서 말한 바와 같이 이 '민족'에 대한 중시는 한편으로 "남쪽의 민중"의 생생한 "현실성"에 의해 상기되는 것이고, 실은 한국의 민중과 더불어 "통일국가"를 지향한다는 자세와 같은 것이다. 「서울·파시즘의 겨울」, 「상어에게 인간은 언제까지 먹히는가」, 「남쪽 땅 반란의 시인 김지하」, 「꿈은 마른 들판을 뛰어다닌다」 등은 김대중 사건과 민청학련 사건 등 한국의 정치상황과 민주화의 과제에 관한 참여이고, 이들 언설은 "국가보다 민족"이라는 논리와 표리관계를 이루고 있다고 봐도 좋다.

②는 '일본인 → 반조선인 → 조선인'이라는 "자기변혁" 과정에 재일 2세, 3세 세대의 '삶의 방식'의 새로운 모델을 제시하고 싶다는 모티프를 보여준다. 이미 '청년기'의 문제로 다루었지만, "역경"을 힘차게 극복함으로써 '재일'은 진정한 민족적 주체로 자기를 바꿀 수 있다고 하는 작가의 메시지가 담겨져 있다. 이 과정은 '동화'나 '풍화'에 대한 유일한 제동이고, 그것을 완성하는 것이 "남쪽의 민주화 과제를 자기 것으로 삼고 살아간다"고 하는 아이덴티티의 바람직한 모습이다.

③은 이를테면 전후작가로서 이회성의 위치이고, 동세대문학으로서의 '내향의 세대'에 대한 위화감, 오에 겐자부로적인 문학적 상상력

에 의한 현실참가라는 입장에서 특징적이다.

  방한을 계기로 일종의 어쩔 수 없는 정열에 의해 쓰게 된 이러한 이념형은 단순한 문학자의 사회적 참여 이상의 중요한 의미를 지닌다고 생각한다. 그것은 언뜻 봤을 때 '재일'이라는 독자적 상황에 놓인 조선인 작가가 그 상황 속에서 작가 고유의 테마와 모티프를 개성적인 방법으로 엮어내고 있는 것처럼 보인다. 예를 들어 작가 이회성에 대한 일본 지식인의 시선은 대개 거기에 모아질 것이다. 그러나 내가 보기에는 이회성의 이러한 이념형은 오히려 정반대로 일본의 전후적인 문학이나 정치의 이념과 거의 동일한 형태인 것처럼 보인다.

  예를 들어 다음과 같은 구절이 있다.

  지금 우리들이 '조국'이라고 말할 때 그 '조국'이라는 실재는 곧 민중이라는 것을 의미한다. (…중략…) 이러한, 그랬으면 좋겠다는 식의 '조국'과 '국가'의 현실을 지향하고, 그 개념을 아래에서 견고하게 지탱하는 민주주의의 실현을 위해 지식인은 그 지적 수단을 행사하지 않으면 안 될 것이다.
  ―「신세타령을 배제한다」

  인간이란 무엇일까 ― 이 보편적인 물음을 향해 작품을 쓰면서, 어떤 인간으로서 존재할 수 있을까 하는 삶의 방식의 문제를 나는 찾고 싶다. 나는 자기 아이덴티티를 소중히 하려고 생각하고 있지만, 그것은 인간을 파악해가는 기초가 될 수는 있어도 인간을 파악하는 것 그 자체는 아니라고 느끼기 때문이다.
  ―「용의자의 말」

이러한 지점에서 다름 아닌 2세로서의 그의 육성이 나타나고 있다. 그가 '조국'이라고 할 때 그것은 "조국을 위해 진력을 다하는 것이 인간으로서의 훌륭한 삶의 방식이다"라는 현세적인 질서지향이 아니라, 오히려 학대당하는 '민중'에 대한 윤리적인 자기귀일白己歸—로서 나타나고 있다. 또한 아이덴티티라는 말은 '삶의 방식'을 거기에서 시험해야 할 실존적인 결단 의식으로서 살아 있다는 것을 알 수 있다. 즉 작가의 '조국'이라든가 '인간'이라든가 '민중'이라는 말은 그 실질로서는 전후 교육을 받은 일본인이 사회의식의 핵심으로서 몸에 익힌 '자유', '인간', '주체', '책임과 권리', '민중', '변혁'이라는 말의 실질과 실은 거의 다르지 않다. 그러나 물론 이회성의 언설은 결과적으로는 일본인의 '반체제'-'반국가'라는 문맥과 크게 다르다. 예를 들어 고미카와 준페이五味川純平와의 대담(「벌판으로부터의 출발」, 『참가하는 말』)에서 작가는 『인간의 조건』의 주인공과 고미카와 준페이를 중첩시키면서 "28년의 세월을 다 소비했음에도 역시나 조국에 대한 애착을 갖지 않는다는 것은, 내가 보기에는 역시 가지梶 상병의 사상적 태만이라고 생각합니다"라고 말한다. 고미카와가 그 점에 대해 이회성에게 오해가 있는 것 같다고 하자, 이번에는 다음과 같이 대답한다.

이회성 : 그런 오해는 하지 않습니다. 저는 자기 조국에 대해서 조선인이든 일본인이든 완전한 책임하에 서로 얘기하지 않는다면 우리 얘기는 아귀가 맞지 않으니까, 계속 그런 시점에서 서로 얘기해 보고 싶다는 것입니다.
— 「벌판으로부터의 출발」, 『참가하는 말』

일반적인 감각으로 말하자면 이회성은 약간 고전적인 내셔널리스트이고, 고미카와 준페이는 인터내셔널한 감각을 지니고 있는 것처럼 보일지도 모르지만, 실은 그렇지 않다. 이회성이 '재일'의 장소에서 이념적인 "통일조국"에 대해 "완전한 책임하에 얘기한다"고 하는 것은, 고미카와 준페이가 일본이라는 장소에서 "미국의 세계 침략 쪽에 많은 무게를 가지고" 역사 속에서 인간으로서의 책임에 대해 얘기하는 것과 조금도 다르지 않기 때문이다.

이것 역시 뒤에서 다루겠지만, 이회성의 "조국"이라는 말은 아무리 그렇게 생각되지 않는다고 해도, 실은 일본의 반체제적, 혁신적 이념과 대립하고 있는 것이 아니라 오히려 총련적인 당파 이념과 대립하고 있다. 그것은 또한 전후적인 사회의식에 특유한 자유로운 인간끼리의 진정한 공동체를 향한 꿈과 공통성을 가지고 있다. 그럼에도 불구하고 그의 이념이 '조국'과 '반국가'라는 표식에서 일본 지식인과 어긋나는 것처럼 보인다면 그 이유는 이회성의 이념이(즉 '재일' 2세, 3세대의 귀속의식이) '재일' 안에서 끊임없이 그 '실재성'이 지닌 리얼리티의 불안에 노출되어 있어서 '조국'이라는 "실재물實在物"을 지향하지 않을 수 없었기 때문이다. 고미카와 준페이와 기타 일본의 지식인의 입장에서는 자신이 일본의 현실 속에서 일본인과 더불어 사회를 구성하고 있다는 것은 '자명한 이치'이고, 그렇기 때문에 특별히 '국가'나 '사회'라는 '실재성'의 표식을 불러들일 필요가 없었던 것이다.

이회성이 방한을 계기로 연마한 새로운 이념형은 작가의 전후적인 정치, 문학이념과 결부되었던 것이다. 그리고 이 이념의 현실적인 사정은 그가 총련적인 귀속 이념에 대해서 2세적인 리얼리티를 띤 새로운 아이덴티티 논리를 제출한 점에 있다. 우리가 이회성을 새로운 세대의 톱 주자로 평가할 때 이 두 가지 점은 무슨 일이 있어도 확인해 두지 않으면 안 된다.

작가는 1973년 4월, 즉 방한 이듬해에 앞서 말한 평론과 에세이 사이를 잇는 것처럼 장편『약속의 땅』을 잡지『군조群像』에 발표한다. 이 작품은 이회성에게 있어서 이를테면 '조직'과의 결별서라고도 말할 수 있는 것이다. 그뿐만 아니라 조직과 결별함으로써 '재일'의 새로운 아이덴티티 논리를 창출하려고 하는 주인공의 모습에서 우리는 그 전후적 (= 2세대적) 사회의식이 지니는 시대적인 사정을 읽어낼 수 있다.

소설에서 이회성 자신을 연상시키는 주인공 작가의 가족은 이중 국적을 가진 마쓰모토 히로만松本浩萬이라는 인물에게 거의 공짜나 다름없는 월세로 고급스러운 집을 제공받지만, 머지않아 집의 소유권을 둘러싼 분쟁에 휩싸이게 되고, 결국 이 "임시 안주지"를 버리고 나가게 된다. 이 능력에 어울리지 않는 셋집이 '재일'을 의미하고, 집주인인 마쓰모토 히로만은 진정한 아이덴티티를 잃어가면서 일본에서 생활의 욕망에 붙들려 '풍화'하는 동포의 상징이며, 또 제공받은 집을 버리고 가는 마지막 대목이 '재일'에서 '조국'이라는 작가의 이념적 전환을 암시한다는 것을 우리는 바로 알 수 있다. 하지만 한층 더 중요한 흐름은 주인공 중길重吉이(혹은 작가 자신이) 조직과의 사상적인 갈등을 통해서 새로운 이념에 이르는 과정이다.

그러나 이 갈등은 단순히 귀속원리나 정치, 문학이념에 관한 논리상의 문제로서 나타나는 것은 아니다. 예를 들어 소설 서두에 그려지는 잠자는 아내의 묘사는 그러한 의미에서 상징적이라 할 수 있다.

한밤중에 아내는 끙끙거렸다. 유방을 메스로 절개할 때 나오는 것 같은 괴로운 목소리다. 로프로 사람 목을 꽉 조를 때 나오는 소리와도 비슷하다. 그 단속적인 신음소리가 점차 중길의 졸음을 쫓았고, 결국에는 질식할 것 같은 기분마저 들게 했다. 무의식중에

"이봐, 이봐. 그만 해" 하고 짜증 섞인 목소리로 아내의 팔을 더듬었다. 그러자 미치코(道子)는 퍼뜩 잠에서 깨어 "끙끙거렸어? 진짜?" 하고 물었다. 이런 밤중에 거짓말을 할 필요가 있을까. 중길은 그렇게 마음속으로 중얼거린다.

—『약속의 땅』

이러한 밖으로 스며 나올 것 같은 숨막히는 감각은 이미 친숙한 것으로, 그것은 「청구의 집」에서의 동인의 꿈이나 「가야코를 위하여」의 상준의 우울 속에 감돌던 기분과 기본적으로 통하고 있다는 것을 알아차릴 수 있다. 이미 본 바와 같이 동인과 상준의 악몽이니 우울은 생활의식과 이념의 분열이라는 형태로 주인공의 아이덴티티 불안을 상징하는 것이었다. 그리고 그것은 또한 극복되어야 할 '위기'로서 그들 내부에 억눌려져 있어야 했다.

말할 필요도 없이 소설 저변에 흐르는 이 숨막힐 듯한 그림자는 주인공 중길의 새로운 아이덴티티 불안과 상관이 있다. 또 이 그림자는 상처받은 과거의 기억에서 현재의 의미를 확인하고, 현재의 어둠에서 미래의 광명을 끊임없이 다듬어 내지 않으면 안 되는 이회성 문학의 원조原調이다. 그것은 주인공들이 일본사회로부터 취한 억압감정의 상징적인 풍경이고, 실은 그것 없이는 그들의 어떤 사회의식이나 자아감각

도 있을 수 없을 것 같은 그 무엇인가이다. 즉, 그들은 청년기 이후에 찾아오는 그 중압적인 '기분' 속에서 일그러진 사회상과 의미를 갈망하는 자기상을 직관하게 되는 것이다.

이회성 문학의 방법적 정형이 이 숨막힐 듯한 '기분'의 중심에 아이덴티티의 불안이라는 심리·사회적 '증례症例'를 이끌어내고, 거기에 '삶의 방식'의 의미를 주입함으로써 이 '증례'를 극복한다는 형태로 드러나고 있음은 의심할 여지가 없다. 그리고 그것이야말로 그의 문학이 본질적으로 교양소설적인 까닭이다. 어찌 되었든 우리는 여기에서도 또한 그 '재일' 특유의 불안한 '기분'과 만나게 되고, 작가가 어떠한 의미 규정에 의해 그것을 극복하는가 하는 장면에 입회하게 된다. 주의해야 할 것은 동인과 상준에게는 내심의 기분으로 나타나고 있던 사악한 것의 그림자가 여기에서는 아내 쪽으로 전이해서 재생되고 있다는 것이다. 두려운 꿈에 괴롭힘을 당하는 것은 여기에서는 주인공이 아닌 아내이고, 게다가 잠에서 깬 아내는 중길에게 "끙끙거렸어? 정말?"이라고 묻는다. 다시 말해 사악한 것의 그림자는 이제 흡사 그것이 결혼하고, 아이를 갖고, 생활하는 것의 의미라고 말하려는 듯이 아내 쪽으로 옮겨 가며, 게다가 아내는 그것을 의식하고 있지 않고 주인공만이 그것을 확인하는 것이다. 『약속의 땅』이 이회성의 청춘소설들과 다른 것은 아이덴티티의 불안과 그 미규정의 행위가 이제는 개인적인 자의식의 내측에서는 성립할 수 없다는 국면에 도달했다는 점이다. 여기서 조직과의 이념상 갈등은 단지 개인과 사회와의 연결의 의미 규정을 둘러싸고가 아니라 부부의 공동생활 의식과 그 아이덴티티의 문제와 얽혀 부상하고 있다. 아마 이러한 점에서 이 소설의 중심重心을 추구하지 않고서는 작가 이회성의 새로운 이념형을 잘 이해할 수 없을 것이다.

주인공인 중길은 대학을 졸업한 뒤 "동포조직"의 일을 했으며, 지금은 조직을 떠나 소설을 쓰며 살고 있다. 그가 조직을 그만둔 직접적 원인은 느닷없이 든 "소설을 쓰고 싶다"는 생각에서였다. 조직의 직장은 다양한 활동과 학습 시간을 그에게 부과했으며, "모든 게 누적되면서 창작할 시간은 거의 없어지게 된다." 직장을 그만두고 싶다는 중길의 호소에 대해 상사인 편집국장은 민족신문의 기자라는 일이 중길에게 있어서의 "본심(기본) 사업"이고, "분심分心 사업"인 문학 활동은 어디까지나 종의 위치가 아니면 안 된다고 대답한다.

다시 말해 "소설을 쓰고 싶다"는 지우기 어려운 욕구에 억눌려 있는 중길의 입장에서 조직은 '조국'을 위한 공헌과 문학이라는 '사적인 영위' 중에서 어느 한쪽을 선택하라는 양자택일적인 결단을 끊임없이 요구하는 곳으로 느껴진다. 중길은 거기에서 조직의 너무나 '정치'주의적인 체질을 감지한다. 조직에게 '문학'은 부차적인 가치밖에 지니지 않으며, 그의 내면이 '문학' 역시 중요한 의미를 지니고 있지 않은가라고 목소리를 높이면, 금세 '개인이기주의' '개인영웅주의'라는 레테르가 붙게 된다.

만약 중길이 조직만이 유일한 세계라고 느꼈다면 그는 '정치'와 '문학'의 대립을 영원한 수수께끼로 생각할 수밖에 없었을지도 모른다. 그러나 실제로는 조직 외부에 '문학' 역시 중요한 사회적 가치라고 공인하는 세계(= 일본사회)가 존재하고 있으며, 그는 그 세계에 가까이 감으로써 겨우 마음속의 문학적 자아를 유지한다. 중길과 일본사회의 문학개념을 연결하고 있는 것은 전후의 민주주의적 개아個我의식 계통이고, 그것은 개인의 자유로운 삶의 방식이 동시에 사회적인 의미를 지닐 수 있다고 하는 의식에서 '문학'의 가치를 확인시키는 것이다.

중길이 그러한 자기의 '문학' 의식을 유지하려 하면 할수록 조직은 반대로 이를테면 나쁜 '정치'주의적 체질을 띤 것으로서 그 앞에 나타난다. 중길의 조직에 대한 비판의 시선은 그러한 회로를 거쳐 몇 가지 논리에 이르게 된다.

사상순화사업은 나날이 격해지고, '범죄적 행위'라든가 '적성분자'라는 말조차 나왔다. 용의자는 어쩔 수 없이 고립된다. 같은 방의 활동가가 결혼했을 때 그 배우자가 비판을 받는 대상이기 때문에 동료들이 축하하러 가지 못하는 현상이 생기기도 했다.

중길은 동지애란 도대체 무엇일까 하고 생각한다. 중앙에서는 어떠한 지도를 하려고 하는 것일까? 그 중앙에서는 이미 명예를 회복한 김병식이 조직부장이라는 요직에서 사무국장으로 승진하고, 한의장의 오른팔로서 기발한 솜씨를 발휘하고 있었다. 편집국 회의에서는 그가 가장 이상에 충실한 활동가로 선전되고, 그에게 반대를 하는 것은 '비조직책동분자'로 취급되어 추방당하고, 강등되고, 좌천되고 있었다. 그리고 만약 회의 장소에서 장난으로라도 김병식 사무국장을 향한 의심을 보이면 즉시 선별되어 지탄받을 것 같은 분위기가 감돌았다.

왜 이렇게 되는 걸까. 중길은 그 원인이 관료주의 탓이 아니라고 생각한다. 관료주의라 해도 분명히 눈으로 알 수 있는 형태로 대중 속에 널리 퍼져 있는 것이 아니라는 점에 복잡함, 파악하기 곤란함이 있다.

귀국운동이 한창이었을 무렵을 떠올린다. 당시에는 발언을 자유롭게 할 수 있었다. 조직 내에 민주주의가 있었다.

김일성이 거기에 있다. 그러나 중길은 그가 전지전능하지 않다고 생각했다. 이를테면 인간으로서의 결함도 갖고 있을 것이었다. 김일성 전기를 읽으며 중길은 고개를 갸웃한다. 그 선전물에는 사람들에게 그의 위업을 선전하기보다는 자주 역효과를 가져오는 부분이 있다. 그의 전기 작가들은 실상보다도 우상을 서술하는 재능을 갖고 있다. 개인숭배를 과도한 것으로 바꿔 가는 작업이 거기에서 벌어진다.

—『약속의 땅』

권력항쟁, 관료주의(혹은 스탈린주의), 개인숭배, 이와 같은 말이 조직에 대한 주인공의 비판적 시선을 나타내는 키워드로 등장한다. 그러나 실은 이들 키워드로 조직 체질의 수수께끼를 풀어내기는 어렵다. 예를 들어 중길은 원래 가장 친한 친구였던 I의 "불순분자가 청산되면 조직은 강화된다"는 말에 "스탈린의 숙청이론의 그림자"를 느낀다. 그러나 중길도 "I 자신은 매우 진지하고 성실한 활동가"인 것을 인정하지 않을 수 없고, 따라서 그는 "공명심도 출세욕"도 없이 상부에 아첨하며 하부를 위압하는 것이 성격적으로 불가능할 것 같은 인간인 I가 그렇게 믿고 있는 점에 문제의 심각함이 있다고 생각한다.

우리들은 예를 들면 마루야마 마사오丸山眞男 식의 I와 같은 인간이 개인숭배나 숙청이론을 지지하는 현실적인 토양이라고 생각할 수도 있다. 그러나 이 생각을 확대하면 I에게 결여된 것은 진정한 민주주의적 인간관이고, 그가 그것을 획득하기 위해서는 열린 근대적인 사회관계가 필요하다고 하는 논의에만 도달할 것이다. I는 자기의 사회적, 윤리적, 심리적 가치의 일체를 '조국건설'이라는 지상 목적에 수렴시키고, 이 목적에 온 정신을 쏟으면 쏟을수록 자기 존재의 의미가 보다 진정한 형태로 나타난다고 믿으며 살고 있다. 그리고 그에게 이러한 확신을 불어넣은 것은 사회적 존재의 의의라는 점에 인간 존재의 근거가 있다라고 중얼거리는 근대적 정치 관념에 지나지 않는다. 인간은 세상에 대해 무엇을 해야 할 것인가 하는 '물음'이 설정되고, 이 '물음'에 대한 올바른 진리는 오직 하나밖에 없다는 신앙이 성립되자, 그의 확신은 '자명한 진리'가 된다. 그리고 조직이 이러한 '정치' 개념을 진리로 내걸어 '조국'에 공헌하는 '사업'에 모든 가치 기준을 두는 이상, 인간의 행위와 사상 일체는 '사업'적 가치의 도수와 같은 것으로 환산될 수밖에 없다.

일본의 전후적 개인 의식은 어떤 점에서는 고전적인 정치당파의 공동성을 상대화했다. 인간은 누구라도 '자유'로운 삶의 방식 속에서 사회와 연결되는 길을 찾아도 좋다는 의식은 모든 인간에게 삶의 방식의 진리는 유일하게 동일한 것이라는 고전적 당파성의 경직성을 부정하기 때문이다. 진리는 유일한 것이라는 신앙은 기독교 '진리'의 관념으로 메이지明治 이후 유입된 것이다. 그러나 이 관념에 리얼리티를 부여한 것은 싹트기 시작한 자의식의 이상에 좌절을 안겨 준 메이지 이후 근대사회의 물질적 빈곤이었다. 다시 말해 현실에서의 이상의 좌절이 현실세계와 정신세계를 분열시키고 그것을 대립하게 하였으며 그 대립 구도 속에서 기독교적인 순수한 플라토니즘이 자라게 된 것이다.

나는 일찍이 전후의 사회의식 지표로서 "생활의식 그 내부를 잠식하는 것처럼 나타나는 구성적 의식"이라는 표현을 쓴 적이 있는데(「전후의식의 강박」, 『유동流動』, 1979.5), 그것을 알기 쉽게 말하자면 "누구나 자유로운 삶의 방식(= 생활 방식) 속에서 사회와의 유대를 찾으려고 해도 좋다"라고 하는 의식이고, 그와 같은 의식이 우리들 세대의 정치개념에 대한 발현으로서 고전적인 스탈린주의를 격파하는 근거도 되었던 것이다.

　　그러나 중길의 문제는 한층 더 착종되어 있다. 작품을 읽다보면 독자는 주인공이 소설을 씀으로써 살아가고자 하는 욕망과 조국을 위해 모든 것을 내던지지 않으면 안 된다고 하는 사명감 사이에서 분열되어가는 것을 목격하게 된다. 이 두 가지 삶의 방식은 중길에게 모두 빠뜨릴 수 없는 아이덴티티로 감지되고 있다. 그러나 조직 내부에서는 이를테면 그것을 '지양'하는 것과 같은 방도는 존재하지 않는다. 그는 이것을 '지양'해야 한다는 과제 때문에 끊임없이 고민하게 된다. 그의 내부에 '조국'을 위해 살아가는 것이야말로 인간의 진리라고 하는 규범이 계속 살아있고, 그러는 한 중길은 조직에 대해 꺼림칙한 감각을 완전히 불식시킬 수 없다. 예를 들어 그가 '종파'라는 말에 겁을 낼 수밖에 없는 것은 바로 이 때문이다.

　　종파! 무서운 말이다. 동의어로는 민족반역자가 있다. 이 말은 조선인의 심장을 오그라들게 한다. 이 말을 들으면 번개에 맞는 것보다 무섭다. (…중략…) 종파가 민족반역자를 의미하고, 민족반역자는 죽음을 의미한다. 죽음을 면더라도 그것은 확실한 조국상실자를 의미한다. 길에 쓰러져 죽는

것보다 조국상실자가 되는 게 일본 태생인 중길에게는 더더욱 무서운 기분
이 든다.

─『약속의 땅』

"종파"라는 말이 중길에게 더욱 주술적인 효력을 갖는 것은 말할 것
도 없이 그가 '조국'을 위해 살아간다는 제1의 원칙을 조직과 공유하고
있기 때문이다. 이런 관점에서 중길은 "그럼 어떻게 조국을 위해 살 것
인가"라는 물음을 둘러싸고 조직과 대립할 수밖에 없다. 또 그런 만큼
"문학에 의해서"라는 대답이 "조직의 강화에 의해서"라는 '정치' 논리를
결코 이겨낼 수 없다. 그러므로 결국 중길은 "종파"의 주술을 결정적으
로 무화시키지 못하고 그저 자신이 실은 "종파"는 아니라고 말하는 수
밖에 없다. 그러므로 그는 이렇게 생각한다.

**정말로 어떤 인간이 종파에 걸맞다면, 그 보수를 받는 것은 어쩔 수 없을 것이
다.** (강조─인용자)

─『약속의 땅』

말투로만 판단하면 중길은 진정한 스탈린주의자이다. 단 참고로 말하
자면, 이러한 말은 "조국상실"의 불안이 그로 하여금 강박적으로 조직의
'정치' 논리에 가담하게 하는 부분에서 주로 나타나고 있다. 자기의 귀속
장소를 공기와 같은 자명성으로 소유하고 있는 일본인이 이러한 발상을
가지고 있다면 그는 확실히 스탈린주의자라 해도 좋을 것이다.

중길이 조직에 대한 비판적 생각을 가지고서 무슨 일이 있을 때마다

조직비판을 입에 담는 유춘주에 대해 "조직의 내부사정을 외부에 무턱대고 얘기하는 건 수치"가 아닌가 하는 마음을 가지며, 또한 조직으로 돌아갈 것을 권유하기 위해 중길을 찾아온 선전부장이 조직 상황을 걱정하고 있다면 왜 조직을 떠났는가, 조직을 떠난 인간이 말하는 것이 얼마나 사람들의 감동을 불러올까라고 말하는 것에 대해 "일리가 있다"라고 느끼고 마는 것은 결국 같은 이유에서이다. 요컨대 조직이 '조국'에 대한 유일한 연결점이라고 믿고 있는 한, 그 부패가 아무리 심하게 보이더라도 "조직 따윈 몰라"라고 말하는 것은 '조국' 그 자체를 부인하는 것이기 때문이다.

중길이 지니는 이러한 아이덴티티의 위기의식은 『약속의 땅』의 답답한 음조를 이루고 있다. 그리고 주의할 것은 이러한 불안의식이 작가에 의해 주도적으로 중길 가정의 '분위기'로 다시 밀려오고 있다는 점이다. 예를 들어 다음과 같은 부분이다.

하지만 중길은 때때로 공허해졌다. 부부 사이에 눈에 보이지 않는 막이 생기고, 불투명한 그 부분을 서로 모르는 척 행동했다. 그러나 그 막연한 우울은 중길이 그 막을 찢지 않으면 진정한 자신을 붙잡아 낼 수 없다고 느끼는 막의 고리 부분으로 어슴푸레 느껴지는 것이었다.

—『약속의 땅』

"공허함"은 어느새 주인공의 자의식의 핵을 위협하는 형태로 침입해 오는 것이 아니라, 중길과 미치코의 마음이 연결되는 것을 막는 것으로 느껴지고 있음을 알 수 있다. '위기'의 양상은 새로운 '집'이라는 국면에서 개인의 이념적 위기로서가 아니라, 현실적인 타자와의 연결점이 단절되는 '불안' 의식이라는 형태로 재생된다.

청년기 자아를 특징짓는 것은 자기를 자립적인 것으로 규정하는 데카르트적 자아 감각이지만 이것은 물론 순수한 형태로 어디까지나 이어질 수는 없다. 새롭게 찾아온 '집'이라는 국면에서 인간은 자립적인 자아의식을 해방시키고 아내와 아이를 포함한 가족이라는 영역에 이것을 확대하려고 한다. 중길과 미치코가 만나고 있는 것은 이러한 '집'의 생활의식에서 나타나는 '위기'인 것이다.

그들은 학생 때 알게 되어 중길이 조직 활동에 들어갈 무렵에 결혼한다. 그녀는 자연과학을 연구하는 학자로 주부의 역할을 하면서 대학 연구실에 나가고 있다. 미치코 역시 "학문이 조국의 평화통일에 기여하기를 지향하고" 있지만, 생활은 그녀에게는 가혹하고 연구의 정열을 자칫하면 잃기 쉬운 조건이다.

말할 것도 없이 자유로운 남자와 여자가 함께 '삶의 방식'의 이상을 추구하는 길을 걷는다는 점에 그들의 '공동체의 꿈'이 확인된다. 그러나 중길은 그러한 생각과는 반대로 "대개는 육아를 미치코에게 넘기고, 모든 가사 일을 떠맡기며, 느닷없이 소설을 쓰려고 하고 있었다." 이때 중길이 소설에 의해 자립하는 것이 저 '공동체의 꿈'에 접근하는 유일한 우회로라고 "어슴푸레" 느꼈던 것은 의심할 여지가 없다. 다음과 같은 묘사를 또 볼 수 있다.

밤의 그 시간, 아내는 거의 말을 하지 않았다. 감은 눈꺼풀 위로 표정이 담겨 오지만, 속눈썹이 흔들리지 않는다. 지하도에서 묵묵히 공사를 하고 있는 전기공과 마취되어 누워 있는 잠의 정령. 난데없이 팔을 휘감은 아내가 "나 사랑해?"라고 묻는다면, 중길은 어떻게 대답하면 좋을까. 베테랑의 배짱과 무신경으로 "뭐야, 새삼스럽게" 하고 쓴웃음을 지을 것인가.

—『약속의 땅』

"전기공과 잠의 정령"이라는 비유로 표현되고 있는 부부의 현재를 작가는 두 사람이 결혼하고 얼마 되지 않았을 무렵의 "밤의 뜨거운 시간을 공유"한 과거와 교묘히 대조하고 있다. 이 "임시 안주지"에서는 "더 이상 그런 작열함은 오지 않겠지" 하는 쓸쓸한 생각이 중길이 품은 생활의 꿈을 완전히 무너뜨리려고 한다. "사회의 일그러짐"이라는 관념이 청년기에서는 답답한 자아의 '기분'에서 가능해지는 것처럼, 여기에서는 또 다시 오지 않는 '작열함'의 실감이 바로 세계를 해석하는 원풍경이 된다. 이러한 장면에서 중길에게 있어서 조직의 논리가 인간의 생활의식을 위협하는 나쁜 '정치'주의라는 모습으로 나타난다.

예를 들어 중길은 아들들을 조직이 운영하는 민족학교에 다니게 하지만, 조직을 떠난 아버지의 입장에서 아들들이 교실에서 가지고 오는 김일성숭배나 과격한 "국어" 사용운동은 밤 시간에 느끼는 균열 감촉과 더불어 그의 생활의 꿈에 예리한 균열을 가하는 무엇인가라고 느끼지 않을 수 없다. 작가는 그것을 다음과 같이 그리고 있다.

식탁 위에도 조국이 찾아온다고 중길은 생각했다. 그 조국은 북쪽에서도 남쪽에서도 찾아온다. 그리고 가족들이 갖고 있는 조국관의 미묘한 차이가 확연히 드러나고, 그 위화감이 부모와 자식, 남편과 아내 사이에 불거지는

데, 아버지는 일본어로 소설을 쓰고, 아이가 조선어로 계속 얘기한다. 이놈 저놈 다 일본 태생의 가족들 머리 위에서 그 입자는 번쩍이고 있었다.

—『약속의 땅』

여기에서는 "북쪽에서도 남쪽에서도 찾아"오고, "부모와 자식, 남편과 아내"의 진정한 관계를 위협하는 것이 바로 '국가' 안에 내포되는 '정치' 논리이고, 동시에 그러한 부분에 '분단된 민족'이라는 사태가 갖는 진정한 의미가 있다는 식으로 그려지고 있다. 거기에서 다음과 같은 감개까지는 거의 반걸음 거리밖에 떨어져 있지 않다.

문득 무엇인가에 대한 향수를 느꼈다. 겹겹이 거친 줄로 동여매어져 있는 현실의 구금에서 빠져 나와 어딘가 먼 꿈의 땅으로 가보고 싶은 향수가 끓었다. 말로 설명할 필요가 없는 땅, 자신의 존재를 조국이나 민족이나 언어로 설명하지 않아도 되는 땅.

조국의 땅이 보인다. 조국 안에 조국이 보인다. 아름다운 이상의 땅. 아직 누구도 찾은 적 없는 땅. 민족의 울타리를 치운 땅. 새로운 산욕産褥의 땀이 배어 나오는 땅. 사람들이 해우하고, 비로소 의심을 떨치고, 포옹하며, 사뿐 사뿐 걷기 시작하는 땅.

—『약속의 땅』

주인공에 의해 '아름다운 이상의 땅'이라는 형태로 동경되고 있는 '통일조국'의 이미지는 실은 전후의 시민사회의 내부에서 일본인들이

독특한 사회의식으로 양성한 '자유로운 생활의욕과 진정한 공동체와
의 통합의 꿈(= 관계 규정의 의식)'과 제대로 어울린다고 나는 생각한다.

이 전후적인 사회의식은 반복해서 말한 것처럼 정치이념으로 말하
자면 고전적인 당파(정치적 공동성)의 논리를 해체하는 성격을 가지고
있다. 또한 문학이념으로서 말하자면 인간을 현실세계로부터 단절시
킨 '내면'을 특권화하는 사소설적인 계보에 대한 어느 정도의 규정으로
서 나타난 것이다.

어쨌든 주인공에게 있어서 '국가' 원리에 대한 귀속을 버리고 '통일
국가'의 꿈에 매달리는 것은 "조국상실자"인 것의 불안에서 유래하는
새로운 '집'의 '위기'를 구해내고(왜냐하면 조직을 떠나는 것은 이미 그의 일가
가 "민족적 반역자"이고 "종파"인 것을 의미하지 않기 때문에), 동시에 소설을 쓰
며 살아가는 그의 '삶의 방식'을 새로운 의미로 채우게 될 것이다. 단,
그것은 작가로서 그가 스스로의 힘으로 그 총련적 주박을 깨고, 동시
에 '재일'의 새로운 아이덴티티 원리를 문학적으로 창출함으로써 비로
소 가능하게 되는 것이다. 이렇게 해서 그의 귀속의 중심점은 북쪽의
'국가'에서 남쪽의 '민중'으로 급전환한다. 중길은 다음과 같은 생각에
다다른다.

어쩌면…… 북이나 남의 지식인에게 불가능한 역할을 일본에 있는 지식
인이 짊어질 가능성이 있는 게 아닐까? 그 나부랭이로 나에게 가능한 일은
없는 걸까? 그게 있다고 한다면, 그리고 그 행위가 통일에 확실히 공헌한다
면, 금단의 땅으로 향하는 것은 이미 사적 감정이 아니다.

통일로, 통일로. 모든 것을 그 날의 실현에 연결시켜 가는 정념. 일본인의 편견이나 차별을 지적하는 것에 열중하기보다는 통일을 위한 노력. **조국이 분열되어 있기 때문에 타자에게 민족적 편견과 차별을 허용하는** 요소가 있는 게 아닐까, 그렇다고 한다면 조국의 통일운동에 참가하고, 실질적으로 의미를 야기하는 것이 근본으로 제기되며, **그 결실을 방해하는 편견과 차별을** 엄격하게 지적하는 것이 일본에 있는 지식인의 행동이지 않을까. 이래도인가 이래도인가 하며 일본인의 목을 움켜쥐고 울분을 터뜨리며 자신의 여린 감정을 순화시키기보다 통일의 정념을 갈고, 그 운동을 격화시키며, 일본인 친구들과 손을 꽉 잡고 그 지평에 서는 것이 오늘의 바람직한 자세가 아닐까. (강조―인용자)

―『약속의 땅』

『약속의 땅』은 작가 이회성이 '재일'의 새로운 이념을 성숙시키기 위한 문자 그대로 진통의 글이었다. 그것이 전세대의 귀속 논리로부터 자립하기 위한 사상적 문학적 고투였던 것을 인정하지 않을 수 없다. 그러나 통일조국을 위해 본국의 민중과 일체성을 갖고자 하는 그 새로운 이념은 '재일'에 대한 '차별'의 문맥에서 어떤 의미를 가지는 것일까.

이회성의 새로운 이념에서 일본사회의 '차별' 문제는 조국통일로 해소될 문제로 간주된다. 차별과 편견은 말하자면 조국이 분열된 소산에 불과하고 더욱이 그것은 조국통일의 사업을 방해하는 것이라는 이유로 비판받아 마땅한 것이다. 그렇지만 그와 같은 이치에는 역시 근본적인 전도가 숨어 있는 것처럼 생각된다.

원래 '재일'이 그 이념적인 아이덴티티를 갈망하는 것은 일본사회 속에서 '차별' 의식이 압박받았기 때문이다. 다시 말해 통일 이념은 '차별'에 의한 아이덴티티의 불안 해소로서 소환된 것이지 결코 그 반대가 아니다. 다만 이회성의 새로운 이념에서는 이 원인과 결과가 멋지게 역전되어 버린다.

 '재일'의 피차별 감각은 아이덴티티의 불안이 원천이긴 하나 작가의 이념 속에서 '차별' 문제는 '재일'이 그 본래의 아이덴티티를 확립하는 데에 있어서 갖가지 시련 중의 하나에 불과한 것이 된다. 그러므로 이회성 문학은 아이덴티티의 불안을 껴안는 '재일'에 대해 그 확립을 위한 하나의 모델을 제시할 수는 있으나 우리들은 이 사회에서 입는 차별의 깊은 본질 자체를 충분히 파헤쳐 내기가 어렵게 되는 것이다.

 이회성의 이념이 전후 (일본의) 이념의 패러다임 속에 놓여 있고, 단지 그 '실재성' 결락을 메우기 위해서 '파시즘', '민주주의', '민족', '조국', '통일'이라는 이념적 '사회'를 끊임없이 불러들이는 그 변주형태에 다름 아닌 것은 이제 명백할 것이다. 거기에서는 '사회'에 대한 '의미에 대한 욕망'을 강요받고, 그것을 생활의식에 녹여내는 행위에 의해 성숙된 '인간'이 된다는 '재일' 2세대의 삶에 대한 욕망의 형태가 존재한다. 이 욕망의 형태는 '집'-'사회'-'집'이라는 삶의 규범 한가운데 놓여 있고 '정치'나 '문학' 그리고 기타 모든 형태의 정열 속에서 시대적인 언설의 대립구도를 만든다. 그러나 그 정열의 내부에서는 이 대립구도가 '재일'의 어떤 마음속 동기로 출현한 것인지 이미 찾기는 어렵다.

 즉, 주의해야 할 것은 '재일'의 전후의식이 사회나 자기라는 문제와 부딪힐 때, 그 '실재성'의 불안에 떨며 이념적인 중심점을 '조국'통일이라는 꿈에 두는 한, '차별'은 통일 문제로 해소되고 일본사회의 이 현실은 '꿈'의 문제로 환원될 수밖에 없다는 것이다. '재일'의 진정한 위기란 우리 스스로가 실제로 살아가고 있는 '차별 받는 것'으로서의 실질을 은밀하게 '매장'하고 마는 '위기'인 것이다.

물론 인간이 어떠한 통로에서 어떠한 문제(= 물음)에 빠져들든 그것은 자유이고, '재일'이 조국을 향해 의문을 제기하거나 일본인이 한국의 민주화를 문제시하려는 것은 결코 비난 받아서는 안 된다. 단, 곤란한 것은 언제나 그것을 실제로 살아가고 있는 문제의 형태로 '묻는'다는 점이다. 그것이 물론, 일본에서 살아가고 있기 때문에 일본의 문제를 묻는다는 것을 의미하는 것은 아니다. 우리는 다음과 같은 것을 잘 기억해야 한다. 누군가가 어떤 물음(= 문제)을 설정할 때, 그것이 자기 존재의 의미에 대한 욕망에 기인한다는 자각이 없다면, 그 물음은 본질적으로 심정적인 물음을 넘어서지 못하고 결국 인간의 심정 그 자체를 자아내고 있는 현실의 구조에 결코 미칠 수 없다는 것을.

김석범金石範

1. 이데아idea로서의 제주도

일본에서 태어나 자란 내가 조선 최남단의 화산섬인 제주도에 처음으로 방문한 것은 열세 살 때로 태평양전쟁이 시작되기 바로 전 해였다. 조선을 본 적이 없었던 내 앞에 가파르고 아름다운 한라산과 풍요로운 감청색 바다가 펼쳐진 웅대한 자연, 그리고 박눌朴訥한 인간의 모습으로 나타난 제주도는 나를 완전히 압도했다. 그것은 그때까지 황국皇國소년이었던 나의 내부 세계를 파괴해 나를 근본에서부터 바꿔버릴 정도의 힘을 가지고 있었다고 할 수 있다.

반년 정도의 체재를 마치고 일본으로 돌아온 나는 머지않아 작은 민족주의자로 눈을 뜨고, 뒤이어 몇 번인가 조선으로 왕래를 되풀이하게 되는데,

이러한 나의 '조선인' 자아를 형성해 준 것이 '제주도'였던 것이다. 바로 그런 의미에서 제주도는 나의 고향이며 조선 그 자체이다. 그리고 제주도는 이때부터 나에게 지리적 공간이라는 실체를 넘어서기 시작해 이데아적 존재로 자리 잡아 갔다. 나의 '고향'은 이렇게 만들어진 것이다.

— 「제주도에 대하여」, 『말의 속박』

김석범은 자신의 '청소년기를 식민지시대 일본에서 보낸, 한恨みの 세대'라고 부르는데, 일본에 대한 이와 같은 근본적인 감정을 청소년기 '자아 형성' 과정으로 자신의 정신세계에 깊이 새긴다. 그의 '황국' 소년에서 민족주의자로의 '각성'이 구체적으로 어떠한 체험을 계기로 이루어진 것인지 정확히 알 수는 없으나, 에세이 등을 살펴본 바에 따르면 '주의자主義者'사상운동을 하는 사람였던 형과, 그러한 형을 보호하고자 한 어머니의 모습이 그가 받은 '황민' 교육의 틀을 걷는 데 영향을 미쳤음은 상상하기 어렵지 않다.

아무튼 그의 '각성'이 일본의 패전과 함께 온 '해방'(조선인에게)이라는 일시적인 시대의 추세에서 비롯된 것이 아니라는 사실은 중요한 의미를 지닌다. 김시종 등이 증언하고 있는 바와 같이 전시하에서 진실 그 자체였던 '황민' 이념을 일거에 차버리고 '해방'과 '조국'에 직면한 재일조선인 2세들에게, '사회주의 조국'을 향한 충성은 '겉만 그럴듯한 진실에서 진리를 찾아 나섰던 자신들의 부채 의식'에 '맹렬히 추궁당하는 형태로' 일종의 윤리적 강박감과 함께 나타날 수밖에 없었기 때문이다. 이러한 지점에서 사상의 문제는 때때로 어떤 이념(의 가치)에 가담할 것인가 말 것인가와 같은 문제로 수렴되어 버린다.

그렇지만 김석범은 그러한 지점에서 출발하지 않았다. '사회주의 조국'의 이념적 요청 이전에 '제주도'라는 '고향'의 생생한 상(像)을 소유하고 있었고, 그 상을 실마리로 인간과 사회에 관한 자기 나름의 이상을 만들어 갈 수 있었다. 그에게 결정적으로 중요했던 것은 일본의 패전-해방이라는 사태보다 오히려 그 직후 보았던 조선본국의 역사적인 동향이었을 것으로 생각된다. 1945년의 '해방'은 본래대로라면 '민족주의자'로 각성한 김석범에게 본질적인 삶의 가능성을 제시해야 할 사건이었다. 그렇지만 그의 희망을 비웃기라도 하듯이 조선반도를 둘러싼 역사적인 동향은 예상외의 방향으로 흘러간다.

당시 미국은 1948년 5월 10일을 기점으로 '국제연합'의 명목 아래에서 자기들의 군정하에 놓여 있던 남조선에서만 이승만을 대통령으로 하는 단독정부를 목적으로 단독선거를 강행하려 했다. 이것은 조선을 외국의 의도에 따라 38도선으로 영원히 분단해 버리는 것이며, 조선의 문화와 그 안에서 살아가는 인간 그리고 생활 그 자체를 찢고 파괴하는 것을 의미했다.

이러한 경위로 남북조선 전체에서 커다란 반대운동이 일어났다. (…중략…) 4월 3일의 4·3 제주도민 무장봉기는 전조선인민의 반대투쟁의 일환이며 테러 통치에 대한 반항이었다.

—「제주도와 베트남」

김석범은 '제주도' 연작(『까마귀의 죽음』)의 창작 동기를 제주도에서 밀항한 사람에게 듣게 된 제주도 4·3사건의 목격담에서 얻었다고 말한다. "이러한 사람들에 의해 알게 된 학살과 잔학한 사실들이 제주도가 고향인 나의 내부에 커다란 분노를 일으켰다"(『입 있는 자는 말하라』).
그에게 '제주도' 사건이 결정적이었던 것은 극도로 비참한 탄압 및 학
살행위를 한 미군과 이승만 정권이 다른 곳도 아닌 그의 '이데아적 존
재'를 침범했다고 느꼈기 때문만은 아닐 것이다. 아마도 그에게 제주
도의 동향은 '해방'이 가져다 줄 새로운 삶의 희망이 사악한 힘에 의해
왜곡되고, 빼앗기는 체험이었을 것이다.

'조국'과 자신 사이에 상실되었던 유대를 회복하기 위한 계기로서의
일본의 패전-해방이라는 사태는 조선본토의 남북분단정책에 의해 그
것이 본래 도착해야 할 도달점으로부터 완전히 멀어지게 된다. 이와
같은 역사의 동향은 김석범에게 세계라는 테두리가 벗겨지는 광경으
로 비춰졌음에 틀림없다. 왜냐하면 바로 '제주도'로 상징되는 역사의
움직임에 의해 민족주의자 혹은 조선인으로서의 자신의 본분이 '재일'
이라는 불투명한 세계 속에 갇혀 버렸기 때문이다.

제주도가 그에게 '이데아적 존재'가 된 것은 이와 같은 광경의 내부
에서였다. 그리고 작가 김석범에게 악의적인 역사로 가득 찬 이러한
광경이야말로 세계가 그 의미를 분명하게 드러내는 원초적 구도 속에
서 나타난다. 그의 '제주도' 연작이 이와 같은 역사의 악의를 향한 가열
찬 부정의 의지에서 쓰여진 것은 의심할 여지가 없다.

2. 근원적 민중

『까마귀의 죽음』에 수록된 5편의 소설 중에 「간수 박서방」, 「까마귀의 죽음」, 「관덕정」은 일반적으로 제주도 연작이라고 불리며, 세 작품 모두 제주 4・3봉기하에서 탄압받은 제주도를 무대로 그리고 있다. 그 중 「간수 박서방」과 「관덕정」은 무명의 민중을 주인공으로 등장시키고 그 배후에 마치 그림자 극의 실루엣처럼 제주도 동란의 상황을 투영시키고 있다. 무명의 민중과 역사상황의 이와 같은 원근법은 예를 들어 김사량의 초기 작품(「토성랑」, 「기자림」 등)을 우선 상기시키지만, 보다 특징적인 것은 '박백선'(「간수 박서방」)이나 '부스럼영감'(「관덕정」 ― 이 인물은 「까마귀의 죽음」에도 등장한다)등의 민중상과 루쉰魯迅의 아큐阿Q적 인물 사이에 보이는 유사함일 것이다. 예를 들어 김석범의 민중 박백선은 다음과 같이 등장한다.

"인연이 있다고?" 저 여죄수한테 내가 인연이 있다고? 간수는 생각을 고쳤다. '저건 제주도 여자야. 제주도 여자를 상대하면, 조상님이 무덤 속에서 동곡하실 걸.' 그러나 그의 조상이야말로 제주도 사람인지도 몰랐다. 그는 자기 성을 모른다. 간수는 '인연'을 없애버리기가 어쩐지 아쉬웠다. 그러자 생각하는 것이 귀찮아졌다. 뭐, 인연이랄 정도의 것도 아니잖아. 저건 내 장난감이나 마찬가지야. 이렇게 마음을 고쳐먹자 갑자기 졸음이 와서, 그는 술냄새 나는 입으로 손가락을 날름 핥았다.

― 「간수 박서방」

「간수 박서방」에서 박백선은 제주도에 흘러 들어온 유랑자이자 독신 노인으로 우연한 기회에 운 좋게 경비대장의 눈에 띄어 대한민국에 충성을 다짐한 후 간수 일을 맡게 되지만, 여죄수 명순에게 품은 연심이 원인이 되어 '충성심'을 의심받고 처형당한다. 여기에서 박백선은 우선 '여자'와의 '인연'을 따라 세상을 살고 또 이 '인연'에 떠밀려 행동한 것으로 인해, 마지막에는 대한민국에 저촉되는 인물로 그려진다. 이와 같은 성격은 「관덕정」의 부스럼영감 혹은 「만덕유령기담万德幽靈奇譚」의 만덕이라는 인물에 그대로 옮겨져 있다고 볼 수 있다.

박백선에게 현실이란 그저 그의 감정 기복에 의해 판단되는 세계이다. 즉 순간순간 좋다 나쁘다라는 의미를 변모시킬 뿐 결코 구성적인 의미를 띠지는 않는다. 예를 들어 백선은 자신의 성씨도 정확하지 않으면서 단지 본토에서 흘러 들어왔다는 이유로 다른 사람들에 뒤지지 않을 만큼 제주도인을 경멸한다. 또 백선은 시골에서 도시로 나왔을 때 어떤 지게꾼에게 고용되어 겨우 일자리를 구한 경험이 있지만, 간수가 된 지금은 그 직업을 경시한다. 즉 그의 생활감정은 이른바 서열을 매기는 시스템 그대로 존재하며, 강한 것과 고귀한 것 그리고 약한 것과 비천한 것을 끊임없이 구별하여 전자에 복종하는 한편 후자를 짓밟으려는 자세를 취한다.

선악이라는 규범, 즉 '바로 앞'의 세계를 받아들이는 이와 같은 민중상을 아큐적이라고 부를 수 있을 것이다. 실제로 많은 논자가 김석범적 민중 속에서 아큐적인 것을 발견하려 한다. 예를 들어 이소가이 지로磯貝治良는 재일조선인 문학론『시원의 빛』에서 김석범의 민중을 '원原민중'이라고 부르며 다음과 같이 논하고 있다.

원민중・박서방은 이른바 '사실로서 존재하는 실재'라고 봐도 좋다. 그가 자기 기만에서 벗어나는 과정은 '사실로서 존재하는 실재'가 논리나 이데올로기에 의한 것이 아니라 '자연'을 매개로 하여 있는 그대로의 형태로 회복해가는 것이었다고 봐도 좋을 것이다.

— 「김석범의 '원'민중상 – 박서방에서 만덕으로」

김석범이 그리는 원민중은 항상 '우둔함'에서 '각성'해 가는 변혁과정으로 묘사되고 있다. 바꾸어 말하면 '저항적'이라는 것이다. 박서방과 부스럼영감은 그 가능성이었다. 용백과 만덕은 그 실현이라고 할 수 있을 것이다. '우둔함'에서 '각성'해 가는 변혁과정, 내지는 '저항적'이라는 의미에서 김석범의 원민중상은 阿Q적이면서 阿Q적이 아니라고 할 수 있다.

— 「김석범의 '원'민중상 – 박서방에서 만덕으로」

'사실로서 존재하는 실재'라는 민중개념이 아큐적인 것을 의미함은 말할 필요도 없다. 다만 위의 글은 '각성'이라는 변혁과정에 역점을 찍고 있다. 예를 들어 니시다 마사루西田勝는 『문학적 입장文学的立場』 4호의 「제주도의 까마귀」라는 글에서 '반복하자면 우리 만덕을 아큐와 박달과 구별 짓는 근본적인 지표는 바로 만덕의 철지한 주체성'이라고 언급하는데 이도 같은 맥락의 이야기이다. 이와 같이 김석범적 민중은 아큐적인 토대에서 출발해 더 한층 '저항'의 가능성을 여는 것으로 받아들여진다.

물론 이것을 김석범적 민중이 지니는 문학적 의미로 파악하는 것이 가능하며 아마도 작가 역시 이러한 이해를 거부하지 않을 것이다. 중요한 점은 김석범이 일본의 전후 문학의 토양 위에 등장했을 때 이와 같은 독해가 상징하는 문학개념이 작가에게도 독자에게도 이미 공통의 양해사항으로 존재하고 있었다는 사실이다. 즉 대체로 김석범의 '제주도'가 읽힐 듯한 장소에서는 '민중'의 상에 작가가 어떠한 '의지'를 담고 또한 거기에서 현실세계에 대한 어떠한 '가능성'을 발견할 수 있을 것인가라는 '물음'이 사전에 암묵의 전제로서 성립되어 있었다는 점을 주의할 필요가 있다.

이소가이 지로의 이러한 독해, 즉 김석범적 민중을 아큐(아시아적 원민중이라고 해야 할까)와의 유사함에서 파악하고 더 나아가 그로부터 벗어나 비약한 것으로 보는 견해는 다소의 뉘앙스의 차이는 있지만 내가 이해하는 한 매우 보편적인 현상이라고 할 수 있다. 그것을 잘못된 '독해'라고는 말할 수 없을 것이다. 다만 그러한 독해법에 작가와 독자 모두가 빠져 있는 어떤 종류의 '문학'개념이 존재하고 있으며 따라서 그것이 과연 어떤 것인가라는 물음을 제기할 필요는 있다고 생각한다.

예를 들어 내가 생각하기에 아큐적이라는 인물에 담겨 있는 루쉰의 '문학'개념과 박백선과 만덕에 갇혀 있는 김석범의 '문학'개념은 상당히 이질적인 것이다. 루쉰에게 민중을 '우둔함'이나 '각성'과 같은 규정 속에서 파악하려는 발상은 처음부터 불가능한 것이었다. 그는 오히려 그러한 관념의 발상을 의심스럽게 생각했고, 그가 민중과 자신을 일체화시켜 생각하곤 했던 당시의 '좌익문학'의 통념에 대해 끊임없이 불쾌한 기분을 느끼고 있었음은 그의 평론활동 등을 살펴보면 명백히 알 수 있다.

오히려 루쉰에게는 중국이라는 정치사회풍토의 기층을 이루는 민중이 품고 있는 생활감정의 형태를 강한 인내심을 갖고 꾸준히 관찰하는 것이 중요했다. '폭군의 신민은 폭정이 다른 이의 머리 위에서 행해지는 것을 바랄 뿐, 자신은 그것을 흥미롭게 바라보며 "잔학함"을 오락으로 삼아 "타인의 고통"을 구경거리로 위안 받을 뿐이다'라든지 '죽어가는 자가 "꺄악!" 하고 아우성치면 살아있는 자는 재미있어 한다'(「타감록陷感錄」)와 같은 것이 루쉰의 눈에 비친 중국 대중의 모습이었다. 루쉰은 특별히 이러한 중국 대중에게 절망한 것도 아니었으며, '역전의 계기'(오카니와 노보루岡庭昇) 같은 것을 발견하려 한 것도 아니었다.

"이러한 대중에게는 보는 연극은 없애 버리는 것 외에는 방법이 없기 때문에 그 편이 오히려 구제가 될 것입니다. 즉 한 번에 확 놀라게 하는 희생은 무의미한 것이고, 천천히 끈기 있게 투쟁하는 편이 바람직할 것입니다"(「노라는 가출한 후 어떻게 되었을까」)라는 것이 루쉰의 기본적인 자세였다. 물론 루쉰에게도 혁명은 '노동자와 농민'의 생활구조에 관여하는 것이며, 그들에 의해 이루어진다는 사실을 의심할 이유는 없었다. 그렇지만 이러한 사실과 중국 대중의 기반에서 '혁명은 용이하지 않다'는 인식을 루쉰은 특별히 대조적이라고 느끼지 않았다.

루쉰은 다만 이 거대한 괴리가 피할 수 없는 것이고 그렇기 때문에 가능한 이 괴리를 메우기 위한 수단을 '끈기 있게' 찾는 방법 외에는 없다고 각오하고 있었을 뿐이다. 때문에 그는 문학에서 '대중'과 성급히 일체화하거나, 대중의 상에 지식인의 '혁명'을 향한 충동을 담으려 했던 당시의 '좌익문학'자들에게 동조하는 것이 불가능했던 것이다. 아큐에 봉인해 놓은 것은 물론 루쉰의 그와 같은 '문학'과 '혁명' 개념에 대한 인식의 모습이었음이 틀림없다.

김석범의 '민중'은 루쉰 혹은 안톤 체호프Anton Chekhov에게서 발견되는 '민중'과 애초부터 이질적인 것이었다. 루쉰과 안톤 체호프 작품은 개개의 민중이 고독하게 키워 나가는 꿈이나 욕망을 리얼리즘이라는 수단을 통해 어떠한 상 속에 그려 낼 수 있을까라는 관찰력과 표현력의 연마를 담고 있었다. 김석범의 민중은 글의 최초 구조의 성격상 아큐적인 것을 한편으로 지향하고 있었을지도 모르겠으나, 그들이 나아가야 할 세계는 다른 장소에 설정되어 있었을 것으로 생각된다.

즉 박백선-부스럼영감-용백-만덕이라는 민중상의 추이를 살펴보면 작가가 그들을 서서히 윤리화해 가고 용백과 만덕은 거의 성선설적인 민중상에 어울리는 인물로 그리고 있는 것이다. 민중·용백은 이소가이 지로가 언급하고 있는 바와 같이 '비非·민중' 내지는 '지식인에 가까운' 성태일에 대해 '자기가책自責과 자기투기投企를 재촉하는 존재'로 등장하며, 만덕은 무구한 마음을 유지한 채 진정한 '저항자'로 일어선다. 이와 같은 장소에서 용백이 어떤 인물인가, 만덕이 어떤 인물인가, 제주도는 무엇인가와 같은 물음은 사실 거의 동의반복을 의미할 뿐이라고 볼 수 있다. 예를 들어 많은 논자들이 인용하고 있는 다음과 같은 묘사가 있다.

> 사형집행은 잔학했다. 군중의 짓눌린 침묵에 구멍이 뚫려 술렁거림이 새어나오기 시작했다. '양민' 군중이 산으로 올라간 자의 가족으로 간주된 군중을 '죽창'으로 찔러 죽이는 것이다. 이웃이 이웃을 찌르고, 친척이 자기 친척을 찔러 죽이지 않으면 안 된다. 작은 부락이라서 서로 얼굴을 모르는 자는 없었다.
>
> ─「간수 박서방」

오카니와 노보루는 「김석범―비유를 넘어서는 것」(『까마귀의 죽음』고단샤문고 해설)에서, 여기에서 작가는 "절망을 표현하려 한 것이 아니다. 오히려 상황을 비교해 보면 절망이란 것이 얼마나 보잘 것 없는가라는 선명한 경이를 언어로 전화転化하려" 했다, 그리고 "이 역설적인 발견 속에서 비탄함도 허무함도 아닌 인간의 새로운 전체성에 대한 사상적 실마리를 발견하려 하고 있다"고 논한다.

그렇지만 '역설'을 발견할 필요 따위는 없다고 생각한다. 실은 이러한 광경에서 독자는 작가의 소박하다고 말해도 좋을 물음을 듣고 있다고 할 수 있다. 그것은 "왜 이러한 사태가 발생하는가, 이렇게 인간을 압살하는 힘이 어째서 허락되고 역사를 관통해가는 것인가? 이야말로 '침략국가', '체제', '권력'에 노출된 본질이 아닐까?"라는 질문만이 아니다. 예를 들어 '재일' 2세인 나로서는 더 나아가 "이것이 우리들의 조국이 처한 현실이며 우리들이 살고 있는 국가(일본)의 숨은 본성이 아닐까"와 같은 목소리로도 들리는 것이다.

이 물음은 결코 듣는 측의 수용기受容器에 응해서 나타나는 것이 아니라 구조적인 힘을 가지고 있다고 봐도 좋다. 왜냐하면 우리들은 이러한 광경 앞에서 일종의 두려움이라는 감정에 사로잡히는데, 이 두려움은 마치 죽창에 찔려 죽은 민중처럼 우리들이 지키고 있는 정신적 기치들도 '찔려 죽임'을 당하는 것처럼 느끼는 것에서 연유한다. 그리고 이 두려움의 감정을 없애기 위해서 우리들은 정치적인 권력이 휘두르는 흉포한 힘을 증오하고 그것을 부정하지 않을 수 없게 된다. 즉 작가의 물음이 강한 힘을 갖게 되는 것은 그것이 우리들이 가진 두려움의 틈새로 침입해 그 사악한 힘에 대한 상상적 태도 결정을 독촉하기 때문이다.

주의할 것은 다음과 같은 것이다. 우리들이 작가와 함께 이 물음의 내부를 파고들 때, 그것은 결코 **세계에 대한** 상상적 태도를 작가와 공유하는 것을 의미하지는 않는다. 그것이 의미하는 것은 오히려 **'문학'이라는 것에 대한** 상상적 태도의 공유이다. 즉 이러한 질문들을 작가와 공유하는 한, 우리들이 이로부터 어떠한 '질문'이나 '역설'을 찾아내려 하여도, 이미 전제된 '문학적' 물음의 중심을 동의반복적으로 맴도는 것에 지나지 않는다.

그러나 아마 지금 우리들에게 필요한 것은 일단 이러한 질문으로부터 몸을 틀어 보는 것이다. 김석범의 '제주도'에서 저 '문학적'인 물음을 현실화한 것, 그것이 무엇이었는지 일단 물어 보아야 한다.

3. 재일의 근거

항상 일본에서 벗어나려고 발버둥 치면서도 나는 또 다시 일본으로 되돌아가 1945년 8월 15일을 동경에서 맞이한다. 이처럼 결국 일본에 남은 재일조선인의 한 사람으로 존재하면서 마음은 언제나 비상하려 하는 — 개개인이 걸어온 길은 다르다 할지라도 이것은 대부분의 재일조선인의 심정이 아닐까라고 나는 생각한다.

— 「재일조선인의 독백」, 『말의 속박』

일본 땅을 '고향'으로 여기는 것에 대한 내재적인 반발이 지금도 내 안에 살아있으나, 그것은 또한 지금까지의 생활 대부분을 일본 이외의 장소에서 영위할 수 없었다는 사실을 축으로 하고 있다. 즉 발은 일본에 있고 마음은 항상 비상하려는 두 사실이 싸우는 혼돈과도 같은 심정으로밖에 나는 아직 일본을 대할 수 없다는 사실과 얽혀 있다.

— 「재일조선인의 독백」, 『말의 속박』

이러한 말들 속에 김석범이 지닌 '재일'이라는 자격에 대한 감촉이 잘 드러나 있다. 작품집 『까마귀의 죽음』에 수록된 「허몽담」이라는 소설에는 무수한 소라게들에게 내장을 떼어 먹히는 꿈을 본 '내'가 등장하는데, '마음'이 일본에서 떠나 있다는 감촉이, 여기에서 뱃속에 '공동空洞'이 생겼다는 신체감각으로 표상되는 것이다. 김석범은 또 에세이 「언어와 자유言語と自由」에서 프랑스의 사상가인 장 폴 사르트르의 "인간존재는 결여이다"라는 명제를 끌어와 민족해방투쟁이 인간에게 "자유를 위한 싸움"인 이유를 설명하고 있는데 필시 그에게 이처럼 절실한 명제는 없었을 것이다.

이미 서술한 바와 같이 제주도 동란(4·3) 이후 조선반도의 동향은 김석범을 본래의 생활을 '영위'했어야 할 토지로부터 절망적으로 멀어지게 한 사건이었다. 그렇지만 동시에 또한 그의 삶이 본래적으로 '조국'이나 '민중'으로 향해야 한다는 것이야말로 작가의 청년기적 정신에 각인된 이른바 계시天啓에 다름 아니었다. 지향해야 했던 '전체성'이 제주도에 봉인된 채, 그는 임시 삶으로서 '재일'을 계속해서 견뎌야만 했다. 이러한 장면에서 '재일'이란 글자 그대로 본래적인 것의 '결여'임과 동시에 또한 전체적인 것을 향하려는 '결여'이다. 때문에 그가 "언어"라는 상상력의 세계에서 '조국'이나 '민족'을 모색하려 한 것은 끊임없는 자기투기이며 자유가 분비分泌되는 행위를 의미하는 것이었다.

그러나 여기서 주의해야 하는 것은 이러한 상황이 꼭 '대다수 재일조선인의 심정'의 토대가 되지는 않았다는 사실이다. 다시 말해 김석범이 소유한 것과 같은 '재일'의 '공허', '결여'감각은 실은 그가 청년기에 스스로에게 제기했던 '물음' 속을 살아가려 한 태도에서 비로소 출현한 것이다. 왜냐하면 재일 1세대가 체험하게 된 생활의 현실성 속에 '재일'을 어디까지나 '임시의 삶', '결여'로서 관념 내부에 순화純化시켜 놓는 것은 우선 불가능에 가깝기 때문이다.

그렇다고 해서 내가 재일 1세대의 '조국'을 향한 심정을 부정하는 것은 아니다. 일본이 '이방異邦'에 불과하다는 것을 1세대들이 잊을 리는 없다. 그들은 날 때부터 소유하고 있었던 언어 속에서 **육체적으로 조선민족 이외로는 살아갈 수 없는**, 생활의 곤란이라는 회로에서 자신이 다름 아닌 조선인이라는 사실을 잊으려 해도 매일 뼈저리게 **느끼게 되기** 때문이다. 그러나 김석범에게 문제는 다른 길을 통해 출현한다. 즉 '민족주의자'로서 '조국' 또는 '민중' 속에서 그들과 **함께**, 그들을 위해서 살아간다는 윤리적인 명제가 주어졌고, 그 명제를 살아간다는 것이 가장 중요한 의의인 관념의 공간에서 그의 '재일'은 '결여'와 '공허', 그리고 본질적인 것으로부터의 일탈을 표상할 수밖에 없었던 것이다.

일본의 침략통치로부터 패전, 해방으로 이어지는 시대 속에서 그가 직면한 '물음'이 잘못된 것이었다고는 말할 수 없다. 청년이 그 시대에 휩쓸려 직면한 윤리적, 사상적인 '물음'은 오히려 언제든지 꼭 그 시대의 사회구조와 개개인의 인간의 총체적인 욕구와의 '엇갈림', 이화異化를 표상한 것으로 생각할 수 있다. 청년기에 나타나는 이 '물음'은 그 시대의 사람들의 생활감정의 핵을 감지하여 그것을 개인의 윤리적, 사상적인 감정의 형태로 규정한다. 그렇지만 이 '물음'은 그 성격상, 언제나 개인적인 자의식이 '사회'와 자기를 관계 짓게 하는 정열 속에서 발생하고 그로 인해 때때로 현실적인 사회구조의 방식과 떨어진 심정적인 의미의 극을 만들어 버리는 것이다. 예를 들어 「밤」이라는 소설에 다음과 같은 구절이 있다.

먼 곳을 보는 그녀의 눈은 어떤 것을 거부하고 있었는데, 나는 그것을 알 수 있다. 그녀는 조금 전의 노파들의 염불에도, 고향을 부르는 창화唱和에도 참가하지 않았다. 무엇이 고향인가, 우리들에게 이미 고향 같은 것은 없다고, 수많은 시체로 뒤덮인 고향의 땅에도 아름다운 무지개는 뜰 것이다. 그렇지만 무지개는 사라진다. 시체는 살아오지 않는다. 고향에 환상을 찾으러 가는 일도 없다. (⋯중략⋯) 나는 그녀의 절름거림이 고향의 경찰의 고문으로부터 생명을 건진 결과라는 것을 안 순간부터 스스로의 고향을 거부하는 그녀의 자세를 이해할 수 있을 것 같은 느낌이 들었다. 그렇지만 고향에서 수많은 시체가 쪼아 먹히는 대로 방치되었다고 해도 그것은 그것이고, 이 값싼 장례식도 이것은 이것이다, 라고 말하지 않을 수 없을 것이다. 이게 생활이라는 것이다. 이제 더 이상 비오는 날 이외의 어머니의 장례식은 떠올릴 수 없을 것이다, 나처럼.

—「밤」

여기에는 한편으로 청년기의 정신에 화학작용을 일으킨 '제주도'의 광경이 있고, 다른 한편으로는 '값싼 장례식'으로 어머니를 떠나보내는 '재일'의 생활이 있는데, 이 두 가지 사이에 끼어 있는 여러 가지 현실 내지는 역사와 같은 것들을 작가는 아무리 노력해도 제대로 납득할 수 없다. 아니 오히려 저 '제주도'의 광경이 작가가 '재일'의 생활을 그 현실성의 내부에서 양해하는 것을 완고하게 막고 있는 것이다.

예를 들어 이회성의 「죽은 자가 남긴 것」에서 아버지의 죽음은 1세대인 아버지와 2세대인 아들의 거리를 확정하고, 형제들 사이에 잠재되어 있는 '조국 분단'의 그늘을 조정하는 체험으로 그려진다. 즉 아들의 세대에게 아버지의 죽음은 **역사를 양해**하는 계기로서 그려지는 것이다. 그러나 김석범의 「밤」에서 어머니의 죽음은 주인공을 한층 더 불투명한 물음 속으로 내던지는 사건에 다름 아니다. 그것은 **왜 자신이 '재일'하는 것인가**라는 물음이며, 그것이야말로 주인공이 '재일'의 생활을 지속할수록 점점 더 알 수 없는 수수께끼 같은 물음에 다름 아니기 때문이다.

이 물음의 형태는 예를 들어 김시종과 같은 시인에게서도 발견할 수 있는데, 이는 이회성 이후 2세대들과 1세대들을 명확히 구별 짓는 것으로 보인다. 새로운 세대에게 '재일'한다는 사실은 우선 의심을 품을 여지가 없다. 이 세대가 처음으로 직면하는 것은 "왜 자신이 '조선인'인가"라는 물음이고, 이 물음은 어떠한 형태를 취하든 간에 결국은 매듭지어져야 할 성격으로 이들을 엄습한다.

그렇지만 김석범의 세대에게 사정은 정확히 정반대이다. 이들에게 자신이 '조선인'이라는 사실은 자명하고, 오히려 그렇기 때문에 이번에는 "왜 자신이 '재일'인가"라는 물음이 중요한 의미를 띠며 부상한다.

그러나 이 물음이 단순히 이들의 '재일'의 내력을 묻는 것이 아니라는 것은 말할 필요도 없다. 앞에서 서술한 바와 같이 김석범은 자신이 조우한 청년기의 체험 안에서 '재일'이라는 사태를 일종의 유예, 즉 자신의 본질적인 삶의 자세가 어쩔 수 없이 멈추게 되는 기간으로 느끼고 있는 것이다. 그렇지만 이 유예기간이 연장됨에 따라 예기하지 않았던 다음과 같은 사태가 발생한다.

　　'재일'의 생활이 여하튼 지속됨과 더불어 사람들이 생활 속에서 나름대로의 '욕망'과 '의미'의 실을 뽑아내어, 새로운 세대가 또한 독자적인 삶을 살아가는 와중에, 작가의 세대에게 저 고유한 문제는 서서히 현실감을 상대화하게 된다.

　　김석범은 일본과 조선반도를 둘러싼 전후의 역사적 상황 내지는 '재일'사회 안쪽으로부터 발생하는 풍화風化 경향 등이 저 근원적인 '광경'을 덮어 버리는 원인이라고 느꼈을 것이다. 그러나 아마도 그러한 원인 때문만은 아니었을 것이다. 김석범에게 '조국', '민족', '저항', '혁명', '해방', '통일'과 같은 틀과 맥락에서 제기된 '세계 인지認知'와 '살아가는 방식'에 대한 물음은 새로운 세대에게 '열등감', '집', '차별', '사회', '자기 확인'과 같은 형태로 제기될 수밖에 없었던 것이다.

　　김석범에게 나타난 문제의 틀 인에서는 자기와 '조국', 자기와 '민족'을 어떻게 강고하게 관계 지으며 살아갈 것인가라는 물음이야말로 삶의 방식에서 가장 중요한 의의로 파악되었다. 그러한 관점에서 생각할 때, 이른바 전후 세대의 '민족'에 대한 새로운 감수성은 요컨대 이 가장 중요한 의의를 상대화하고, 모호화해 가는 현상으로 본다. 작가가 이 물음을 순화시킨 형태로 살아가려 할수록 전후의 '재일'사회는 한층 기묘한 불투명함을 더해가게 되는 것이다. "나는 왜 '재일'하는가"라는 물음이 김석범 세대에게 절실한 의미를 띤 것은 아마도 이러한 환경하에서였을 것이다. 따라서 무엇보다 먼저 그것은 '물음'의 현실성에 대한 불안 의식을 표상하지만, 동시에 그것은 부정하는 시도로서 존재하는 것이다. 다음과 같은 문장은 상징적이다.

나는 슬리퍼를 신고 병원 옥상에 서 있을 때, 9시 소등 후 잠들지 못하는 어두운 시간, 조국을 상실한 한의 시대에 서울의 나병원에서 처음 만나 같이 맹세했던 북한 출신의 친구를 생각했다. 나는 얼마 지나지 않아 일본으로 다시 돌아가고, 그는 해방 후 남조선의 전쟁 속에서 20여 년의 짧은 생애의 말기 몇 년간인가의 생명을 모두 태우고 사라져 갔는데, 그 장용석에 대한 일 등을 잊을 수 없는 것이다.

분단된 조국 현실에 통곡한 20살의 혼은 혁명을 위해 싸우고, 상처받고, 굶주리고, 쫓기고, 고뇌한 끝에 결국 처음 일본으로의 도항을 계획하고 준비도 끝냈지만, 동지를 남겨두고 혼자만 조국을 등질 수는 없다고, 조국에서의 싸움을 계속할 결심을 1949년의 어느 날, 최후가 된 편지에 고백한 채로 행방불명이 되었다.

나는 그를 자주 생각했다. 그리고 계속 살아가고 있다. 조금이라도 오래 살고 싶어하는 자신을 자조도 아닌 마음으로 생각한다. 그 녀석은 결국 오지 않았지만, 그때 일본에 와 있었다면, 그도 나와 마찬가지로 나이를 먹으며 오래 살고 있었을 텐데…….

— 「재일조선인의 독백」

이와 같은 감촉의 배경에 흐르는 것이 "내가 왜 '재일'하는가"라는 물음임은 말할 필요도 없다. 주의해야 할 것은 작가가 여기에서 마치 '전향자'처럼 스스로를 느끼고 있다는 사실이다. 그는 이후 「왕생이문往生異聞」에서 '전향자' 황태수를 그리는데, 그 작품에서도 같은 물음이 반복된다.

장용석과 같은 삶에 의義의 본래 모습이 존재한다면 '재일'하며 생존하고 있다는 사실 자체가 이미 하나의 윤리적인 부채이며, 의로부터의 일탈에 다름 아니다. 작가가 저 근원적인 '물음'의 내부에서 살아가는 것을 원하는 한 "분단된 조국의 현실"에 몸을 던지고, 거기에서 "생명을 모두 태우고 사라져 간" 장용석과 같은 인물이야말로 의의 최고 체현자로 나타나는 것이 된다. 때문에 여기에서 "왜 '재일'하는가"라는 물음은 한편으로는 작가에게 윤리적인 자책을 강요하는 모습으로 나타나며, 다른 한편으로는 '재일'의 현재적 안일을 끊임없이 재판하는 심판자(장용석과 같은)의 목소리로 존재한다.

그러나 이것이야말로 김석범에게 필요한 것이었다. 예전에 이소다 고이치磯田光一는 '일본 근대의 역설'이라는 유명한 평론에서 '일본의 전향자'에는 "자기를 배교자로서 단죄하는 것으로 그리스도의 영광을 역으로 설명하는 형태"가 있다고 지적했는데, 그와 매우 흡사한 것을 여기에서도 찾아볼 수 있다.

예를 들어 장용석이라는 인물의 이미지가 「까마귀의 죽음」의 빨치산 장용석에 중첩되는 것은 분명하다. 「까마귀의 죽음」에서 작가는 제주도 미군관청에 통역으로 근무하는 정기준이라는 주인공을 등장시키는데 그가 전후 "해방된 민족으로서 기쁨과 희망을 조국 땅에 걸고 일본에서 돌아온" 인물이라는 사실은 상징적이다. 기준도 또한 김석범과 마찬가지로 조선민족의 일원으로서 자신의 본분을 자각하면서 그 '기쁨과 희망'을 미군과 이승만 정권에 빼앗겼다고 느끼는 인물이다. 또한 그는 빨치산의 스파이로서 민중의 싸움에 몸을 던지려 하지만 "언제나 거울 앞에서 살고, 거울 안에서 자야 하는 자신의 입장"에 초조해하며 "이런 벙어리 같은 존재에서 해방되어" 장용석처럼 "총을 가지고 마음껏 싸워보고 싶다"는 외침을 마음속에서 멈출 수 없는 인물로 그려진다. 이러한 설정이 은유하는 것이 작가에게 '재일'성 그 자체임은 말할 필요도 없다.

> 친구인 장용석은 정기준과 한라산을 잇는 단 하나의 끈이었다. 성내城內에 위치한 나촌에 지하조직이 있어도, 그것들과 기준은 아무런 관계도 없었다. 용석은 말하자면 투명한 유리병의 좁은 입 같은 존재였다. 그것을 통해서만 기준은 겨우 답답한 유리병 속에서 대기大気의 세계와 접촉할 수 있었다. 그렇지 않았다면, 그것이 기준의 임무라고는 해도 마개를 닫은 병의 진공 속에 서식하는 기계에 불과했을 것이다.
>
> ──「까마귀의 죽음」

재일사회가 본국의 현실적인 사회와 정치적인 동향으로부터 격리되고, 재일지식인들의 어떠한 행동도 실질적으로 본국의 동향에 관여할 수 없었던 상황은 정기준이 놓여 있던 "진공상태"에 중첩된다. 정기준은 스파이라는 역할 안에서 '배신자'를 가장하며 살아야 하고, 따라서 자신이 '민중' 측에 서 있는 '의미'를 타인과의 사이에서 명료하게 소유하는 것이 허락되지 않은 존재이다. 그리고 정확히 장용석이라는 인물이 김석범에게 저 '물음'의 정당성을 확보해 주는 인물로서 나타난 것처럼 장용석은 정기준이라는 존재의 정당성을 증명하는 유일한 인물로 존재한다.

작가는 또한 동일한 것을 장용석의 누이 양순과 기준의 기묘하게 굴절된 연애관계의 설정 안에서도 그린다. 기준은 자신이 빨치산의 스파이라는 사실을 그것이 조직에서 부여된 '극비임무'라는 이유로 양순에게 밝힐 수 없다. 양순은 기준이 미군의 통역 일을 하고 있다는 사실을 용납하지 못한 채, 기준에게 끌리는 마음 사이에서 고민한다. 기준은 결국 '고백의 행동'을 누른 채 '갑자기 올라오는 무언가 본능 같은 감정'에 휘둘려 양순을 범해버린다. 이렇게 하여 주인공은 마치 양순에게 저지른 죄에 대한 대가를 치르듯 간신히 '스파이' 임무를 완수한다.

이 구도는 통역인 기준이, 처형당하는 양순과 최후에 대면하는, 이야기의 클라이맥스라 할 수 있는 장면에서 그 의미를 집약적으로 드러낸다. 여죄수 수용소를 경비부장들과 돌아보던 기준은 그곳에 잡혀 들어와 사형을 기다리는 양순과 그 부모를 발견하는데, 이때가 기준이 양순에게 자신의 내심을 고백할 수 있는 최후의 기회로 그려진다. 그렇지만 '큰 소리를 내며 복도에 넙죽 엎드려 모든 것을 고백하고 싶은 커다란 충동을 느끼'면서도 그는 그것을 견디어 낸다. 그리고 '그녀에게 결백함을 증명할 기회는 영원히 사라졌다'고 느낀다.

당을 위해, 조국을 위해! 이것이 이 순간의 그를 더한층 불행하게 만들어, 자신을 던져 버리지 못했던 것이다. 무서운 양심의 평안을 위하여, 그는 자기의 인간성을 죽이고 양순의 양심을 죽였다. 그렇다면 그사이에 개재된 것은 도대체 무엇일까. 그 이름으로 인하여 양순의 마음을 죽인 당도 조국도 그녀의 눈물 한 방울만한 값어치조차 없지 않은가. 기준은 장용석을 미워하고 당을 증오했다. 그리고 조국을 증오했다. (…중략…)

　소장의 목소리에 기준은 자기가 가까스로 끝까지 견뎌낸 것을 깨달았다. 모든 것은 끝났다. 그리고 자신을 끝까지 견뎌내게 만든 것, 자신의 어두운 마음 한구석에 얼음처럼 앉아 있었던 것을 새삼 마음 든든하게 느꼈다.

―「까마귀의 죽음」

오카니와 노보루는 앞에서 논한 「김석범―비유를 넘어서는 것」에서 주인공은 이때 '그녀의 한 방울의 눈물에 상당하는 선험적인 가치 따위 어디에도 존재할 수 없다는 것'을 '분명하게 확인'하고 있고 '그는 신념의 절대성에 의거한 것이 아니라, 오히려 그 근거의 결여를 짊어진 채 "가면"이자 "거울 앞의 생"인 자기를 관철해 간다. 그가 이중존재자라는 사실의 진정한 의미는, 이와 같은 "자기대상화"에는 없다'고 쓰고 있다.

　오카니와 노보루가 말하려는 것은 다음과 같은 의미일 것이다. 정말 현실적인 저항의 근거는 '당'이라든지 '조국'과 같은 '선험적인 가치' 개념과는 전혀 별개의 형태로 나타나고, 대부분 논리 없이 인간을 강요하는 것으로 존재한다. 그리고 '원리'적인 가치가 아닌 이러한 것이야말로 '양순의 눈물'에 간신히 버틸 수 있는 무엇인가이다. 그러므로 "이러한 각오 앞에서 우리들의 '유행'인 영리한 모습의 (…중략…) 스탈린 비판 따위 몹시 응석부리는 특권적인 "지知"의 산물에 지나지 않는다"고.

　분명 작가는 이와 같은 장면에서 주인공의 비정함을 지탱시켜 주는 것이 '당'이나 '조국'을 향한 충성심이 아니라는 사실을 강조하는 듯 보인다. 즉 이것은 기준의 '어두운 마음 깊숙이 얼음과 같이 들어 앉아 있는 것'이라고 불리는 것이다. 오카니와 노보루는 바로 이것을 '원리'적 가치나 '지의 산물'을 넘어선 것처럼 보이는 무언가로 조정措定하고 스탈리즘 및 그 '지'적 비판의 상위에 위치시키는데, 이와 같은 논리적 조작은 내게 있어 전혀 무의미하게 보인다.

왜냐하면 기준과 양순의 관계가 상징하는 문제는 실은 '당'이나 '조국'과 같은 가치를 초월한 무언가가 주인공에게 다가와 주인공을 지지한다는 것과 같은 지점에서는 있을 수 없는 일이기 때문이다. 이미 시사한 바와 같이 여기에서는 오히려 기준과 양순 사이에 '그도 또한 그녀와 마찬가지 입장에 서 있다'와 같은 '의미'가 박탈되어 있다는 사실이야말로 결정적인 것이다. 즉 이 이야기의 갈등의 중심을 만들어내는 것은 주인공의 존재(스파이)가 그 진실의 '의미'(관계성)를 타자와의 관계에서 유통시킬 수 없다는 것에 다름 아니고, 이 사실은 이야기의 구성을 주의하며 따라가면 쉽게 이해할 수 있는 것이다.

기준이 '스파이'라는 이중적 존재라는 사실이 의미하는 '진정한 의미'는 특별히 그가 스탈린주의자나 그 비판자를 뛰어 넘을 수 있는 '저항'의 특권적 거점에 서 있다는 것이 아니다. 존재가 그 근거(의미)를 확증할 수 없는 것(그것이 근거의 결여에서는 있을 수 없다)을 견디면서, 나아가 그 근거(의미)를 지켜나간다는 의지, 그것이야말로 작가가 '스파이'라는 설정을 통해 보여주려고 한 것이었다. 그리고 이 점이 작가의 '재일'에게 무엇을 의미하는가는 이제 와서 말할 필요도 없을 것이다. 그러므로 김석범은 스파이로서 기준을 몇 번인가 위기에 몰아넣고, 그것을 잘 견디게 한 후 마지막에 다음과 같은 감회에 도달하게 하는 것이다.

> 모든 것이 끝나고, 모든 것이 시작되었다. 그는 살지 않으면 안 된다고 생
> 각했다. 그리고 이곳이야말로 내가 의무를 완수하고 내 생명을 묻기에 가
> 장 어울리는 땅이라고 생각했다. 부스럼영감의 슬픈 목소리를 들으면서 그
> 는 이를 악물었다. 나는 울어선 안 된다고……
>
> ─「까마귀의 죽음」

이러한 지점에서 작가의 '제주도'라는 광경이 한 바퀴 돌아 완결된
다. 김석범은 여기에서 저 청년기의 정신에 강하게 감광된 '세계'와 '역
사'의 고유한 의미를 다시 한 번 재생시켜, 그 의미, 그 '물음'이야말로
'재일'에게 자신의 삶을 걸어야 할 거점으로 존재한다는 사실을 확인한
다. '제주도' 안에서 강고하게 살아있는 인간의 삶의 방식의 '의미'를 조
명으로 삼아 '재일'을 비추는 것, 그러한 과정을 통해 모호해진 '재일'의
현실을 다시 한 번 선명하게 하는 것, 나아가 동시에 저 청년기의 근원
적인 '물음'을 통해 작가 자신의 삶의 '의미' 또한 선명하게 하는 것에 다
름 아니다.

이토 나리히코(伊藤成彦)는 「해체와 창조의 변증법」(『함께 고민하는 상상
력』)이라는 김석범론에서 "'재일'이라는 외적 조건에서 오는 내면 풍화
와의 항쟁"을 '제주도' 연작의 '내적 동기'의 하나로 들면서, 그렇다고
해서 "이 작품이 작가 자신의 개인적인 자기 구제를 목적으로 한" 것이
라고는 할 수 없고 작품 자체로 독립된 의의를 가진다고 했다. 이러한
평가는 일견 정당해 보일지 모르지만 아마도 정답은 아닐 것이다.

왜냐하면 우리들이 살펴 온 사정은 결코 작품의 단순한 '내적 동기'가 아니라 오히려 '제주도' 연작이 작품으로서 가지고 있는 힘은 어디에서 온 것인가에 관한 문제이기 때문이다. 그리고 무엇보다 이토 나리히코, 이소가이 지로, 오카니와 노보루 등의 평론가들이 작가의 '물음' 제기의 방식에 감동하여 그곳에서 각각의 문제를 촉발시키고 있는 것은 분명하다. 이들은 저 '물음'의 자세를 '문학'적 의미의 중심점으로 작가와 공유하고, 게다가 거기에 어떤 위화감도 느끼지 못하기 때문에 이미 논한 바와 같은 동의반복적인 언설을 중첩시키고 있다.

중요한 것은 다음과 같다. 작가가 '제주도' 연작으로 달성한 것은 전후의 '재일'사회와 일본의 시민사회의 한가운데에서 그가 청년기에 조우해 버린 '세계'와 '인간의 삶의 방식'에 대한 근원적인 '물음'에 쐐기를 박았다는 점이다. 거기에 '재일'사회 내부의 여러 가지 지층변동(동화, 풍화경향을 중심으로 한다)에서 오는 작가 자신의 '재일'의 근거가 모호하게 된다는 숨막힘이 있었다는 것을 부정할 수 없다고 해도, 그 쐐기는 적어도 전후 사회의 안일한 분위기 속에서 '전쟁'과 '권력'의 생생한 상을 끊임없이 환기시키는 역할을 해냈다. 그러나 그럼에도 불구하고 작가가 어디까지나 청년기에 찾아온 '물음'의 범형의 원근법에서 '재일'의 현재의 의미와 윤곽을 잡아내려고 할 때(그것에 의해서 '제주도' 연작은 전후 사회의 어떤 종류의 쐐기의 역할을 해낼 수 있었지만), 김석범이 그 작가적 육안을 '재일'사회의 새로운 지층에 미치게 하는 것은 거의 불가능하게 되었다고 말하지 않으면 안 된다.

왜냐하면 작가가 움켜쥐고 있는 것은 '민족', '조국', '민중', '해방'과 같은 문제의 계통으로, 이 원근법은 '부인', '차별', '불우성', '집과의 갈

등', '자기 확인', '화해'와 같은 전후적인 '재일'의 삶의 영역을 억지로 지워버릴 수밖에 없기 때문이다.

주의해야 하는 것은 근대적인 사상의 자세로 이러한 것이 거의 보편적인 구조로 되어 있다는 점이다. 인간이 청년기의 '물음'의 범형을 내부를 향해 제기하는 것을 멈추지 않는 한 여러 가지 '물음'이 어떠한 '삶'의 내실에 의해서 지지 받으며 살아가고 있는가를 놓치게 된다. 그렇게 되면 이전 세대는 언제나 그의 시대에 리얼리티를 유지하고 살아 온 '물음'이라는 명제에 의해서 다음 세대의 '삶'의 의미를 재단하게 되어버리는 것이다.

아마도 이점은 '문학'적인 '물음'이 잉태하고 있는 본질적인 함정이기도 하다. 그것은 인간 삶의 방식의 의미를 끊임없이 청년기에 부딪친 세계의 '광경' 안에서 재생하려고 계획하지만, 바로 그 점이 그를 언제나 현재로부터 격리시켜 버린다. 그렇지만 이러한 사태는 '재일'의 사상적 자의식이 어떻게 해도 부딪칠 수밖에 없는 필연적인 곤란이기도 했다. '재일'의 새로운 세대는 이 곤란을 정면에서 뛰어넘는 것 이외에는 자신들의 새로운 시대의 리얼리티를 표현하는 기술을 결코 가질수 없는 것이다.

김학영金鶴泳

1. '말더듬이' — 불우 의식

「겨울의 빛」(1976)의 서두에서 작가는 주인공의 아버지에 대한 기억으로 다음과 같은 인상 깊은 에피소드를 쓰고 있다.

국민학교 2학년이 된 현길은 어느 날 친구인 준육과 놀다가 둘의 아버지가 일하는 나카지마 비행기공장까지 "아버지를 마중하러 가자"는 제안을 받게 된다. 이웃마을에 위치한 나카지마 비행기공장은 걸어서 한 시간 정도 걸리는 곳이었는데, 준육은 공장의 일이 끝나는 5시까지 공장 문 앞에 도착해서 일을 마치고 나오는 아버지를 놀라게 한 후 함께 자전거를 타고 돌아오면 괜찮을 것이라고 말한다.

현길은 "일종의 지지 않으려는 경쟁심 때문에" 친구의 제안을 받아들렸고, 수 킬로의 초행길을 걸어서 목적지까지 간다. 이윽고 5시가 되고 일을 끝낸 어른들이 문에서 나와 집으로 돌아가기 시작하는데 먼저 준육의 아버지가 모습을 드러낸다. 준육은 "아빠!" 하고 큰소리를 지르면서 종종걸음으로 손을 흔들며 아버지 쪽으로 달려간다. 준육의 아버지는 조금 놀라 하면서도 아들에게 대답하고 곧 두 사람은 자전거에 올라 타 한발 앞서 돌아가 버린다.

잠시 후 이번에는 현길의 아버지가 모습을 드러낸다. 그러나 현길은 어쩐지 준육처럼 순진한 목소리로 아버지를 부를 수 없다. 그는 친구처럼 아버지 앞에 나서는 것이 "자신과 아버지의 평소 관계를 생각하면 어울리지 않는다"고 느낀다. 그렇게 주저하는 사이에, 현길은 아버지에게 말을 걸 기회를 놓치고 만다. 아버지도 현길을 알아차리지 못한 채 동료들과 함께 자전거를 타고 자취를 감추고, 그는 혼자 남겨진 채 무겁고 비참한 기분으로 마을까지의 먼 길을 돌아간다.

완전히 해가 저물어서 집에 돌아온 현길은 준육 부자로부터 사정을 전해들은 모친에게, 너는 왜 아버지를 만나지 못했냐는 질문을 받지만 대답하지 못한다. 그러자 옆에서 탁주를 마시면서 상황을 지켜보고 있던 부친은, 그의 얼굴을 흘깃 바라보고는 중얼거리듯이 "이상한 놈이네"라고 말한다.

김학영이라는 작가가 세계를 느끼고 받아들이는 가장 근본적인 방식은 이러한 기억의 감촉 속에 갇혀 있는 듯 보인다. "이상한 놈이네"라고 중얼거리는 아버지의 표정과 태도를 떠올리면서 독자는 마치 태어날 때부터 자신을 소외된 존재로 느끼고 있는 듯한 소년의 굴절된 심상心象을 받아들일 수밖에 없다. 또한 이러한 심상 풍경이 친구와 부친에게서 "내버려진" 자신의 "비참한" 인상을 작가의 기억 속에 한층 강하게 새기고 있는 듯 보인다.

개인적인 심리기제心理機制의 차원에서 말하자면 우선 그를 처음으로 거부한 대상이 어머니가 아닌 아버지였다는 데에는 그 나름의 의미가 있을지도 모른다. 그러나 여기에서는 그런 측면보다 오히려 작가가 자신에 대해 세계로부터 거부당한(소외당한) 존재로 우선 인지하기 시작했다는 사실이 중요하다.

'아버지'로부터 "거부당하고 있다"는 것. 이것이 작가의 자기 인식의 원형을 이룬다는 것은 의심할 필요가 없다. 예를 들어 김학영의 주인공들은 늘 예외 없이 '아버지'나 '연인', 또는 '타자'나 '사회'라는 대상으로부터, **뭔가 잘 알 수 없는**(또는 어떻게도 할 수 없는) 이유로 거부당한다고 느낀다. 이때 이들을 거부하는 대상이 무엇인가보다는 주인공에게 그러한 거부의 이유가 왠지 불투명하고 불가해하다는 사실에 김학영 소설 세계의 핵심이 있다.

> 아버지는 말더듬이인 나를 참을 수 없는 듯했지만, 말더듬이라는 사실을 어쩔 수 없이 받아들여야 하는 내게 그것은 정말 난처한 일이었다. 나는 거부당하고 있다. 나는 있는 그대로의 모습으로 존재하는 것을 거부당하고 있다는 의식은, 중학생인 나를 매우 고독하고 불안한 기분에 빠지게 했다. 살아갈 수 있는 장소가 없는 듯했다. 이처럼 있는 그대로의 자신이 부정당하고 있다는 의식, 있는 그대로의 자신에게 안주하는 것을 금지 당하고 있다는 생각은, 내가 성인이 된 후에도 오랫동안 나를 계속 얽매었던 불안이었다고 생각한다.
>
> ― 에세이 「한 마리의 양」, 『신예작가총서 김학영집』

우리들은 이런 작가 자신의 목소리에서 그가 '말더듬이'였기 때문에 아버지로부터 거부당했고, 그러한 기억이 '타자'와 '사회'와의 관계에서 장애를 만드는 계기로 작용했다는 식으로 생각하지 않아도 된다. 왜냐하면, 그런 인과관계는 작가의 문학적 리얼리티에 있어서 아무런 의미도 없기 때문이다.

　예를 들면 이회성과 같은 작가에게 자신이 '조선인'이라는 사실은 세계를 처음으로 인지하는 과정에서 의심할 여지없이 결정적인 의미를 지닌다. '조선인이라는 사실'은 무엇보다도 우선 주위의 동료들로부터 '거부'당하는 이유이다. '조선인이라는 사실'에 따라다니는 꺼림칙함(죄 장감罪障感)은 아이에게 '집' 또는 '아버지'로부터 유래하는 것으로 느껴지기 때문에, 우선 '집' 또는 '아버지'와 자신 사이의 일체성을 부정하려는 심리적 움직임이 나타난다.

　즉, 이회성에게 "파시스트 소년"(「증인이 없는 광경」)은 동료들로부터 "거부"당했기 때문에 그 원인으로 지목된 자기의 '집'과 '아버지'를 심리적으로 거부하려는 소년을 가리킨다. 따라서 일본사회에서 일본인인 동료들 속으로 내팽개쳐진 재일의 아이들은 그 '거부' 감각에 의해 위협받을 때, 누구라도 많든 적든 간에 본질적으로 "파시스트 소년"이 될 수밖에 없다. 또한 이로 인해 '재일'의 자식들은 일단 심리적으로 부인했던 '집'을 어떤 형태로 재인식해야하는가라는 과제를 성장 과정에서 반드시 떠안게 된다.

　이회성은 '세계'와 자신 사이를 가로막고 있는 좋지 못한 관계성을 과거로 거슬러 올라가 수정해 나가는 방향으로 이 과제를 해결하려 했다. 그렇기 때문에 그의 문학세계에서 주인공이 '민족적 자각'을 역사적으로 빼앗겼기 때문에 열등감에 빠지게 되고 그 열등감으로 인해 '집'과 '아버지'를 부인한다는 인과의 순서는 중요한 의미를 지닌다.

그러나 김학영의 문학 공간에서는 그러한 인과의 순서는 거의 의미가 없다. 작가를 움직이고 있는 것은 왜 '세계'가 그를 거부하며 또한 그 거부의 이유를 그가 어떻게 처리할 것인가보다는, '세계'가 그를 거부하는 **방법과 감촉**이다.

김학영의 처녀작인 「얼어붙은 입」은 이과계 대학원생 최규식이 말더듬을 괴로워하는 데에서 시작한다. 그리고 이것은 상징적인 의미를 지닌다. 결국 나중에 보다 분명해지지만, 이회성에게 자기인식의 출발점이 '조선인이라는 사실'의 꺼림칙함이었다면, 김학영에게는 '말더듬이라는 사실'이 바로 여기에 해당한다. 이 경우, '말더듬이라는 사실'이 단지 '조선인이라는 사실'에 선행한다고 할 수 없고, 곤란이 이중으로 겹쳤다고도 할 수 없다. 김학영에게 이것은 삶의 단서로 나타난 '불우의식'에 다름 아니며 필시 다른 것으로는 대체 불가능한 성격을 띠고 있었던 것이다.

이 말더듬의 괴로움은, 예를 들어 다음과 같이 묘사되어 있다. 주인공 규식은 주기적으로 찾아오는 "말더듬의 계곡"에서 고통 받고 있고, 곧 실시하게 될 연구보고로 인한 불안 때문에 숨막히는 우울함 속에 갇혀 있다. 이 우울함은 단지 연구보고를 앞에 둔 불안 때문만이 아니다. "실험한다는 것은 내게 공허하다. 미지의 새로운 물질을 합성해 내었다고 한들, 그것이 내게 무엇이란 말인가" 내지는 "살아간다는 것 자체가, 인정하든 그렇지 않든 실은 이미 무의미하고 공허하다"와 같은 만성적인 막막함이 그를 뒤덮고 있다. 하지만 이 막막함도 원인을 따지

고 보면 자신이 '말더듬이'기 때문에 '세계'와 관계할 때 퇴적되는 위화
감에서 온 것이 분명하다.

　　무수한 요소가 복잡하게 한데 섞여, 말더듬의 원인이 되지만, 그 말더듬
의 정체는, 그러나 당사자인 말더듬이도 잘 알지 못한다. 단지 아플 만큼 알
고 있는 것은, 말더듬이라는 것이 얼마나 불편하며 곤란한 것인가, 그리고
말더듬으로 인해 얼마나 괴로움을 맛보고 있는가라는 사실뿐이다. 실제로
나는 지금까지 말더듬 때문에 얼마나 조소받고, 굴욕을 맛보아 왔단 말인
가. 얼마나 비참하고 외로운 기분에 빠졌단 말인가. (…중략…)
　　생각한 것을 생각한 그대로 전할 수 없다는 사실, 그것이 불편한 일이 아
니라면 무엇이란 말인가. 아니 그것은 이미 불편한 일과 같은 것이 아니다.
그것은 벌써 하나의 그러나 말더듬이에게는 거의 전부를 차지해버린 깊은
슬픔이다. 자신의 의사를 있는 그대로 타인에게 전할 수 없다는 것은 자신
을 있는 그대로 타인이 이해해줄 수 없다는 것이며, 그것은 결국 타인과의
사이에 언제나 도랑이 가로놓여 있는 것이라고 할 수 있다. 그것이 슬픔이
아니면 뭐란 말인가. 고통이 아니면 뭐란 말인가. 더구나 그 원인의 시시함
이 더욱 나를 참을 수 없게 한다.

― 「얼어붙은 입」

　　말더듬의 괴로움이란 요컨대 "생각한 것을 생각한 그대로 전할 수
없다는 사실"의 불편함에서만 기인하는 것은 아니다. 「얼어붙은 입」에
서만 보면, "말더듬이라는 사실의 괴로움"은 "조선인이라는 사실의 꺼
림칙함"과는 본질적으로 그다지 다른 문제가 아닌 듯 보인다. 즉 사람

은 먼저 '말더듬'을 발하는 순간, 어떤 **이질적인 무엇**(=말더듬이)으로서, **보통의** 인간들의 끊임없는 시선 아래 노출된다. 이 시선은 그에게 어떤 독특한 '세계'로서 표상된다. 즉 본래대로라면 그가 거기에 속해야 함에도 불구하고, '말더듬이'라는 이유로 거기에서 배제되고 더구나 그 때문에 지속적인 죄책감에 짓눌릴 수밖에 없는 '세계'인 것이다.

매우 단순화시켜 말하자면, 말더듬이란 **소위** '말더듬이' 이외로 존재할 수 없음에도 불구하고 평범한 인간이 되고 싶다고 갈망하며, 또한 그것이 불가능하다는 사실이 '세계' 탓인지 아니면 자기의 자격 없음 탓인지 정할 수 없어 결국 자기 자신을 '세계'와 '말더듬이로서의 존재' 사이에서 분열시켜 버린 인간인 것이다. 그것은 예를 들어 다음과 같은 식이다.

> 언제나 똑같았다. 그것은 하나의 악순환이었다. 생각한 대로 말이 나오지 않아서 입을 다물고 있다. 그러면 그렇게 혼자서 입을 꼭 다물고 있는 자신을 모두 말을 하지는 않지만 내심으로 이상한 녀석으로 여기고 있을 것이라고 나는 생각한다. 혹은 내가 입을 다물고 이야기에 끼어들지 않는 것은 내가 그들을 외면하고 있고, 시시한 것을 떠들고 있는 그들을 경멸하고 있으며, 또는 그들에게 반감을 품고 있기 때문이라고 오해하고 있을지도 모른다. 그렇게 생각하는 것이 더욱 내 마음을 위축시키고, (…중략…) 나는 한층 굳게 입을 다물게 된다. 그러면, 그런 자신을 모두가 더욱 더 이상하게 여기고 있을 것이라는 생각이 점점 더 무겁게 나를 엄습해, 나의 마음을 구속하고, 강하게 압박해 간다.
>
> —「얼어붙은 입」

따라서 정말 심각한 것은 말하는 행위를 둘러싼 평범한 사람과의 능력 차이가 아니다. 오히려 이 차이의 틈새로 몰래 기어들어와 뱀처럼 그의 안에 자리 잡아버린 '불우 의식'이다. 이것이야말로 악순환을 심각하게 만드는 핵심인 것이다. 그래서 주인공도 "말을 더듬는 것 그 자체는 대단한 것이 아니다"라고 생각하면서도, "말을 더듬는 것에 의해 받게 되는 정신적, 신경적 충격, 그 굴욕을" "무엇보다도 두려워"하기 때문에, 결국 그는 연구보고회에서 비참할 정도로 심하게 말을 더듬게 되는 것이다.

그런데 '말더듬'의 괴로움과 '조선인'이라는 사실에서 오는 괴로움은 물론 완전히 같은 것이라고 말할 수 없다. 단지 그것은 죄장감과 억압감이 틀림없이 **자신**의 **고유**한 **문제**라고 의식하는 장면에서 어쨌든 하나의 '불우 의식'으로 그의 안에 자리 잡는다고 할 수 있을 뿐이다. 그리고 김학영과 같은 작가에게는, 말더듬에 유래하는 '불우 의식'이 조선인이라는 사실로부터 오는 그것을 압도하여 배제해버린 듯 보인다. 나중에 분명해지지만 그로 인해 작가에게 '조선인'이라는 문제는 완전히 다른 형태로 나타나게 된다.

어쨌든 여기에서 지금 이 두 개의 '불우 의식'의 차이를 거칠게 말해보면 다음과 같다. 우선 이회성의 "파시스트 소년"에 내포된 '불우성'은 원래 그가 '일본인 사회'와 자신의 '집'(= 조선인) 사이에서 심리적으로 분열되는 데에서 유래한다. 그러므로 일본사회가 암암리에 강요해 온 '조선인'에 대한 부정적인 의미를 긍정하지 않고, 자기와 '집'의 일체성을 그가 적극적으로 확인한다면 이 불우성은 심리적으로 극복 가능한 것이라고 말할 수 있다. 그러나 김학영의 '말더듬'의 경우에는 그렇게 될 수 없다. 왜냐하면 이 '불우성'에는 '파시스트 소년'에 존재했던 것처럼 지금은 억눌려 잠복해 있지만 이윽고 발견되어야만 하는 적극적인 귀속의 원리(예를 들면 '민족성'과 같은)는 결코 존재하지 않기 때문이다.

예를 들면 우리들은 '민족의 자랑'이나 '민족문화의 아름다움'을 적극적인 원리로 소유하는 것이 가능하지만, '말더듬이로서의 자랑'이나 '말더듬의 아름다움'이라는 것은 상상하는 것조차 어렵다. 그러므로 말더듬이의 괴로움은 어디까지나 닫혀 있으며, 사회적인 문제의 통로에 의해 그것을 이해하는 것은 불가능하다. 따라서 최규식은 다음과 같이 중얼거린다.

> 그렇다고 해도 말더듬 같은 것에 이처럼 속박되어 있는 자신을 느끼는 것은 분한 일이다. **예를 들면 내가 어떻게 고민을 호소해도, 그 원인이 말더듬이라는 것을 들으면 어떤 사람은 쓴 웃음을 지을지도 모르겠다**(…중략…) 그러나 너는 행운인지 불행인지 예를 들면 죽은 이소기이처럼, 말더듬 이상의 고뇌와 만난 적이 없다. 나는 오히려 말더듬 이상의 고뇌, 말더듬의 고뇌 따위 날려버리고 잊어버릴 수 있는 커다란 고뇌와 만나고 싶다고 생각한다. 그러나 그런 식으로 생각하는 것은 난센스일지도 모른다. 왜냐하면 그것은 벙어리인 인간이 억지로 벙어리 대신에 귀머거리였으면 하고 절실히 바라는 것과 같은 것이기 때문이다. (강조-인용자)
>
> ―「얼어붙은 입」

주인공은 여기에서 자기 괴로움의 원인이 '말더듬'이라는 보잘것없는 것이기 때문에 똑같은 괴로움이라면 더욱 크고, 고려할만한 가치가 있는 괴로움을 맛보고 싶다는 식으로 생각하는 것이 아니다. 오히려 여기에서 표현하고 있는 것은 예를 들어 '민족문제'의 고뇌가 일반적으로 표현할만한 가치가 있는 것으로 여겨지는데, 어째서 "말더듬이라는 사실의 괴로움"은 쓴웃음을 짓게 하는 것에 불과한 것인가라는 마음의 응어리이다.

「얼어붙은 입」의 모티프인 '재일'의 "민족문제 중심주의"에 대한 반발은 '말더듬의 문제'와 동등한 또 하나의 기둥이고 더구나 이 둘은 구별하기 어렵게 뒤얽혀 있다. 작가는 주인공 최규식을 '말더듬'에 고뇌하는 인간으로 묘사할 뿐만 아니라 예를 들어 "재일조선인 K동맹동경대연구소"의 '김문기'와 같은 인간과 교류하는 과정을 통해 '민족문제'로 고뇌하는 인간으로도 그리고 있다. 그러나 앞에서 시사했던 바처럼, 규식에게 '조선인'이라는 사실은 결코 가장 중요한 문제가 아니다. 예를 들어 규식은 전차 안에서 "조선관련 책을 읽으려 마음먹고 있"는데, 그 이유는 자신이 계속 일본 학교에 다녔기 때문에 "자연히 나는 조선 문제에 소원했고 또한 민족의식도 희박했"기 때문이다. 또한 그는 "자칫하면 잊기 쉬운 자신 속의 조선인을, 그 전차 안의 학습에 의해, 조금이라도 회복"하려고 하지만, 조선 관련 책을 읽는 일은 그에게 "왜 그런지, 내키지 않는", "이상하게 귀찮은" 일이기도 하다.

여기서 주의할 점은 주인공에 의해 "정치적 인간"이라고 이름 지어진 김문기와 같은 인간과, "재일조선인 K동맹"이라는 존재가 규식에게 '민족'과 '정치'의 문제를 **강요**하는 대상으로 받아들여진다는 사실이다. 이 '민족주의' 문제에 대해서는 나중에 언급하겠지만, 소설 「착미錯迷」에서 발견되는 특징은 이 '민족주의' 문제가 오히려 '말더듬이'에 얽힌

자의식의 문제를 부각시키고 있다는 점이다. 김학영은 「시선의 벽まなざしの壁」(1969)에서 "실제 그가 소설을 쓰게 된 것은 말더듬이였기 때문이며 조선인이었기 때문은 아니다"라고 쓰고 있다. '민족'의 문제는 물론 작가를 고뇌하게 했지만, 작가로 하여금 '쓴다'라는 정열을 갖게 만든 것은 어디까지나 '말더듬'에 얽힌 문제였던 것이다.

> 말더듬이는 자신이 말더듬이로 이해되는 것을 거부한다, **말더듬이로서의 자신은 말하자면** 가상의 **자신, 거짓의 자신**이며, **진짜 자신은 말더듬이가 아니다.** 자신으로부터 말더듬을 뺀 부분, 그 부분의 자신이야말로 진짜 자신이라고 생각하므로 말더듬이는, 나는, 자신이 말더듬이로 이해되고, 말더듬이로 대우받는 것을 거부한다. 오히려 말더듬이로 대우받는 것을 굴욕이라고 느끼며 혐오한다. (강조─인용자)
>
> ─「얼어붙은 입」

주인공이 여기에서 말하려는 바를 조금 더 넓혀 생각해 보자. 말더듬이가 '말더듬이로 이해되는 것'을 받아들일 때, 그것은 그가 세계에 대해 완전히 항복했음을 의미한다. 왜냐하면 그는 세계가 그를 규정하는 "열등한 존재", "기묘한 존재", "수상한 존재", "이질적인 존재", "더럽혀진 존재", "죄가 있는 존재" 안에 영원히 갇히게 되기 때문이다.

이것은 이른바 타자들의 시선에 경직되어, 납 속에 봉해진 나비처럼 '삶'의 자유 의식을 잃어버리는 것이다. 유동하는 자유 의식을 화석화시키는 것, 의미 짓는 것이 금지된 채 단지 일방적으로 의미 지워지는 존재가 되는 것, 이것이야말로 '말더듬이'의 의식이 끊임없이 노출되는 가장 중대한 위기이고, 그러므로 '말더듬이'는 "말더듬이로 이해되며, 말더듬이로 대우받는 것을" 완고하게 거부하려고 하는 것이다.

이는 말할 것도 없이 일종의 **자의식상**의 위기임에 분명하다. 이미 시사했던 바와 같이 '조선인이라는 사실'에 얽혀있는 자의식상의 위기는 인간의 평등이나 자유라는 사회 이념상의 '문제'라는 통로를 따라 **외부**로 해방될 수 있다. 그러나 말더듬이에게 이 통로는 차단되어 있기 때문에 위기는 내부에서 환류한다. "차별은 옳지 않다"라는 언설은 이 자의식의 위기에서 아무런 영향을 발휘하지 못한다. 왜냐하면 「얼어붙은 입」에서 그려진 것처럼 "차별해서는 안 된다"는 타인의 의식 자체가 '말더듬이'에게는 평범한 인간과 자신의 "차이"를 새롭게 증명하는 것으로 나타나기 때문이다.

필시 이런 지점에서 이회성적 범형과 김학영적 범형이 결정적으로 분기된다고 봐도 좋다. 김학영이 겪어야 했던 정신상의 위기 속에서 '말더듬' 때문에 아버지에게 거부당하고, 아버지에게 거부당함으로써 '타자'와 관계하는 데 장애가 초래된다는 인과의 순서는 중요한 의미를 갖지 않는다. 열등감과 굴욕감을 '민족'적 자각으로 극복해 나간다는 일종의 역행적인 논리 역시 마찬가지이다. 때문에 김학영은 그것과는 완전히 다른 형태의 회로가 필요했던 것이다.

여기서 주의할 점은 주인공 최규식이 '말더듬이'로서의 자기 인정을 거부하는 근거로 '진짜 자신'이라는 관념을 붙잡고 있다는 사실이다. 이 경우 실은 '말더듬이라는 사실'에서 기인한 여러 가지 고뇌와 신음이 퇴적되어 '진짜 자신'이라는 '내면'적인 자의식을 만들어 낸 것인데, 주인공은 이것을 '자신으로부터 말더듬이를 뺀 부분'으로 전도시키고 있음을 알 수 있다. 그러나 중요한 것은 **외부**로 향한 통로가 닫힌 '불우의식'에서 이런 전도야말로 정신의 화석화를 회피하기 위한 첫 번째 조건이 된다는 사실이다.

그의 자의식을 자의식이게 하는 가장 커다란 것은 말할 것도 없이 자신이 '말더듬이'라는 사실에서 유래하는 여러 가지 상념이다. 그러나 이 자의식은 독자적이고 '가치 있는 것'으로 간주된다. 왜냐하면 이 자의식은 일반적인 인간이 느끼는 이상의 많은 고뇌와 신음과 감회를 발생시키고 이를 통해 자기를 타자와 구별 짓기 때문이다. 그리고 마지막으로 이 자의식은 그것을 낳은 모태인 '말더듬이'로서의 자신을 자기 자신으로부터 '제거함'으로써 '진짜 자신'이라는 '내면' 의식에 도달한다.

요컨대 그는 이러한 작업 중에 '자신'을 '말더듬이'인 자신과 '진짜 자신'으로 분할해, '진짜 자신'에 자의식의 **근거**를 정립하고 그 안에 틀어박힌다. '재일'의 자식 세대가 스스로를 '자유'이며 '코즈모폴리턴'이라고 생각할 때, 그는 자신에서 '조선인'을 **뺀** 부분을 '진짜 자신'이라고 생각하는 것이 된다. 그리고 역으로 '조선민족'의 일원으로서 자기를 규정하는 인간은, 말하자면 '말더듬이'(= 조선인)에 주어진 부정적인 규정을 이념 세계 속에서 **전도시키는** 것이라 할 수 있다. 그러나 그것은 어디까지나 **이념상의** 역전에 불과하다. 왜냐하면 일본사회에 존재하는 한 누구에게나 '조선인'이라는 사실이 부負의 규정으로서 **먼저** 등장하며, 그것은 **현실적으로** 전도시킬 수 있는 것이 결코 아니기 때문이다.

어쨌든 김학영에게는 이 '진짜 자신'이라는 자의식의 존재 방식이 위기를 극복하기 위한 중요한 거점이 된다. 예를 들어 「얼어붙은 입」에서 작가는 이야기 도중에 돌연 또 한 명의 중요한 주인공인 이소가이 신지를 등장시킨다.

최규식과 이소가이 신지는 같은 시기에 도쿄대에 입학한 클래스메이트인데, 규식은 첫 수업 때 이소가이가 심한 '말더듬이'라는 사실을 알고 친구로 지내게 된다. 그러나 이소가이 쪽은 규식이 '말더듬이'라는 사실을 모른다. 규식은 "일본판 라스콜리니코프"와 같은 이소가이의 인상에 끌리지만, 이소가이가 폐쇄적인 마음을 자신에게 향한 것은 자신이 '최'라는 성을 가진 데서 비롯되었다고 느끼고 있다.

규식이 바라본 이소가이는 언제나 일종의 수수께끼 같은 인물로 그려지는데, 예를 들어 많은 일본인이 규식에게 "**조선분**이시네요"라든가 "**국적은 조선**이시지요"라는 표현을 쓰는 데 반해, 이소가이는 대놓고 "**조선인**이지"라고 말해버리는 부분이 그것이다. 또한 "나는 일본인이 어째서 조선인을 편견의 눈으로 보는지 잘 모르겠다라고 하기보다, 인간이라는 존재를 잘 모르겠다라고 말해야만 할 거야. 인간은 내가 생각하고 있는 이상으로 어리석은 것 같다는 느낌이 들어"와 같은 규식의 말에 대해서, 이소가이는 마치 너는 이제 와서 그런 것을 깨달았단 말이냐라는 듯, 매우 간단히 "그렇지, 인간은 어리석어"라고 대답하는 사람으로 묘사되기도 한다.

이소가이라는 주인공이 등장한 이후의 「얼어붙은 입」은 어딘가 나쓰메 소세키의 『마음』을 연상시키는 부분이 있다. 즉 먼저 수수께끼 같은 주인공이 등장하고 이야기의 화자와 교제하면서 서서히 수수께끼가 더해가며, 머지않아 돌연 사건이 일어나 주인공은 죽는다. 주인공은 화자에게 편지를 남기고, 그는 편지의 내용을 통해 주인공의 "영혼의 비밀" 내지는 "마음의 비밀"을 발견하게 되는 것이다.

예를 들어 여름방학에 고향으로 돌아간 이소가이는 가을이 되어서도 대학에 모습을 보이지 않는데, 얼마 안 있어 규식은 갑자기 이소가이의 모친으로부터 그의 죽음을 알리는 속달을 받는다. 이소가이는 규식에게 유서를 남기고 자살하고, 규식은 그 유서를 통해 수수께끼 같았던 이소가이의 **비밀**을 발견하게 된다. 또한 규식은 편지에서 이소가이 부모의 불화, 요컨대 부친이 모친에 가한 "끔찍하고 처참한" 폭력이 이소가이의 폐쇄적인 성격에 커다란 그림자를 드리웠다는 사실, 그리고 그가 어째서 최라는 성을 이유로 규식을 친구로 받아들였는가를 알게 된다. 즉, 최는 부친에게 몹시 괴롭힘을 당했던 모친에게 유일한 위로가 된 인물의 성이었고, 모친은 이 인물과의 관계를 의심 받고 자살하게 된 것이다. 그러나 규식이 알게 된 것은 단순히 이소가이의 "과거" 비밀만이 아니었다.

성서 속에서 눌변訥辯인 모세가 이런 말을 한 부분이 있다.

"나는 입술에 할례를 받지 못한 자니이다……."

나는 이것을 몰래 이렇게 다른 말로 바꾸어 중얼거렸던 것이다.

"너는 미음에 할례를 받지 못한 자니이다……."

내 마음은 끝내 할례를 받지 못한 채 끝났고, 따라서 나는 여자뿐 아니라, 어떤 타인과도 마침내 **참다운 의미로 마음과 마음이 통했던** 적이 없었다.

— 「얼어붙은 입」

그리고 또한,

나는 철이 들었을 때부터 이미 정신적으로 쓸모없는 인간이었다. 더구나 성병에 걸린 탓에, 나는 육체적으로도 쓸모없게 되어버렸다. (…중략…) 그러나 이것이 내가 세상의 이른바 열등한 인간, 파렴치한 인간임을 의미하지는 않는다 (…중략…) 나는 그것을 증명하고 싶었다. 그것을 증명한 후 죽고 싶다고 생각했다. 그리고 그것을 증명하는 것은, (…중략…) 대학의 입학시험에서 도쿄대에 합격한다면, 그것으로 충분했다. 그것만으로 세상 사람들은 결코 나를 우롱하거나 조소할 수 없을 것이며, 그들의 의미로 '쓸모없는 인간'이라고, 뒤에서 손가락질을 할 수도 없을 것이다. **세상 사람들은 시시하며, 그리고 정말로 '쓸모없는' 것은 세상 사람들 쪽이라고 나는 생각하고 있다.** (강조-인용자)

—「얼어붙은 입」

이런 부분에서 규식이 이소가이의 "마음의 비밀"과 마주친다고 봐도 좋다. 이를테면 소세키의 『마음』에서 주인공은 결국 "선생"의 "영혼의 비밀"을 발견하게 된다. 그것은 과거의 여러 가지 사정으로 "더없이 고상한 사랑의 이론가"(『마음』)가 될 수밖에 없었던 "선생"이 청년 시절에 있었던 연애사건에서 친구 K를 배신하고, 말하자면 인간이 "참된 의미로 마음과 마음이 통하"는 것은 불가능하다는 사실에 직면하게 된 것이다. "선생"은 거기에서 "인간의 죄라는 것을 깊게 느끼고", "자신이 스스로를 죽여야만 한다는 생각"에 매달리게 되는데, 이렇게 해서 "선생"의 자살을 둘러싼 수수께끼가 조명 받게 된다.

마찬가지로 이소가이도 역시 '마음이 통하'는 것이 불가능하다는 사실에 직면한 인물로서 규식 앞에 모습을 드러낸다. 그는 자신은 "어머니의 슬픔으로 인해 죽는 것이" 아니고, "나는 단지 나의 쓸쓸함으로 인해 죽는 것이다"라는 말을 남기고 자살한다. 그리고 그것은 "선생"이 K의 자살을 "실연 때문"만이 아니라, "K가 나처럼 혼자서 **쓸쓸해 견딜 수 없었던 결과**"라고 생각하는 부분에 대체로 호응한다. 이렇게 규식은 『마음』의 화자인 "나"와 마찬가지로, "어째서 이소가이는 자살했을까"라는 **수수께끼**의 답을 찾게 된다.

그러나 이러한 형태로 조명 받게 된 주인공들의 "마음의 비밀"이란 도대체 무엇을 의미하는 것인가.

여기서 이소가이는 자신은 "마음의 할례를" 받을 수 없는 (타인과 마음이 통할 수 없는) 인간일 뿐만 아니라, 육체적으로도 **불구자**라고 해도 좋지만, 그래도 자신은 "세상 사람들"보다 나은 존재라고 말한다. 그는 이를 도쿄대에 입학하는 것으로 증명하려고 하는데, 이는 도쿄대 입시에 합격하는 것으로 "세상 사람들"에 대하여 자신의 두뇌가 우수함을 증명할 수 있기 때문이 아니다. 필시 이때 이소가이가 "세상 사람들"보다 우월하다고 할 수 있었던 것은, 오히려 자신(만)이 인간의 **마음의 관계성**을 목격했고, 그것에 대해서 말할 수 있는 인간이라는 의식이다. 결국 이소가이에게 "세상 사람들"이 "시시하고", "쓸모없는" 존재인 것은 그들이 단지 현실적인 이해관계만 보려 하는 **마음의 장님**이기 때문이다.

중요한 점은 눌변인 모세가 유대민족의 신앙상의 사제이었던 것처럼, 여기에서 이소가이가 이른바 정신적, 육체적 **불우성을** 대가로 인간의 마음 관계의 사제라고 할 수 있는 존재로 스스로를 발견한다는 사실이다. 그리고 작가는 '말더듬이'에 따라다니는 정신적 위기를 전도시킬 근거를 이러한 지점에서 직관하고 있었다. 따라서 매우 일반적으로 말해 주인공의 "마음의 비밀"이란, 그들이 "마음이 통하는" 것을 열망했음에도 불구하고, 결국에는 오히려 그 불가능성을 발견해 버렸다는 것을 의미한다. 물론 그 구조는 김학영과 소세키가 상당히 다르며 소세키의 범형에는 분명하게 '문명'이나 '근대로서의 메이지'라는 문맥이 이 주제 안에 유입되어 있다.

그러나 어느 쪽이든 그것들이 단순하게 "인간은 **참다운 의미로** 마음이 통하는 것이 불가능하다"는 작가의 철학(혹은 각오)을 표상하는 것은 아니다. 또한 그러한 인생 상의 철학과 각오에 대해서 진지하게 생각하는 것은 이제는 거의 불가능하다고 할 수밖에 없다. 오히려 여기서 중요한 것은 "마음의 비밀"이라는 문제를 작가와 함께 파고듦으로써, 사람들이 인간의 "마음의 관계성"이라는 영역을 만들고 그 관계성의 관찰자가 된다는 사실이다. 아니 그것만으로는 부족하다. 마음의 관계성의 영역에 들어가 그 관찰자가 됨으로써 사람들은 처음으로 '내면'적 자의식(진짜 자신)을 '세계'의 시선에 대립시킬 수 있는 근거로 소유하게 된다는 사실이다.

이러한 측면에서 보면 이소가이라는 인물을 둘러싼 "마음의 비밀"에 관한 이야기가 실은 '말더듬이라는 사실'에 얽힌 정신의 위기를 타개하기 위해 작가에 의해 필연적으로 소환된 것이라는 점이 명확해진다. 예를 들어 다음과 같은 작가의 문장 속에 이 점이 여실히 드러난다.

「얼어붙은 입」은 나 자신의 말더듬이라는 괴로움을 쓴 것이지만, 이것을 씀으로써 말더듬의 괴로움이 사라져 버렸다는 사실은 삼년 후에 쓴 「시선의 벽」에서 잠깐 언급한 적이 있다. 삼십년에 가까운 시간 동안 어떤 식으로든 벗어날 수가 없었던 말더듬의 괴로움, 거기에서 파생된 여러 가지 신경증적인 고통이 단지 그것을 있는 그대로 썼다는 이유만으로 소멸해 버렸다는 사실, 그것은 내게 쓴다는 것의 의미, 문학이 지닌 고마움을 생각하게 만든 상징적인 체험이었다.

—「한 마리의 양」

상징적으로 말하자면 이 '해방'은 일반적으로 평가되는 것처럼 말더듬이가 세계 속에서 자기의 존재 방식을 객관화시킴으로써 맞게 되는 것이 아니다. 그것은 오히려 그가 **쓴다**라는 행위를 통해서 자신이 **단순한 말더듬이가 아니라는** 사실을 세계를 향해서 증명했다는 것에 의해 나타난 것이다. 즉 그는 "세상 사람들", "세속인들"에게 보이지 않는 인간의 마음의 관계를 보고, 그것을 표현하는 존재로 "진짜 자신"을 규정하고 있다. 그리고 그것은 또한 "자기 안에서 말더듬을 제기한 부분"에 다름 아닌 것이었다.

그런데 김학영은 「얼어붙은 입」 이후에 「완충용액」(1967), 「유리층」(1968)이라는 중편소설을 발표하는데, 독자는 이 작품들 속에서 '마음의 비밀' 이야기가 똑같은 형태로 반복되는 것을 볼 수 있다. 「완충용액」과 「유리층」은 둘 다 작가의 본격적인 청춘소설이라고 할 수 있는 역작인데, 예를 들어 「완충용액」에서 주인공이자 화자인 "신민언"은 "후지나미 레이코"라는 어딘가 **수수께끼 같은** 여성을 사랑하게 되고, 결국 마지막에 그녀의 놀라운 비밀(그녀가 조선인이었다는)을 그녀의 편지를 통해 알게 된다. 또한 「유리층」에서도 화자로 등장하는 "박귀영"은 자신의 형인 "귀춘"의 자살을 둘러싼 수수께끼를 연인 "히로코"의 경악스러운 고백과 함께 풀게 된다.

이 두 개의 중편소설에서 '말더듬'의 괴로움이라는 주제는 모습을 감춘 채, 그것을 대신하듯 '조선인'이라는 고뇌가 부상한다. 즉 '말더듬'이라는 이유로 '세계'로부터 거부당하는 형태가 아닌, '조선인'이라는 이유로 '연인'으로부터 거부당하는 도식이 등장하는데, 이것이 같은 원형의 반복이라는 사실은 말할 필요도 없다. 예를 들어 「시선의 벽」에서 작가는 주인공 "이수영"으로 하여금 다음과 같이 고백하게 한다. 여기에서 '시선'이란, '조선인'인 자신에게 던져지는 '세계'의 저 화석 같은 시선에 다름 아니다.

> 말더듬을 감추려 하면 할수록, 오히려 말더듬이 심해지듯이, 그 시선은 여기에서 눈을 돌리려 하면 할수록, 오히려 자신의 주위에서 그 밀도를 더해간다. **말더듬을 쓰는 것을 통해 말더듬을 잊어버렸듯이, 그 불쾌한 시선도** 역으로 강압적으로 되받아 치면, 양지에서 말려진 균처럼 양분을 잃어버린 채 **소멸할지도 모른다.** 그 시선에 노출되는 것이 아무렇지 않고, 나는 저 꺼림칙함과 불쾌함으로부터 해방될지도 모른다. (강조 – 인용자)
>
> ─「시선의 벽」

여기에서 우리들은 작가가 '조선인'이라는 '불우성'에 어떻게 대처하는가를 명확히 이해할 수 있다. 다시 말해 김학영은 '조선인'이라는 '불우성'을 사회이념상의 통로를 더듬어 가는 것으로(즉 '민족'적 자각을 깨닫는 것과 같은 형태로) 극복하지 않고 '말더듬'을 대했던 방식과 똑같이 취급하려고 한다. 「완충용액」과 「유리층」에서 주인공들은 이번에는 '조선인'이라는 '불우성'을 대가로 인간의 "마음의 비밀"을 관찰하는 자격을 얻게 되기 때문이다.

그런데 이미 시사한 바와 같이 김학영은 초기작품에서 이런 구성상의 착상을 소세키로부터 강하게 영향 받은 것으로 보인다. 예를 들어 에토 준이 언급한 대로, "『피안 지날 때까지』에서는 "게타로"가, 『행인』에서는 "지로"가, 『마음』에서는 "나"가 마치 탐정처럼 주인공의 비밀을 찾아내려고 한다"(『나쓰메 소세키』). 하지만 이러한 모든 작품들이 전제하고 있는 것은 탐색해야만 하는 "인간의 마음의 비밀"이 언제나 존재한다는 사실이다. 그리고 덧붙여 말하자면 이 전제는 메이지 이후 일본 근대문학의 가장 중요한 토대 중 하나였다.

시마자키 도손의 『파계』는 "우시마쓰丑松"의 '고백'의 이야기이고 다야마 가타이花袋의 「이불」은 작가의 자기 고백에 다름 아니다. 그것은 또한 기타무라 도코쿠透谷와 후타바테이 시메이四迷에게도 발견되고, 나쓰메 소세키에서 가장 단순화된 형태로 나타난다. 또한 메이지 40년대1907년 전후 이후의 자연주의 문학에서 인간의 '자연'과 '진실'이라는 형태로 변형되어 살아남게 된다. 또한 가령 야마구치 마사오山口昌男 식으로 일본의 자연주의 문학을 구조분석해 본다면, 그것은 세계를 끊임없이 '현실적 관계의 세계'(= 세속)와 '마음의 관계성의 세계'(= 성聖)라는 이항대립의 성격에서 묘사해 내려고 한다. 다만 여기에서 '구조분석'과 같은 애매한 말을 사용할 필요는 없다고 생각한다.

조금 일반적으로, 가령 히라노 겐平野謙, 이토 세이伊藤整, 나카무라 미쓰오中村光夫라는 전후의 대표적인 근대문학사가들의 식견을 중첩시킨다면, 우리들은 일본 근대문학에 관한 다음과 같은 골격을 이해하게 된다. 즉 첫 번째로, 우선 근대 일본문학의 고유한 문제로 세속 세계에 대한 문학자의 '불우 의식'이 존재했고, 그것이 자연주의로부터 사소설이라는 일본 특유의 계보를 만들었다는 것. 두 번째는 이러한 근대 일본문학의 존재 방식은 여러 가지 이유에서 서구 문학적 '성숙'을 방해받고 있다는 것. 그리고 세 번째는 1925년 이후의 '정치', '예술', '개인윤리'적인 문학의 여러 계보는 이와 같은 사소설의 계보를 수정하려는 시도로 나타났지만, 결국 어느 쪽도 근본적으로 그것을 넘어서는 것이 불가능했다는 점이다.

작가 김학영이 '말더듬'에 얽힌 자의식상의 위기에 촉발되어 표현의 수면 위로 올라 왔을 때, 우선 시작은 비교적 고전적인 이야기의 범형을 탐색해 볼 수밖에 없었다. 자기를 규정하고 화석으로 만들려는 '세계'의 시선에 대하여, '인간의 마음의 관계성'이라는 또 하나의 세계를 설정해 보는 것, 그것이 저 '불우 의식' 속에서 거의 유일하게 현실을 전도하는 시도였기 때문이다. 그러한 이야기의 형태가 초기에 김학영이 표현하고 싶었던 충동을 붙잡고 있었으며, 「완충용액」과 「유리층」에서의 정형적 반복 또한 같은 의미에서 이해할 수 있다. 그러나 김학영이라는 작가에게 중요한 점은 그가 언제나 그러한 이야기에 다가가려는 욕망을 가지고 있으면서도, 최종적으로는 결코 성공하지 못한다는 사실이다. 예를 들어 그는 '말더듬'에 대한 글을 쓰면서 그 괴로움으로부터 '해방'이 되었지만, '조선인'에 대해 쓰는 것을 통해 그 괴로움으로부터 '해방' 된 것으로는 보이지 않는다. 작가의 예감과는 반대로 이 두 개의 '불우 의식'은 결코 동일한 것일 수 없기 때문이다. 다시 말하면 작가가 '조선인'이라는 사실을 문제로 삼을 때, 이미 작가 자신은 "마음의 관계"의 관찰자가 되는 지점으로부터 내쫓기게 된다. 이 과정을 탐색하기 위해 우리들은 다음 장에서 작가의 '민족문제'에 한걸음 들어갈 볼 필요가 있다.

2. 민족주의

사람은 거의 스무 살쯤부터, 제2의 인생을 걷기 시작하는 것이 아닐까. 말하자면 대부분의 사람은 그 연령이 되어 자아에 눈을 뜨고, 삶을 자각적으로 살아가기 시작하지 않을까. 자아에 눈을 뜬다는 것은, 다시 말해 세계 안의 존재로서 자신을 자각하는 것이며, 자기와 세계가 관계 맺는 방법에 대해서 생각하기 시작하는 것이다. 그리고 내가 스무 살을 지나고, 세계(외부현실)를 주시하기 시작했을 때, 그 곳은 눈이 핑핑 돌 기세로 요동치고 있었다.

—「한 마리의 양」

김학영에게 '민족문제'는 이처럼 "거의 스무 살쯤"이 되어 처음으로 "자기와 세계가 관계 맺는 방법에 대해서 생각"하게 하는 것으로 나타났다. 그러나 이것이 그가 그때까지 자기의 조선인 성(性)으로부터 어떤 영향도 받지 않은 채 살아왔다는 것을 의미하는 것은 아니다. 작가 또한 '재일'의 누구나가 체험하는 것처럼 '차별'과 그것에 얽혀 있는 굴욕감과 전혀 무관하지 않았을 것이다. 그러나 그에게는 '말더듬'에서 유래한 세계에 대한 위화감이 먼저 문제의 단서로 성장기의 자의식을 둘러쌌다는 것이 결정적이었고, 따라서 '민족문제'가 **그 뒤에** 찾아왔다는 사실이 문제였던 것이다.

예를 들어 소년기를 그린 「겨울의 빛」에서 주인공 "현길"이 마지막에 다다른 것은 '조선'과 '차별'의 문제가 아니었다. "현길은 언제나처럼 굴욕이 기다리고 있을 것이 틀림없는 내일 영어시간의 일을 생각했다. 또한 조금 전에 신문 낭독의 고통을 떠올리고, 그것이 앞으로도 매일 계속 되리라고 생각했다"고 말하고 있듯이, 그것은 '말더듬'과 관련된 부분이었다.

또한 마찬가지로 소년기를 그린 「알코올램프」에서 '조선'이라는 문제는 아버지와 형의 사상이 남북으로 분열하는 형태로 드러나지만, 예를 들어 이회성의 「죽은 자死者가 남긴 것」처럼, 국가 = 가족의 통일이란 이상적인 이미지가 그려지지 않는다. "이 집은 제각각이다라고 준길은 눈앞의 시약병을 쳐다보면서 마음속으로 중얼거렸다. 조선이 분열되어 있는 것처럼, 이 집도 분열돼 있다"는 식으로 그것은 단지 '집'의 존립을 위협하는 정체를 알 수 없는 성격으로 준길에게 다가올 뿐이다.

요컨대 작가에게 가장 절실했던 것은 '말더듬'에 얽힌 "자의식상의 위기"라는 사정이고, 이 주제가 그의 내면에서 '조선'과 '차별'에 관계된 문제를 압도하고, 나아가 억압했다고 할 수 있다. 그로 인해 일반적으로 2세에게 '민족문제'가 성장기의 중심테마를 이루는 것이 **필연**적임에도, 김학영의 경우에는 그것이 전혀 별개의 형태로 나타나게 된다.

예를 들어 작가가 위에서 "눈이 핑핑 돌 것 같은 기세로 요동치고 있었다"고 쓴 것은 1960년 한국에서 일어난 4·19혁명에 대한 것인데,「완충용액」의 주인공 "신민언"은 그 충격을 다음과 같이 표명하고 있다.

> 엄청난 일이 벌어졌다. 그것이 틀림없었다. 연못이 내려다보이는 언덕 위에 서서, 나는 그저 이유도 없이 흥분해 몸을 부들부들 떨고 있었을 뿐이었다. (…중략…) **그러나 그 속은, 엄청난 일이 벌어졌다고 생각해야 하는 실감 없는 의무감 같은 것이 섞여있는 것 같았다.** 뭔가가 내 속에서 헛돌고, 서로가 맞물릴 수 없는 두 개의 톱니바퀴가 대단한 기세로 각자 제멋대로 회전하는 것처럼 나는 단지 쓸데없이 흥분하고, 혼란스러워하며, 초조해 하고 있을 뿐이었다. (강조―인용자)
>
> ―「완충용액」

한국에서 이른바 '사월혁명'이 당시 재일, 특히 학생과 청년층에 가져온 충격의 크기는 헤아리기 힘들 정도로 큰 것이었던 것 같다. 작가에 의하면 그 무렵의 분위기는 예를 들어 "마침 그 소란의 한가운데에 있었던 4월 하순의 어느 날, 내가 다니던 대학에서 동포학생에 의한 동창회가 열렸다. 수십 명의 동포학생이, 회장으로 정해진 대학의 찻집에 모였는데, 모임에서 화제는 당연히 한국의 학생봉기에 집중되었고, 모두가 저마다 학생데모를 지지하는 열렬한 언사를 토해 내고 있었다. 어떤 사람은 흥분한 나머지 테이블을 두드리면서 조국에서 동포들이 피를 흘리고 있는 바로 지금 타향 땅에서 이렇게 커피를 마시면서 라디오에 귀를 기울일 수밖에 없는 자신의 처지에 대해 격렬한 말투로 분노했고, 나는 그 기세에 압도당해 아무런 말도 할 수가 없었다"(「한 마리의 양」)와 같은 형편이었던 듯하다.

어쨌든 청년에게 '정치적 사건'은 자주 이러한 모습을 통해 나타난다. 일반적으로 이러한 장소에서 청년은 '자신과 세계의 관계'에 대한 객관화된 '세계상'을 생생한 형태로 소유하게 된다. 그러나 우선 중요한 것은 확실히 이러한 '사건'을 계기로 많은 '재일'청년이 "민족적 자각"에 눈을 뜨고 그 과정에서 '재일'한다는 '불우 의식'에 대한 강력한 사회적 역사적 **해석**을 얻는다는 사실이다. '재일'사회에서 이 '민족적 각성'은 개개인이 **본래 그러해야 할 존재로 되어 가는 것**이라는 형태로 이루어진다. 즉 이때 청년은 "자신은 본래 어디에 속하는가"라는 물음에 명료하게 대답할 수 있는 기회를 잡는 것이다.

그렇지만 작가 김학영이 이런 물음으로부터 조금 소외되어 있다는 사실은 분명해 보인다. 작가에게 이 "사건"은 말하자면 '민족적 각성'을 강요하는 모습으로 찾아오는 것이며, 그것이 "엄청난 일이 벌어졌다고 생각해야 하는 실감 없는 의무감"이라는 형태로 표명된다. "스무 살 즈음"에 찾아온 '민족문제'는 김학영에게 자신이 본래 그러해야 할 존재로 되어간다는 '재일'적 범형과는 전혀 다른 형태로 다가 온 것이다. 이에 대해 논하기에 앞서 먼저 '재일'의 "민족문제"에 대해 조금 더 고찰해 보자.

예를 들어 '4·19혁명' 내지는 '한일협정', 또는 '평화통일에 관한 남북공동성명'과 같은 것은 '재일'세계에서 '정치적 사건'의 커다란 결절을 이룬다. 또한 거기에 '고마쓰가와 사건'과 '김희로 사건' 그리고 '야마무라 마사아키의 항의자살'과 같은 상징적 사건을 덧붙이는 것도 가능할 것이다. 이러한 사건들은 '재일'청년에게 언제라도 '자신과 세계가 관계하는 방식'에 대한 '세계상'을 자각적으로 소유하는 계기로 작용하는 것이다.

더 설명할 필요도 없이 청년과 그 시대의 '커다란' 사건 사이의 관계는 근대사회에서 어느 정도 고유한 보편적인 의미를 지닌다. 그것은 예를 들어 스탕달과 나폴레옹이라는 '사건'이나 도스토예프스키와 '페트라셰프스키 사건' 그리고 도코쿠와 '자유민권운동'이라는 상징적인 예들을 생각해보면 상상할 수 있을 것이다.

일반적으로 말하면 이들 '사건'은 인간이 청년기에 접어들면서 소유하는 객관화된 '세계상'에 강력한 생명을 불어넣고, 그것들을 생생한 상으로 현전現前시키는 역할을 담당한다. 그것은 청년이 그때까지 떠안고 있던 뿌연 '세계상'에 말하자면 근저根低적인 중심점을 부여하고, 살아있는 현실로 움직이게 하는 것이다. 예를 들어 '흑선사건'이란 단순히 이방인의 내방을 의미하는 것이 아니라 일본국가의 **위협**과 **위기**를 가리키며, 따라서 이러한 위기의 시대에서 천하와 국가를 위해 어떻게 살아야 하는가에 대한 태도의 결정을 청년에게 요구하게 된다.

이 근대적인 '세계상'의 의미는 여러 가지 형태로 추측할 수 있으나 우선 여기에서 문제가 되는 것은 이러한 모습으로 형성된 '세계상'이야말로 개인에게 자기와 '사회'를 **연결시키는** 근대적인 양식을 본질적으로 표현한다는 점이다. 이 '세계상'은 요컨대 세계의 성립을 설명하는 하나의 원리적인 상과 그 성립의 원리에 대한 개인의 근본적인 태도를 포함한다. 즉 그가 생생한 '세계상'을 소유하자마자 그는 거기에 대한 '근본적인 태도'를 어떤 사람들과 공유하게 되며 바로 그러한 통로를 경유하여 '사회'와 자신을 관련짓는 방법을 확정해 가는 것이다.

그러나 또한 '세계상'은 청년이 의식 밑에 억압해 놓은 감정세계를 암암리에 "토대"로 삼고 있다. '세계상'을 구성하는 모든 관념을 생생한 말로 만드는 것은 실은 의식 아래로 쫓겨난 어두운 심정세계이다. 가령 많은 '재일'청년에게 '민족'이라는 말이 독특한 광채를 띠며 다가오는 것은, 그곳에 '불우 의식'에서 기인한 억압감과 자의식 상의 위기를 소멸시킬 것이 놓여 있다고 직감하기 때문이다. 즉 '재일'청년들의 감정세계라는 공통구조가 '민족'이라는 말을 그들 안에 생생하게 살려내는 것이지, '민족'이라는 관념의 진리성이 '재일'청년의 존재이유를 드러내는 것이 아니다.

그러나 청년기의 '관념의 극劇' 안쪽에서는 오히려 이 역전된 것이야말로 발견된 진리성으로 나타난다. 다시 말해 여기에서 '민족이란 무엇인가?'라는 물음은 '민족'이라는 관념이 당연히 포함하고 있어야 할 **진리**를 둘러싼 물음을 의미한다. 이러한 경위 속에서 '민족'을 둘러싼 물음은 인간이 자기의 **본래성**을 발견하고 어떻게 그러해야 할 존재가 되는가라는 '생활 방식'의 물음이 되는 것이다.

이것은 니체의 말을 빌리자면 "이 시점(= 본래 그러해야 할 존재가 되는 것이라는…… —인용자)에서 보면 다양한 인생의 실책마저 그것은 독특한 의미와 가치를 가지고 있다"(『이 사람을 보라』)와 같은 관점과 다를 바 없다. 두말할 나위 없이 여기에서 "사람은 본래 무엇에 속하는 것일까", "어떻게 그리고 무엇을 위해서 사는 것일까"라는 물음이 '민족'이라는 관념을 중심으로 순회한다. 이것은 이미 순수하게, '민족'과 '동일성'과 '생활 방식'이라는 **모든 관념**을 둘러싼 물음으로 자립하고 있으며, 그리고 이것은 이 모든 관념에 현실성을 부여하고 있었던 감정세계의 존재

방식을 억압(망각)하는 것에 의해 가능하게 된다.

따라서 아마 다음과 같이 말하는 것이 가능할 것이다. '재일'청년에게 '민족문제'가 불가피한 성격으로 나타나는 것은 그것이 '조선인'이라는 '불우 의식'에 사회적, 역사적인 대자화對自化의 회로를 가리키기 때문이다. 그러나 그럼에도 불구하고 '민족문제'는 청년에게 언제라도 **자신은 본래 무엇이며, 어떻게 살아가야만 하는가**라는 형이상적인 관념의 문제, 즉 전도된 문제의 형태로 모습을 드러낸다. 감정세계의 모든 관계를 억압하는 것에 의해 자립하는 이 '관념의 극'은 제도로서 교육과정을 밟는 근대사회의 인간에게 처음으로 보편적인 것이 되었으며, 또한 그들이 '사회'와 자기를 관련짓는 기본적인 방식의 기초를 만들었다.

어쨌든 주의해야 할 점은 '재일'에게 '민족문제'가 일본 근대의 '자유 민권운동'이나 '시라카바파白樺派' 그리고 '프롤레타리아 문학운동' 등이 내포한 의미와 결코 다른 것이 아니라는 사실이다. 때문에 김학영과 같은 자질의 작가에게 이 문제는 대단히 성가시며 몇 번이고 굴곡된 모습으로 나타날 수밖에 없었던 것이다. 왜냐하면 그에게는 자신을 '사회'(혹은 '세상')와 적극적으로 관계 짓는 것 자체가 어딘가 수상쩍게 느껴지기 때문이다. 예를 들면 「얼어붙은 입」의 주인공 최규식은 S동맹의 활동가 김문기에 대해 다음과 같은 감정을 가진다.

정치적 인간이 왔다고 나는 마음속으로 중얼거린다. 김문기는 정치적 인간인 것이다. 그리고 모든 인간을 판단하는 데 그 사람의 정치적 입장을 고려한다. 그에게 어느 인간을 인정할지 그렇지 않을지는 그 인간이 공산주의자인가 아닌가에 의거한다. 그리고 그에 의하면 모든 조선인은 공산주자가 아니면 안 된다는 것이다. 조선인으로부터 정치를 빼버리면 아무 것도 남지 않는다는 게 그의 주장이며 따라서 그에게 정치는 공산주의와 동의어다. 그런 그에게 나는 당연히 인정받지 못한다고 생각한다. 그러나 그가 나를 인정하지 않는 것과 동시에 나도 그를 인정하지 않으며, 혹은 내 안의 정치적 부분의 비율에 한해서만 인정하지 않으며, 그가 내심 냉소적으로 나를 주시하는 것과 동시에, 나 또한 내심 냉소적으로 그를 본다. 나는 참된 의미에서 공산주의자에 대해 일종의 외경畏敬과 동경의 감정을 가지고 있다. 그러나 정치를 빼면 아무 것도 남지 않는 것과 같은 말라비틀어진 공산주의자를 나는 인정할 수가 없다.

—「얼어붙은 입」

여기서 김문기와 같은 인간이 '민족의식'이 강하다는 점에서 1세에 가깝고 최규식은 동화적同化的이라는 점에서 전형적인 2세대라는 식의 표현은 그다지 의미가 없다. 중요한 것은 규식에게 김문기는 '정치'라는 관념에 홀린 인간으로 비춰지고 있으며, 김문기를 '세계'를 대표하는 것 같은 인간으로 주인공의 앞에 등장시키고 있다는 사실이다. 예를 들어 규식은 곧바로 조선인에게는 공산주의자가 많은데 그 이유는 역사적인 사정에 기인할 뿐만 아니라 "조선인에게 공산주의 측이란 말은 '체제' 측이란 말도 되기 때문"이라고 생각한다. 즉 규식에게 '정치적 인간'이란 '말더듬'의 불우성 속에 틀어박혀 있는 자신에 대해 "어째서 너의 핸디캡을 심리적, 육체적으로 극복해 '세계'에 들어오지 않는가"라고 끊임없이 추궁하는 인간을 가리키는 것과 다를 바 없다. 왜냐하면 김문기는 언제나 '조선인'을 둘러싼 부정적인 시선을 극복하고 '세계'의 중심에 가까이 위치하려는 인간이며, 그러한 과정에서 또한 언제나 '세계'를 대표하는 인간으로서 규식과 접하기 때문이다.

"아버지는 말더듬이인 나를 자주 참을 수 없어하는 듯하지만, 말더듬이라는 사실을 어쩔 수 없이 겪고 있는 나에게 그것은 정말 난처한 것이었다"라고 말하면서, 또한 "하나의 인간 앞에 우선 세계를 대표하는 형태로 눈앞에 갑자기 나타나는 것은 보통 그의 부친이지 않을까. 내 경우에도 마음을 무장해야 했던 최초의 대상은 부친이었다고 생각한다"고 쓴 작가에게 '정치적 인간'과 그가 강요하는 '민족문제'는 그가 자기 자신으로 존재하는 것을 **허용하지 않는** 새로운 '세계'의 대표자인 것이다.

다시 말해 '말더듬'이 자의식 상의 단서가 된 작가에게 '민족문제'는 자신의 존재방식을 생생하게 형상화하여 포착하는 계기가 되지 못한 채, 오히려 자의식상의 극劇으로부터 포착한 '내면'의 원리를 위협하는 것에 다름 아니었다. 이념으로서 '민족문제'는 따라서 그를 허용하지 않고 지속적으로 거부해 왔던 '아버지' 내지는 '타인'과 거의 같은 위상에서 작가 앞에 나타나는 것이다. 예를 들어 작가는 「얼어붙은 입」과 「완충용액」 그리고 「유리층」이라는 초기 작품에서 반복해서 청년기의 '민족문제'를 그리고 있고, 이때 '사회'와 '연인'과 더불어 '민족주의'로부터도 거부당하는 주인공이라는 구도가 떠오른다. 「완충용액」의 주인공 신민언은 대학에 들어가 처음으로 학생들의 '민족문제'를 둘러싼 다양한 논의를 접하는데, 대학축제를 위해 조문연朝文硏(북한계)과 한문연韓文硏(남한계)의 합동기획회의에 참가하게 되고 그곳에서 "매우 이상한 것"을 목격한다. 조문연의 사람들은 대학축제가 공화국에 대한 국가건설의 진전된 모습과 귀국사업 실현에 대한 호소를 중심으로 해야 한다고 주장하고, 한문연 측은 한일회담에 초점을 맞추는 것이 우선 시급하다고 주장한다. 그리고 그때부터 그들은 남과 북의 국가체제의 시비를 둘러싸고 질리는 일 없이 "결말이 나지 않는 논쟁"을 계속해서 반복한다.

> 그 광경은 정말로 기이했다. 동시에 경이로웠다. 모두의 뜨거운 논의 속에 내가 생각했던 것을 말하자면 그들이 왜 그와 같은 문제에 대해서 그처럼 뜨겁게 의논할 수 있었을까라는 것이었다. 그리고 김상덕의 생각이 왜 김상덕의 것이고 이기범의 것이 아닌가, 왜 이기범의 생각이 아니고 김상덕의 생각이어야 하는가, 그 필연성은 어디에 있단 말인가. 결국 김상덕은 왜 이기범과 다른 김상덕의 사상을 가지게 되었을까와 같은 것에 대해서였다. 나아가 같은 조선인이면서 김상덕처럼 북조선에 집착을 느끼지도 않고, 이기범처럼 한국에 집착을 느끼는 일도 없이 그 어느 쪽에 대해서도 자신은 거의 관심을 안 가지고 있다. 이것은 도대체 어째서일까라는 것에 대해서였다.
>
> ─「완충용액」

주인공은 여기에서 특별히 김상덕(북)의 사상과 이기범(남)의 사상의 내용성을 초월적 입장(예를 들면 반反 이데올로기와 같은)에서 무화시키려는 것이 아니다. 그가 마음속에 품은 것은 조금 더 소박한 질문으로, 어째서 두 사람의 인간이 이렇게도 대극적對極的인 사상을 뭔가 절대적인 진리로서 주장할 수 있는가라는 것이다.

필시 주인공의 '내면'의 원리에서 볼 때 여기에서 "놀랄만한 것"이 논의되고 있다. 왜냐하면 그들에게는 '내면' 이전에 속해야만 하는 국가가 선행하며, 더구나 그것은 '북'이 진리라면 '남'은 두려워해야 할 허위로, '남'이 진리라면 '북'은 완전한 허망에 지나지 않는 모습으로 존재하기 때문이다.

무엇보다도 우선 자신의 '내면'이 존재한다는 자의식에서 볼 때, 속해야할 대상으로서 '사회'와 '국가'는 크든 작든 비본질적인 것으로 표상된다. 뿐만 아니라 주인공에게 이것은 "마음을 무장해야 하는" 압도적 '세계'이기도 하다. 때문에 그는 오히려 그런 '진리'가 왜 그들에게(혹은 인간에게) 가능한 것인가를 물을 수밖에 없는 것이다.

주인공이 여기서 보고 있는 것은 말하자면 **의견**(이념)**에 의한 세계 분할**이라고 할 수 있는 광경이다. 그의 청년기적인 '세계상'에서도 이미 자신이 '재일'에 속하며 일본사회로부터 거부당하고 있다는 확신은 움직일 수 없는 것이 되어 있었다. 그런데 그가 '재일'세계에 눈을 돌리자 이번에는 그 세계가 정면에서 대립하는 의견에 의해 명확하게 갈라진 두 개의 '진리'세계로 분할되어 있다. 그리고 그 곳은 그가 두 개의 진리 중 어느 쪽인가를 선택하지 않고서는 결코 들어오는 것을 허용하지 않는 세계인 것이다. 세계를 '일본사회'와 '재일사회'로 분할하고 있는 것은 눈에 보이지 않는 피의 효과 같은 것이지만, '재일'을 분할하고 있는 것은 '북'과 '남'이라는 두 개의 언설(이념)이자 두 개의 '진리'이다.

실은 여기에서 주인공이 직면하는 '언설에 의한 세계분할'이라는 사태도 근대사회의 '관념의 극' 안에서는 역시 보편적인 구조를 지니고 있다. 청년은 누구라도 크든 작든 '이념' 혹은 '감수성', '심미성', '취미',

'모럴'의 측면에서 세계분할에 참가하며, 이를 통해 '세계'와 자신이 관계하는 방법을 정서整序하고 확정한다. 그뿐만이 아니다. 인간은 그것을 여러 가지 의견(말하는 것)에 의해 부단히 윤곽 지으며, 이를 통해 '말의 세계'를, 아니 **말의 바다**에 다름없는 '세계'란 것을 지속적으로 만들어 낸다고 할 수 있다.

따라서 가령 여기에서 주인공이 조우한 두 개의 진리에 의해 분할된 '세계'는 반드시 '재일'의 총체성을 정확하게 반영한다고 할 수 없다. 본래 민족의식에 눈을 뜨고 '민족'과 '주체성', 그리고 '자기발견'이라는 주제를 주시한 인간은 우선 '재일' 중 **소수**에 불과하며 보다 많은 인간은 오히려 그러한 문제에 부딪치지 않도록 살아가는 것이 현실이기 때문이다. 그러나 그럼에도 불구하고 작가가 목격한 저 '언설에 의한 세계분할'이라는 사태에 무언가 의미가 있다면, 그것은 그 영역이 말하자면 순수한 '언설'의 영역이라는 사실이다.

이것을 바꿔 말하면 다음과 같은 것이다. 우리들은 아주 일반적으로는 '진리'와 '이념', 그리고 '논리'의 세계(결국 남북의 국가 어느 쪽이 올바른가, 어떻게 살아야 하는가라는 문제의 세계)를, '감수성'과 '취미', 그리고 일상적 '욕망'의 세계와 **대립하고, 상반되는** 세계, 즉 아주 원리적으로 **상이**한 세계라고 생각한다. 간단히 말하면 우리들은 거기에 관념과 감각, 이념과 현실, 논리세계와 생활세계, 지知와 신체라는 대립 구도를 이미지화하고 있는 것이다.

그러나 우리들이 '감각'과 '현실', '생활'과 '신체'와 같이 요컨대 '말'에 반하는 원리로 받아들이고 있는 것도, 실은 엄밀하게는 마찬가지 '언표'의 세계에 다름 아니다. 그러나 이것이 '현실'이나 '신체'라는 것도 관념으로만 존재한다는 의미는 아니다. 내가 말하고 싶은 것은 가령 '민족문제'에 거의 부딪치지 않은 채 사는 것처럼 보이는 '재일'이 다수라고 해서 그들이 '언설'의 세계와 전혀 다른 원리로 '감수성', '육체', '욕망', '실생활'의 세계를 살아가는가 하면 그렇지 않고, 그들이 살아가는 것도 역시 말에 의해 다양한 '아이덴티티'를 만들어 내는 세계에 불과하다는 사실이다.

즉 어떠한 층위에서건 누구든지 반드시 어떤 형태로든 '세계상'을 지니며, 그 세계상을 향한 태도를 항상 **말에 의해 윤곽 지으면**서 살아간다는 사실이다. 무릇 개개인은 '세계'에 대해 크든 작든 **말**에 의해 관여하며, 그러한 구도 속에서 '진리'를 둘러싼 언설의 세계는 이를테면 **순수한 언설**의 영역으로 나타나는 것이다. 그것이 순수한 언설의 영역이라는 것은 우선 첫 번째로 거기에 언제나 '사회' 전체가 욕망하는 사회논리의 현실이 표상된다는 점, 그리고 두 번째로 이 영역만이 공공적인 표현으로서 부상하며, 이를 통해 다른 다양한 층위의 언설 세계에 대해 특권적인 입장에 선다는 것을 의미한다. 아마도 김학영은 묘사할만한 것으로 자기의 '말더듬'의 불우성을 처음 표현의 수위로 밀어 올렸을 때, 이 '진리'를 둘러싼 언설 세계의 특권성이라는 것을 의식하고 있었을 것이다. 그래서 그의 '세계'에 대한 위화감은 언제나 저 '진리'를 둘러싼 언설 '세계'에 대한 위화감과 중첩되어 있다.

예를 들어 「유리층」의 중심 테마를 이루는 것은 주인공 박귀영의 형인 귀춘이 왜 자살했는가라는 수수께끼인데, 연인 박자의 고백을 통해 귀춘이 일본 기업이 한국에 진출해 있다는 이유로 자신의 취직에 대해 수긍하지 못했으며, 더구나 공산주의자가 아니라는 이유로 민족조직에 들어가지 못했다는 사실이 분명해진다. 귀영은 "일본의 풍토와 문화에 많이 익숙해 있지만 조선인으로 살 수밖에 없다는 의식"을 가졌던 형이 "먼저 공산주의와 직면해야 했음에 틀림없다"고 생각했고 "또한 형의 교제범위에서 조선인 모두가 북한계열의 사람들이었다면, 공산주의가 옳다든가, 그렇지 않다는 문제가 아니라 받아들일 것인가 그렇지 않을 것인가라는 문제로 형에게 강요되었을 것이다"라는 감회를 품는다.

이때 귀춘의 자살은 이를테면 '사회'의 부재라는 부분에서 유래하는 것일 것이다. 왜냐하면 귀춘은 단순히 '공산주의'라는 언설세계로부터 거부당하고 있을 뿐 아니라, 일본사회로부터도 언설상의 문제로 거부당하고 있기 때문이다. 귀춘은 자신이 살아야 할 '사회'가 어디에도 없다는 "어렴풋한 불안 때문에" 자살하지만 이때 '사회'란 언설의 문제라는 것은 명확하다. 따라서 작가가 '민족주의' 안에 보고 있었던 것은, 이를테면 언설 체제상의 '사회'라고 할 수 있다.

그것은 예를 들어 "**필요한 것**은 공산주의자가 되는 것이다, **혹은** 반공산주의자가 되는 것이다"(「완충용액」)와 같은 형태로 '진리'상의 양자택일을 그에게 강요하고, 그것을 해내지 못한 인간으로부터 '사회'를 빼앗아 버리는 것에 다름 아니다. 그리고 말할 것도 없이 작가 김학영은 이러한 선택을 내리는 것이 아무래도 불가능했다. 왜냐하면 반복해서 언급해 왔듯이 이 양자택일은 작가의 자의식의 핵심을 거부하고 그 존재를 '허용하지 않는' 것이기 때문이다.

이것은 작가와 같은 존재를 마치 펠로폰네소스 전쟁에 휘말린 약소국과 같은 입장으로 몰아넣는다. 투키디데스Thukydides가 간결하게 말했듯이 어느 쪽에 붙을까라는 문제에서 "중용을 지킨 시민도 난을 피하지" 못한 채, "그들은 양극단의 사람들로부터 협력하지 않은 태도를 책망 받고, 보신적保身的 태도를 시샘 받아, 조금씩 궤멸"할 수밖에 없는 상황에 놓인다. 바로 이것이 '재일'을 뒤덮었던 '언설'세계의 상황이었다. 김학영에게 '민족문제'의 근본태도는 그러니까 언제나 이 언설상의 체제(= 북인가 남인가라는 양자택일)를 향한 위화의 절규로 나타난다. 예를 들어 작가는 다음과 같이 말하고 있다.

> 자신은 자신으로 있을 수밖에 없는 사람이다. 사람은 제각각 있는 그대로의 상태에서 이미 존재이유를 가질 것이다. 문제는 이런 자신을 어떻게 하는 것이 아니라 이런 자신으로 어떻게 살 것인가, 어떻게 세계(외부현실)에 관계할 것인가라는 것이다. (…중략…) 어쨌든 내가 소설을 쓰기 시작했던 것은, 이처럼 자신은 이런 자신을 살 수밖에 없다는 식으로 태도를 바로 잡은 데에서 기인한다고 나는 생각한다.
>
> —「한 마리의 양」

"자신은 자신으로 있을 수밖에 없는 사람이다"라는 생각이야말로 작가가 압도적인 '세계'의 시선에 대항할 만한 것으로 내세운 '내면'의 원리이다. 작가의 의식 계열에서 '민족문제'는 끊임없이 그를 거부해왔던 '아버지'와 '타자'들의 시선과 똑같은 지평에 결국 위치하게 된다. 그의 앞에 여러 대상이 '세계'를 대표하여 찾아오고, "스스로를 바꿔라, 그렇지 않으면 나는 영원히 너를 알 수 없을 것이다"라는 주문과 같은 말을 내뱉지만, 그는 그때마다 이들 대상에 강하게 이끌리면서도 결국 그들의 **거절**을 받아들이게 된다.

작가는 '바로 잡기'를 이를테면 쓰는 것으로 성취했고, 혹은 이 '바로 잡기'에 관하여 썼다고 말할 수 있다. 그래서 「완충용액」에서 신민언 은 "김상덕과 강봉신을 완전히 부정할 수 없는 대신에 전면적으로 승 인하고 동조하는 것도 할 수 없는" 스스로를 "마치 완충용액과 같다"는 말로 규정하려고 한다.

그리고 「유리층」의 박귀영도 "**그곳**을 증오하고, 그곳을 피하면서도 그러나 공허한 하루의 무의미한 시간이 흐른 뒤, 자신은 결국 **그곳**에 가지 않을 수가 없었다"라는 감회에 이르지만, '그곳'이란 주인공의 하 숙집의 다다미^疊 위에서 아무 의미도 없이 이루어지는 고독한 유희의 장소에 불과하다. 또한 「착미」에서 주인공 신순일이 "또 거기에 갈 수 밖에 없다"고 하는 형태로 마음속에 그리는 것도 "비좁고, 어두우며, 시 끄러운, 그리고 정말 한심하다고밖에 할 수 없는 패거리들만이 모이" 는 "작은 술집"인 것이다.

작가는 그의 주인공을 '민족주의'에 대면시킨 소설에서 대부분 집요 할 만큼 이러한 결말을 반복해서 묘사한다. 「착미」 이후에 작가가 제대 로 청년기의 '민족주의' 문제를 소재로 한 것은 「여름의 균열」뿐이지만, 그 작품에서도 주인공 강자영이 "이제는 더 이상 방의 냉기 속에 몸을 놓 아두는 것을 참을 수" 없어, 변두리의 술집으로 향하는 부분에서 소설이 끝난다. 「여름의 균열」에서 작가는 주인공을 '민족주의'를 둘러싼 여러 가지 논의에 참가하게 한 후 다음과 같은 감개를 품게 한다.

나는 내 방식대로 조선을 대할까. 그러나 이것은 내가 나의 경로를 지나 언젠가 '조선인', 조선인다운 조선인이 될 수 있을 때일 것이다. 그러나 나는 언젠가는 그러한 조선인이 될 수 있을까. 조선어로 사고하고, 조선의 풍속 습관, 문화전통을 자신의 것으로 하며, 조선의 문제를 바로 자신의 문제라고 느끼는 인간이 될 수 있을까. (…중략…) 조선어를 몸에 익히는 것, 조선의 역사를 배우는 것, 말하자면 '조선'을 학습하는 것, 텍스트에 문제가 있거나 말거나, 아무튼 그것에 접하는 것을 통해 조금이라도 '조선'에 접근하는 것, 결국 그것밖에 방법이 없다. 예를 들어 그러한 학습을 통해 내가 겉모습밖에 '조선인'이 될 수 없다고 해도, 그것 외에 달리 어떤 방법이 있단 말인가?

　　　　　　　　　　　　　　　　　　　　　　　　　　　　—「여름의 균열」

　　주인공은 여기에서 "조선인"이란 무엇인가? 혹은 "민족"이란 무엇인가라는 물음에 얽매여 필사적으로 그 해답을 찾으려 한다. 그러나 독자는 주인공의 필사적인 물음의 배후에서 작가 김학영의 다음과 같은 중얼거림을 들을 수 있지 않을까. 즉 "민족이란 무엇인가", "조선인이란 무엇인가"와 같은 물음이 도대체 뭐란 말인가, 혹은 또 우리들은 **도대체 무슨 까닭에** 그것들의 **'말'의 세계 속에서** 괴로워해야 하는가라는.

　　이런 장소에서 작가가 취한 결단이란 저 '진리'를 둘러싼 '언설'세계를 거부하는 것이었다. 그리고 그것은 「완충용액」의 박귀춘이 소멸해버린 '사회'의 부재를 계속해서 참아내는 것에 다름 아니었다. 실제 우리들은 지금 어째서 김학영의 주인공들이 단지 고독의 온도를 손바닥으로 지그시 유지할 뿐인 장소에 도달하는가를 물어보아야 한다. 아마도 그 이유는 대부분의 '재일'이 '타자'와 '세계', 그리고 '민족주의'로부터 거절당하면 고독해질 수밖에 없기 때문이 아니라, 작가 김학영이

'재일'의 '진리'를 둘러싼 언설 세계를 거절하고, 저 '내면'이라는 또 하나의 언설 세계를 거의 자력으로 만들려고 하고 있기 때문일 것이다.

이리하여 우리들은 김학영이 청춘기에 헤쳐 나온 '민족주의'라는 것의 감촉을 다음과 같이 표현할 수 있다. '재일'의 청년이 "스무 살 즈음"이 되어 "자신과 세계가 관계하는 방법"을 자각적으로 파악하려고 할 때 '민족주의'는 누구라도 피해갈 수 없는 언설상의 '체제'로서 나타난다. '민족주의'는 북인가 남인가라는 양자택일의 얼굴을 가지고, 마치 스핑크스처럼 물음에 대답 못하는 인간의 '사회' 의식을 죽음에 이르게 한다. 김학영이 자아감각의 핵으로 포착한 것은 '내면'의 원리이지만 '민족주의'라는 언설의 영역에서 그것은 절대적으로 불가능할 수밖에 없다.

따라서 '민족주의'란 김학영의 '불우성'을 해방시키기는커녕 오히려 그 불가피성을 선고하는 또 하나의 '세계'의 대표자다. 그리고 반복해서 다루어 왔듯이 자신을 병든 '내면'의 장소에 위치시키고 그로부터 다양한 층위로 나타나는 '세계'의 감촉을 "있는 그대로" 묘사하는 것이야말로 작가에게는 본질적인 방법에 다름 아니었다. 이 자의식의 장소에서 '세계'가 자신을 거절하고 압박하는 그 방법과 이유의 불투명함을, 말하자면 "병자의 광학"(니체)으로 묘사해내는 것, 그것이 작가가 말하는 "단지 그것을 **있는 그대로** 쓰는 것"에 다름 아니었다.

이처럼 작가는 먼저 '말더듬이'에게 비춰진 압박하는 시선(타자)으로서의 '세계'를 묘사하고, 그 후 완전히 같은 방법으로 저 '내면'의 원리로부터 '민족주의'라고 하는 '진리'의 언설을 묘사했다. 그리고 마지막으로 작가가 그리려 한 것은, 생활하는 장소로서의 '세계' 전체에 다름 아니었다.

이미 '말더듬'의 장에서 인용했듯이, 작가는 「시선의 벽」에서 "말더듬을 (있는 그대로 – 인용자) 쓰는 것에 의해서" 말더듬의 괴로움으로부터 해방되었듯이, '조선인'이라는 사실도 마찬가지 시선으로 "되돌아본다면", "자신은 저 꺼림칙함과 불유쾌함으로부터 해방될지도 모른다"고 쓰고 있다. 이때 작가는 '민족주의'의 양자선택을 거부하고, "자신은 자신으로 있을 수밖에 없는 사람이다"와 같은 지점에서 자신을 압박하는 존재인 '세계'를 응시하려고 한다.

이렇게 하여 우리들은 이미 '말더듬'의 불우성의 장소로부터 비친 '세계'가 아니며, 나아가 청년기의 언설 세계 속 '민족주의'가 아닌, 작가 자신의 '민족' 문제에 발을 들여놓게 된다. 그러나 다음 장의 주제는 '민족' 내지는 '조선'이 아니다. 우리들이 거기서 발견하는 것은 '아버지'라는 주제다.

3. '아버지'

김학영은 단행본 『알코올램프』(「착미」, 「알코올램프」, 「헌등이 없는 집」 수록)의 후기에서, "나의 내부에 '아버지의 그늘'이 크다는 사실에, 새삼스럽게 놀란다"고 쓰고, 또 "아마 나는 이후에도 아버지를 계속 써 갈 것이라고 생각한다. 그것은 나에게 아버지가 이 세상에서 가장 느낌을 주는 인물이기 때문이다"라고 말하고 있다.

오케타니 히데아키桶谷秀昭는 「김학영론」(『신예작가총서 김학영집』)에서 작가에게 "조선인도 아니고 일본인도 아니다"라는 존재감은 일종의 '망집'처럼 되어 버렸다고 말하고 있지만, '아버지'라는 주제도 작가에게 '망집'처럼 존재한다고 해야 할 것이다. 김학영의 '아버지'는 이미 처녀작 「얼어붙은 입」에서 이소가이의 아버지로 등장하는데 여기에서 '아버지'를 테마로 한 작품을 열거하면 다음과 같다.

「탄성한계」(1969.9), 「시선의 벽」(1969), 「착미」(1971.7), 「알코올램프」(1972.2), 「헌등이 없는 집」(1973.3), 「돌의 길」(1973.10), 「여름의 균열」(1974), 「유지매미あぶら蟬」(1974.11), 「가면仮面」(1974), 「월식月食」(1975), 「겨울의 빛」(1976.11), 「끌」(1978.6)이 있고, 여기에 「얼어붙은 입」(1966), 「완충용액」(1967), 「유리층」(1968)의 초기 세 작품을 더하면 작가의 거의 모든 작품을 열거하는 것이 되므로, 김학영에게 '아버지의 그늘'이 예사로운 일이 아니었다는 것을 바로 알 수 있다.

가장 최근의 작품집 『끌』에 수록된 「겨울의 빛」과 「끌」에서 작가는 「얼어붙은 입」, 「착미」, 「알코올램프」에 그려졌던 '부친'의 상像을 이를테면 다시 한 번 정성스럽게 덧씌우고 있다는 느낌을 준다. 단 필치는 똑같은 것은 아니다. 「끌」에서는 「얼어붙은 입」과 「착미」에 현저하게 나타난 "마음의 비밀"과 '민족주의'라는 요소가 빠져 있어 소설 전체가 '부친'이라는 주제에 대한 단선율적인 여운을 주고 있다.

이것은 어떤 의미에서 순화라고 할 수 있지만, 다른 의미에서는 타 모티프와의 관계가 끊긴 채, 점점 더 세계가 닫혀 가고 있음을 가리키기도 한다. 아마도 '망집'이라는 말에 포함된 것은 이러한 '시선의 **협소함**'과, 매달리는 방식의 **깊음**이라는 인상일 것이다. 어쨌든 김학영의 작품 속에 '아버지의 그늘'이 처음 모습을 드러낸 것은 다음과 같은 장면이다.

추운 겨울밤이었다. 저녁을 마치고 잠시 후 어머니는 나와 도자를 데리고 밖으로 나갔다. 어디에 갈 생각으로 밖으로 나갔는가 기억은 없다. 외출할 때 아버지는 드러누워 있었다. (…중략…) 집을 나와 잠시 걷고 있을 때, 고요한 정적 속에 뒤에서 누군가 달려오는 신발소리가 들렸다. 그것이 바로 뒤에 다가왔다고 느낀 순간 내 손을 잡고 있던 어머니의 손이 떨어졌고 어머니는 콘크리트 위에 나가 떨어졌다.

"꺄－악!"

겨울의 투명한 저녁 하늘을 뚫고 나갈 듯한 날카로운 비명이 내 가슴을 꿰뚫었고 이어지는 아버지의 호통 소리가 사나운 사자의 으르렁거리는 소리처럼 내 위에 울렸다.

(…중략…)

집에 돌아오자, 아버지는 마치 아무 일도 없었다는 듯이 다시 드러누워 잠들어 버렸다. 어머니는 부엌 구석에서 접시를 훔치려고도 하지 않은 채, 소리를 낮추고 그렇지만 가슴을 쥐어짜는 것 같은 비통한 소리로 흐느끼며 울고 있었다. 이가 몇 개 부러져 입 속은 피로 새까맸다. 게다가 코피가 멈추지 않고 흘러내린 옷은 가슴에서부터 무릎근처까지 붉은 선혈로 물들어 있었다. 나와 도자는 단단히 손을 잡은 채 울고 있는 어머니의 그 참혹한 모습을 눈앞에서 바라보면서 함께 울었다. 나와 도자는 어머니의 슬픔에 울었고 그리고 어머니의 슬픔은 나와 도자의 마음속에 깊이 파고 들어 영원히 치유되기 어려운 상흔으로 남았다.

─「얼어붙은 입」

부친의 몽매와 폭력이라는 비슷한 내용의 묘사는 이회성과 고사명의 소설에도 충분히 발견된다. 그러나 예를 들어 다음과 같은 문장과 비교하면 그 감촉의 차이는 분명하다.

> 지금도 생각이 난다. 소년이었을 때 어째서 나는 종종 부엌에 뛰어 들지 않으면 안됐을까. 그것은 아버지가 소년인 내게 게으름 피우지 못하도록 내린 훈련이었다. 집 안에서 싸움이 시작되고 아버지가 동작을 취하기 시작하면(그것은 내가 스타트 라인에서 뛰어 나가는 신호였다) 나는 망설이지 않고 부엌으로 뛰어 들어간다. 그 곳에서 황급히 부엌칼을 낚아채서 밖으로 튀어 나간다. (…중략…) 만약 내가 단거리 러너처럼 순간의 대시에 모든 신경을 집중하고 있지 않으면 아버지가 곧바로 나를 앞질러서 부엌에 들어온다. 그러나 그 일로 인해 야기될 사태를 생각하면 나는 언제나 아버지보다 빨리 달려야 했다. 이렇게 나는 부자의 '단거리 경주'에서 계속 이겼고 언제나 승리자였다.
>
> — 이회성, 「죽은 자가 남긴 것」

이회성에게 폭력을 휘두르는 아버지의 기억은 이미 정리된 '과거' 속 의미의 한 장면으로서 그려진다. 왜냐하면 몹시 흥분하면 바로 부엌칼을 잡으려는 거칠고 난폭한 부친의 상은 지금에 와서는 "조부로부터 몰래 훔친 플라 모델 따위를 열심히 조립하고 있는" 자신의 자식들에게 "적어도 한번이라도 저 '단거리 경주'를 맛보게 해 주고 싶다"와 같은 시선 속에 초점이 모아져 있기 때문이다. 그것이 작가의 마음에 어떤 '상흔'을 남겼다 해도, '상흔'은 언제인가 치유되었고, 또한 "자신의 아버지가 어떤 인간인가"라는 물음은 **벌써 어딘가에서** 대답되어 있는 것이다.

그에 비해 김학영 문장의 감촉은 거의 **정반대**다. 여기에서는 그저 아버지의 폭력을 참고 견디며 살아야 하는 '모친의 슬픔'이 지금 오히려 더 주인공의 현재를 위협하는 '상흔'으로 성장하였고, 나아가 '자신의 아버지가 어떤 인간인가'라는 물음은 기억 속에서 이상한 모습으로 점점 불가사의한 것이 되었기 때문이다.

요컨대 이회성 안에 '아버지'는 이미 해결되고 조정되어 유화된 모습으로 묘사되지만, 김학영에게 그것은 결코 해답을 주지 않을 뿐 아니라 그의 현재를 침식하고 있는 주제로 그려지고 있는 것이다. 작가의 '아버지'상에 내포된 이러한 성격이야말로 이 주제를 하나의 '망집'으로 만드는 원천임에 틀림없다.

그런데 아주 일반적으로 말하면 '자신의 아버지는 도대체 어떤 인간인가'라는 자식의 의문은 프로이트가 말하는 오이디푸스적 애증표리의 감정에 기인한다고 할 수 있을지도 모른다. 아마도 아들 쪽은 '어머니가 어떤 인간인가'라는 물음보다는 '아버지가 어떤 인간인가'라는 물음이 훨씬 보편적일 것이다.

예를 들어 고바야시 히데오가 「비평가 실격」에서, 어머니가 자식을 대할 때 취하는, 개념을 매개하지 않는 이해 방식("사랑하고 있기 때문에 나의 성격을 분석하는 것은 필요없는 것이다")을 "세상에 이 정도 **훌륭한 이해**라는 것은 생각할 수 없다"라는 말로 표현한 것은 잘 알려져 있다. 이것을 프로이트적으로 말하면 일반적으로 아들은 아버지에 대해서 그가 어머니에 대해 가지는 안정된 감정을 소유하지 않으며 크든 작든 개념적인 윤곽에 의해 아버지를 '이해'할 필요에 직면하는 것이 될 것이다. 그러나 '재일' 2세 작가, 즉 이회성, 김학영, 고사명이라는 작가가 합의 했듯이 '아버지'라는 주제를 반복해서 문제 삼아 거론할 때 이미 사태는 '가족' 내부의 심리적 방향성이라는 문제를 넘어서고 있는 것이다.

이들 **문학표현**으로 부상한 '아버지'라는 주제는 실은 '재일'이 일본사회 속에서(작가로서든 다른 자격으로서든 간에) 어떤 방법으로든 자신의 생활 형태를 만들어 갈 때 **"자신의 생활과 세계의 관계 방식에 대한"** 자기이해의 문제로 나타나는 것이다. '민족주의'라는 것이 **청년기적인 자아**와 세계의 관계를 '세계상'으로서 양해하는 문제로 성립한다면, '아버지'라는 주제는 생활의식으로 자기와 세계의 관계를 양해하는 문제로 나타난다고 할 수 있다.

이 사정은 다양하게 환언할 수 있을 것이다. 예를 들어 우리들이 일본의 근대문학에서 '생활 방식'과 '세계의 현실'이라는 '진리'를 둘러싼 주제 속에서 발견하는 것은 청년기적 자아의 '세계상'에 대한 문제이며, 또한 '인생'과 '전통' 그리고 '자연'을 둘러싼 주제 속에서 발견하는 것은 생활감성으로서 자기의 '세계상'에 다름 아니다.

일본의 근대문학적 범형 속에서 '아버지'의 문제는 청년기적 자아가 '사회'와 그 속에서의 '생활'에 대해 품는 양의적인 감정을 조정하고, 그것을 생활자로서 성숙시켜 가는 이음매 부분에 나타난다(시가 나오야 등은 그 전형일 것이다). 그에 비해 '재일'에게 '아버지'라는 주제는 청년기의 자아와 생활자의 의식 이음매에서 둘 사이를 조정하는 것으로서 나타나는 것만은 아니다. 오히려 자신이 생활하는 의식에서 하나의 새로운 '이야기'의 역할을 떠맡고 있는 것이다. 왜냐하면 그곳에서 '아버지'는 단지 청년기의 과격한 자아의식을 생활사회에 연결하는 역할을 이행할 뿐 아니라 '재일'과 '민족'이라는 **생활상의 공동성의 아이덴티티**를 보증하는 역할 또한 담당하기 때문이다.

이미 「이회성론」 등에서 봐 온 것처럼 이 주제의 '재일'적 정형은 아버지와의 화해 그리고 아버지의 배후에 있는 '민중'과 '민족' 그리고 '역사'의 발견이라는 모습으로 나타난다. 고사명 등에게는 '민족' 과 '조국'으로의 회귀는 보이지 않으나 오히려 자유롭게 사고하고 행동하는 존재로서 '인간'이라는 관념이 나타난다.

아마 좋든 싫든 간에 고사명에게는 가장 강한 일본의 전후적 이념이 살아있다고 말할 수 있다. 고사명의 '인간'이라는 관념은 일본사회와 '민족주의'의 양쪽에서 거부당했다는 점에서 김학영의 '내면'과 통하는 부분이 있지만, 고사명의 '인간'은 일본의 전후 이념 속에서 그 근거를 찾아내고 이를 통해 '불우성'을 역전시킨다. 그렇지만 어느 쪽이든 이회성과 고사명의 '아버지'상은 "자신이 지금 재일조선인으로 일본 속에 살아가는 것"의 전체상을 확인하고 의미를 부여하려는 '언설'의 욕망 속에서 살아간다. 그러나 김학영의 '부친'상은 조금 다르다.

어째서 아버지는 그렇게도 가혹하게 어머니를 괴롭혔을까, 나는 알 수 없다. 그것은 그때까지 아직 어렸던 나의 이해를 훨씬 넘어서는 일이었다. 그리고 지금까지도 나는 잘 모르겠다. 다만, 결국 아버지와 어머니는 마음이 맞지 않았다는 것, 마음이 맞지 않는 것에서 오는 초조함을 참고 억누를 수 있을 만한 이성이, 거칠고 난폭한 아버지에게 없었다는 것이다. 그 때문에 아버지 안의 흉포한 성질이 어머니를 향해 파열했다는 것, 달리 그렇게 밖에 생각할 수가 없었다.

―「얼어붙은 입」

나는 옛날부터 추악한 것이 싫었다. 추악한 것을 보면 나는 자주 마음이 떨려오는 듯한 억누르기 힘든 화가 치민다. (…중략…) 그리고, 나에게 이 세상의 추악한 것 중 제일 심한 것은 부모의 다툼이었다. 그 추악함은 그 안에 몸이 얼어붙는 것 같은 음습함과 음험함을 포함하고 있으므로 더욱 성질이 나쁜 추악함이었다.

―「착미」

그런 경우 저녁밥의 반찬이 아버지의 마음에 들지 않거나 하면 이미 소용 없었다. 아니 그보다는 그렇게 기분이 언짢을 때에는 어떤 반찬을 내 와도 아버지는 마음에 들어 하지 않았던 것이다. 그럴 때 아버지는 식탁을 향해 앉아 식탁 위를 둘러볼 뿐 젓가락도 집으려 하지 않았다. 곧 식탁 위의 모든 식기를 하나씩 손에 들고 말도 없이 천천히 그러나 단호한 모습으로 부엌의 봉당을 향해서 집어 던지기 시작한다. (…중략…) 그리고 모든 식기를 깨뜨리고 나서 이번에는 설거지대에 서 있는 어머니한테로 가 가슴이 얼어붙을 것 같은 음험한 목소리로 어머니를 욕하면서 때리고 차는 처절한 폭행을 가한다.

―「착미」

고교생이 되었을 쯤에는 눈앞에서 어른답지 못한 소리를 지르며 어머니를 욕하는 아버지가 무서운 동시에 정말 보기 괴로웠다. 나는 집안을 언제까지고 어둡게 하는 아버지의 우열愚劣함을 증오하지 않을 수 없었다. 추악

김학영　173

한 광경을 만들어내기를 멈추지 않는 아버지를 경멸할 수밖에 없었다.

—「착미」

　김학영의 ‘부친’은 무엇보다 먼저 **흉포한** 압제자, 전제군주와 같은 모습으로 등장한다. 그는 그리스 신화의 신들처럼 이상한 성격과 심리와 힘을 가지며, 단지 모친에 대한 압제자일 뿐만 아니라, 가족 전원에 대한 압제자이기도 하다. 즉 이 남자는 세상 일반의 아버지들처럼 가족을 세상의 파도와 바람으로부터 지켜내는 수호신으로 존재하는 대신, 오히려 가족을 그의 압제의 안쪽에 감금하고 거기에서 탈출하는 것을 방해하는 자로 존재한다. 그뿐만이 아니다. 이 남자는 더욱이 이런 방법을 통해 ‘집’을 대표하며, 따라서 이 남자의 운명은 ‘가족’의 운명이기도 하다. 이와 같은 부친의 상이야말로 김학영 고유의 것이며, 작가의 병든 자의식에 비친 이른바 현상학적인 아버지상에 다름 아니다.

　이처럼 힘을 이용하여 자신의 지배 욕망을 관철시키는 비정상적인 가부장의 이미지는, 그러나 어떤 의미에서는 ‘재일’의 원부原父상이라고 할 수 있을지도 모른다. 왜냐하면 오로지 완력으로 ‘훈육하는 것’ 이외에 ‘집’을 지키고 유지해 가는 방법을 모르는 1세대 부친은, 전후 민주주의 교육 속에서 나고 자랐고, 게다가 일본사회 속에서 ‘불우성’에 침윤되고 있었던 자식 세대의 시선에서는, 크든 적든 “이상하고 부당한” 존재로 비쳐질 수밖에 없었기 때문이다. 물론 아버지의 폭력이 자식에게 불합리한 것으로 보이는 이유는 부모 세대가 ‘집’의 질서를 위해 매우 중요시하는 것이, 자식의 시대적 감수성에서 볼 때는 거꾸로 가정을 파괴하는 것처럼 느껴지기 때문이다.

이와 같은 아버지상은 이회성 등의 기억에도 단편적인 형태로 떠오른다. 그러나 누구라도 저 포악한 신과 같은 '부친'의 상을 떠안은 채 살아가는 것은 불가능하다. 청년이 '민족주의'로 '불우의식'을 극복하려는 시도를 멈출 수 없는 것처럼, '재일'의 생활감성에서 거칠고 오만한 '부친'상을 유화적인 감정 속에 다시 위치시키려는 것 또한 그들의 불가피한 욕망이라고 할 수 있다.

예를 들어 김학영의 「탄성한계」에서 독자는 압제자인 아버지상과 대조적인 또 하나의 '아버지상'을 발견할 수 있다. 여기서 주인공의 아버지는 밀주를 적발당한 것을 계기로 생활의 중압을 눈에 보이지 않는 마음의 균열 속에 떠안아 버리는 인물로 묘사된다. 주인공 현의 부친 고종원은 밀주 적발 사건 이후 서서히 '광기'를 노출하는데, 이는 '재일'의 생활에 가해지는 가혹한 긴장의 끈이 그 사건을 계기로 그의 깊숙한 곳에서 툭 하고 끊겨 버렸다는 식으로 느껴진다. 이후 종원은 가끔 이유도 없이 가족들에게 폭력을 휘두르게 되는데, 이 폭력은 "그러나, 아버지를 부당한 행위로 질주하게 하는 것, 그것은 틀림없는 아버지 안의 광기이며 자신과 어머니는 일생 이 광기를 짊어지고 살아가야 한다"라는 형태로 응시되고 있다.

여기에서 '아버지'는 '재일'의 가혹한 생활 속에 그 자신 억압된 존재로 묘사되며, 이 억압감이야말로 그의 '부당한 행위'를 끌어냈다는 시선이 전면에 위치한다. 이 모습은 물론 '역사'나 '민족'이라는 문맥에서의 '아버지' 이해를 의미하며, 김학영 안에서 포악한 원부의 상과 공존하고 있는 것이다.

실은 이 유화적인 아버지의 이미지는 이미 초기의 작품 「완충용액」

에서도 등장한다. 주인공이 아이였을 때 갑자기 부친을 만나고 싶어서 시의 변두리 강가 모래밭에서 "폭탄구이"를 하는 아버지의 오두막집까지 걸어간다. 그러나 주인공은 아버지의 오두막에 아직 한 번도 가본 일이 없다. 한동안 걷고 있는 사이에 해가 저물어 가자, 되돌아갈 수도 없는 그는 필사적으로 아버지의 오두막을 찾기 위해 나아간다. 그러다 멀리서 커다란 배낭을 멘 사람이 이쪽으로 걸어오는 것을 발견하고 그 사람이 아버지임을 알게 된다. 그는 아버지의 팔 안으로 뛰어 들어가 있는 힘껏 소리를 내면서 운다. 잠시 울고 난 후 그는 부친의 배낭 위에 올라타 완전히 안심한 채 아버지와 집으로 돌아가면서 "아버지는 어째서 이렇게 먼 곳에서 혼자 일을 하고 있는 것인지, 왠지 모르게 아버지가 불쌍하다"고 느낀다.

오케타니 히데아키는 앞에서 언급한 「김학영론」에서 이 유화적인 아버지 상을 통해 작가의 부친에 대한 애증표리를 읽고 있다. 그러나 이 애증표리는 '심리적인 것'을 의미하는 것이 아니다. 이것은 오히려 '재일'이 '사회'와 '민족', '재일'과 '집' 등의 모든 관념을 어떤 태도로 대할 것인가라는 문제와 상관있다. 김학영에게 말하자면 화해를 예감케 하는 유화적인 아버지와 포악한 욕망의 신과 같은 아버지라는 이중의 상은 심층심리적인 애증표리라기보다는 '재일' 고유의 '아버지'와 '민족'의 이해에 관계하는 양의성인 것이다.

이 이중의 아버지상은 이미 처녀작 「얼어붙은 입」과 두 번째 작품인 「완충용액」에서 확실히 모습을 드러내고 이후의 작품 속에서 격렬하게 서로 대립한다. 아마도 이것은 '아버지'를 안정된 '세계상' 속에서 이해하고 싶은 욕망과, 이를테면 **원질**原質로서 '부친'상의 수수께끼 같은 실감 사이의 경합을 의미하는 것이다.

　그러나 주의해야 할 점은 예를 들어 유화적인 아버지상도 김학영에게 결코 안정적으로 이해된 질서 있는 모습으로 나타나지 않는다는 사실이다. 확실히 독자는 횡포한 부친의 배후에서 아이의 불안을 다부진 팔로 껴안아 주는 또 다른 '아버지'를 발견할 수 있다. 그러나 이 유화적인 아버지상은 이회성과 고사명에게 그러했던 것처럼, 현재 그의 삶이 지니는 의미를 밝혀 주는 것과 같은 형태로는 결코 나타나지 않는다. 이것은 예를 들어 항상 저 먼 길, 불안, 가다가 저물어버리는 것과 같은 심상풍경 속에서 오직 '세계'와 '생'에 대한 그의 공포라는 감정을 일순 해소시키는 것처럼만 나타난다. 「돌의 길」의 다음과 같은 광경은 작가의 이와 같은 '부친'상으로 매우 상징적이다.

　방례는 자신이 터무니없는 곳에 와버린 것을 새삼스럽게 깨달았다. 꿈에서 깨어 비로소 제정신으로 돌아온 듯 했다. 주위의 어둠이 끊임없이 밀도를 더해 가고, 끝내 자신을 짓눌러 파괴해버릴 듯한 기분이 들었다. 그녀는 자신도 모르게 그 자리에 웅크리고 말았다. (…중략…)

　그렇게 방례는 오랫동안 울었다. 그렇지만 아무리 울어도 누구도 오지 않았다. (…중략…) 그녀는 포기했다. 역시 아버지가 있는 곳으로 가는 수밖에 없다고 생각했다. 손등으로 눈물을 닦고 일어서자 어깨가 부르르 떨렸고 커다란 한숨이 나왔다. 그리고 다시 걷기 시작했다. (…중략…) 작은 돌이 한 면에 깔린 돌길이었다. 그 돌은 저 돌산에서 흘러내려온 하얀 돌이었다. 차츰 돌산에 가까워졌다고 그녀는 생각했다. 확실히 숲의 검은 그림자가 아주 가깝게 다가서 있었다. 그 검은 그림자를 바라보면서 그녀는 어느

새 아버지를 부르고 있었다. (…중략…) 꿈속에서 부를 때처럼 목소리가 생
각한 대로 입에서 나오지 않았다. 그런데도 그녀는 아버지를 불렀다. "아버
지, 아버지" 하고 필사적으로 불러댔다.

―「돌의 길」

나쓰메 소세키와 같은 작가에게 아버지에게 거부당한다는 감각은
『유리문 안에서』에 등장하는 인자한 어머니상에 의해 보상받는다고
할 수 있다. 이회성에게도 「다듬이질 하는 여인」에 등장하는 아름답고
다정한 어머니상은 매우 선명하게 그려진다. 그러나 김학영에게 어머
니는 그의 '불우감'을 보호하는 존재로 등장하는 일이 전혀 없다. 말하
자면 아버지가 한쪽에서 보호하고 다른 한쪽에서 압제적으로 지배하
는 야누스로 존재하는 것이다.

이것이 작가의 심리세계상 어떠한 기제에서 나타나는가, 나는 알 수
가 없으며 또한 알 필요가 있다고도 생각히지 않는다. 중요한 것은 유화
적이든 혹은 증오의 대상이든 그의 '아버지상'은 결코 정리된 의미로 대
상화될 수 없었다는 사실이다. 더구나 작가에게 '아버지'를 안정된 '세계
상' 속에서 이해하고 싶은 기분이 없었을까라고 하면 그렇지도 않다.

우리는 예를 들어 「알코올램프」, 「헌등이 없는 집」, 「겨울의 빛」,
「끝」이라는 작품 계열 속에서, 아버지를 '재일'과 그 '역사'라는 문맥 속
에서 유화적으로 이해하려는 작가의 끊임없는 시도를 볼 수 있다. 그
것은 "아버지 안에 정체를 알 수 없는 광기와 같은 것의, 또한 자신 안
의 불안한 피의 소요의, 그 근원을 찾아내려고"(「헌등이 없는 집」) 하는
이야기이며, 또한 그 "정체를 알 수 없는" 존재인 부친을 "너도 이제 알

겠지, 사람에게 얕보이면서 살아가지 않으면 안 되는 기분이 어떤 것인가"(「끌」)라는 슬픔에서 다시 이해하려는 이야기가 틀림없다.

실은 김학영의 작품을 통독하면 매우 압도적인 인상에도 불구하고 포악한 지배자인 아버지상은 「착미」를 마지막으로 거의 사라져 버렸음을 알 수 있다. 보다 엄밀하게 말하면 이러한 아버지상은 「얼어붙은 입」과 「착미」라는 두 작품에서만 이상한 힘을 발휘하고 있으며, 이후의 작품에서 부친은 이미 크든 작든 이해의 시선 속에서 묘사된다. 그러나 그럼에도 불구하고 김학영에게 포악한 아버지야말로 결정적으로 중요한 의미를 지닌다고 봐야 한다.

「착미」라는 작품은 이러한 관점에서 볼 때 상징적인 위치를 점하고 있다. 이 작품은 말하자면 작가와 아버지의 '화해'의 이야기지만, 또한 그 **불가능성**에 대한 이야기이기도 하다. 여기서 주인공 순일은 지금껏 아버지에게 반항할 수 없었던 인간으로 등장한다. 그는 이과계의 대학원을 졸업하고 지금은 겨우 대학의 조수 일을 얻게 된다. 학생시절 그는 "어떻게 살아야만 하는가", "무엇으로 살아야만 하는가"라는 물음에 매달리면서 "마음의 갈망"에 괴로워하였고, 아직도 그 '갈망'을 다스리는 것이 불가능하다. 그런 그에게 대학시절의 친구이자 한국에서 온 유학생이었던 정용신으로부터 오랜만에 만나자는 편지가 온다.

정용신은 화학 연구를 포기하고 조국의 통일운동에 참여하였고, 현재는 일본에 망명해 통일운동을 하고 있다. 순일에게 정용신은 '마음의 갈망'을 충분히 채우는 삶을 사는 것처럼 보인다. 그리고 자신이 그 같은 삶을 사는 것을 방해하는 것이 부친의 난폭함과 몽매함이고, 이것이 또한 '집'을 절망적인 상태로 빠뜨린다고 느낀다. 물론 그가 아버지에 대해 반항을 시도하지 않은 것은 아니다. 대학생이 된 순일은 여름방학 때 귀향을 한 집에서 부친의 어머니에 대한 변함없는 폭력을 목도하고 참다못해 부친에게 달려들지만 "오랫동안 육체노동에 단련된" 아버지의 완력에 밀려 오히려 얻어맞고 굴복당한다.

> 죽여라! 죽여라!
>
> 얻어맞으면서 나는 계속 부르짖고 있었다. 코와 입에서 피가 흘러 나는 자신의 얼굴이 뜨뜻미지근하고 끈적끈적한 피로 순식간에 젖어가는 것을, 어렴풋한 기분으로 느끼고 있었다.
>
> 마침내 시끄러운 소란을 듣고 모여든 근처 사람들이 아버지를 나로부터 떼어냈다. 아버지는 몇 명의 어른들에게 붙잡혀 나로부터 떨어져 가면서도,
>
> "이 자식! 부모에게 반항을 하고 말이야!"
>
> 하고 여전히 울부짖듯이 나를 욕했다.
>
> 나는 고개를 위로 향해 옆으로 누운 채로, 눈을 감고 한동안 가만히 있었다. 눈물이 나와 견딜 수가 없었다. 아버지의 울부짖는 소리를 멀리서 들으며, 나는 이 아버지가 슬퍼서 견딜 수가 없었다. 아버지는 나에게 틀림없이 하나의 벽이었다. 그 벽을 무너뜨리려고 하자, 자신은 이처럼 튕겨 나가 비참하게 피에 젖어 쓰러져 버린 것이다 — 무거운 절망감에 전신을 사로잡혀 나는 일어설 기력조차 없었다.
>
> ―「착미」

이러한 '부친'상은 '재일'의 많은 자식들에게 강한 리얼리티를 가지고 있음에 틀림없다. 그것은 거대한 벽이며 자신을 '사회'라는 장소로

부터 격리시키는 넘기 어려운 힘이다. 또한 무엇보다 절망적인 것은 이 마구잡이의 힘이 **완전히 해소하기 어려운** '무지'에 의해 유지된다는 사실이다. 더구나 이것이야말로 의심의 여지없는 피의 굴레絆로 이어진 자신의 육친인 것이다. 자식들에게 이와 같은 절망감은 다시 다음과 같은 생각에 의해 한층 숨막히게 다가온다.

주위의 동료나 일반 사람은 태연하게 욕망을 자유롭게 분출할 수 있는 '사회'라는 도가니 속에 들어 갈 수 있는데, 자신만이 어째서 이 비참한 장소에 머물러 있지 않으면 안 되는 것일까. 왜 자신만이 이런 '아버지' 혹은 '집'에 매인 채 자유롭게 날아오르는 것이 불가능한가.

일반의 인간들과 '불우'한 자신과의 사이에 가로 놓여 있는 자유에 대한 갈망의 깊은 바다 속에서 그는 몇 번이고 몇 번이고 익사해야 했다. 혹은 몇 번이고 반복되는 이 가사 상태를 그가 간신히 살아왔다고 해도 좋을 것이다. 그러나 이 바닥없는 바다의 기억 속을 계속 살아가는 것은 어떤 인간이라 할지라도 불가능하다. 그래서 우리들은 자기의 '불우성'을 사회적인 '이념' 속에서 '유의의有意義'한 것으로 되찾아 오거나, 혹은 다시 생활의식의 이야기 속에서 유화된 상으로 고쳐 볼 수밖에 없다.

가령 우리들이 이회성의 '부친'상에서 발견한 것은 유화된 지평에서 되돌아 본 '아버지'에 다름 아니다. 따라서 거기에는 우리들의 불우한 느낌을 달래고 안정시키는 것이 있다. 그러나 김학영의 '부친'상은 오히려 우리들을 그 누구라도 헤쳐 나가야 했던 '불우성'의 바다에 또 다시 내던진다. 거기에서 우리들은 '재일'의 생활감성의 이야기가 무엇을 억압하며 무엇을 망각하고 있었는가 하는 것을 깨닫게 된다. 나는 「착미」에 그려진 '아버지'가 작가자신의 기억과 닮아 있는지 어떤지 알 수 없다. 그러나 중요한 것은 작가가 글로 표현한 '기억'의 질이며, 그것이 언제나 곧장 우리들을 '조선인'이라는 사실에서 오는 불우감의 한복판에 내던져 버린다는 것이다.

예를 들어 다음과 같은 장면을 보자. 순일의 바로 아래 여동생인 명자는 고교 3년의 봄 갑자기 '북조선'에 돌아가겠다는 말을 꺼내 주위를 놀라게 한다. 근처의 동포들은 명자의 용기를 칭찬하지만, 순일은 명자가 자신의 "어두운 가정"에 절망하여 조국으로 도망치려는 것임을 눈치 챈다. 드디어 6월의 아주 맑게 갠 날 명자는 귀환선의 갑판에서 순일과 어머니에게 배웅을 받는다. 뱃고동이 울리고 드디어 배가 천천히 부두에서 떠나간다.

그때 갑판 위의 명자 얼굴이 싹 달라졌다. 그때까지 조용하고 무표정했던 명자의 얼굴에, 갑자기 동요의 빛이 지나갔다. 마치 자기는 지금 어머니나 가족으로부터 혼자 떨어져 낯선 고장에 가려하고 있다는 것을 비로소 깨달은 것처럼, 내게는 익숙한 그 두려움의 표정이 별안간 명자의 얼굴에 떠올랐다. 이제는 어머니를 우리말로 '어머니'라고 부르던 명자가, 불현듯 예전의 명자로 돌아가 이렇게 외쳐대기 시작했다.

"오카상! 오카상!"

명자는 상반신을 뱃전 밖으로 내밀고 창백한 얼굴로, 신음하는 듯한 목소리로 부르짖었다.

"아키코! 아키코!"

하고 어머니도 울면서 소리쳤다.

"오카사앙! 오카사앙!"

"아키코! 아키코오!"

그리고 명자의 얼굴이 갑자기 이지러지더니 눈에서 눈물이 넘쳐흘렀다.

(…중략…)

"오카상! 오카사앙!"

명자는 눈물을 흘리면서 속에 사무치는 날카로운 목소리로 몇 번이고 이렇게 부르짖었다. 배가 급속히 안벽을 벗어난다. 사람들은 한층 술렁거리고 서로가 외치는 소리는 날카로워지기만 하고, 울부짖는 소리가 어지럽게 들려온다. 문득 뜨거운 것이 나의 가슴에 치밀어 오른다. 눈물이 넘쳐 눈앞이 흐려진다.

"어찌된 일인가. 이건 어찌된 일인가" 이런 말을 중얼거리고 있는데, 눈물은 걷잡을 수 없이 흘러 볼을 적신다.

　　　　　　　　　　　　　　　　　　　　　　　　　　　—「착미」

두말할 나위 없이 여기에서 '골육의 정'이나 '부모와 자식의 인연'이라는 모습이 서사화된 것은 아니다. 그러한 이야기는 말하자면 사람들의 마음속에 구조화되어, 예를 들어 "시노다의 숲의 원망하는 구즈노하"의 형태로, 촉발되면 움직이는 일종의 자동성으로 보존된다. 그러나 여기서는 보다 복잡하고 착종적인 인간의 감정세계의 움직임이 하나의 상징적 장면으로 정착되어 있다.

명자는 배가 부두를 떠난 순간, 마치 지금까지 자신의 모든 행위의 의미를 돌연 명료한 광경으로 목격한 듯 창백해지는데, 이때 "어머니"라는 호칭을 버리고, "오카상!"이라는 이전의 방식으로 모친을 부른다. 결국 명자는 이때 자신이 원감정原感情으로서의 자기의 '불우성'에서,

'조국' 혹은 '귀국사업'이라는 **이야기** 쪽으로 옮아가려 한다는 사실을 돌연 깨닫고, 그 때문에 "어머니"라는 이른바 **이야기**화된 호칭을 버리고, "오카상"이라는 원감정 쪽으로 되돌아가려 한 것이다. 그리고 이 장면에서 강한 감명이 있다면, 그것은 무엇보다 명자에게 이 발견이 배가 "천천히, 조용하게, 부두를 떠나기 시작했다"는 그때 **처음으로 가능하게 되었다**는 사실에서 오는 것이다. 여기에 '재일'의 '불우 의식'이라는 상징적인 원풍경이 자리한다.

이처럼 신순일에게는 '사회'와 '조국' 문제의 바로 앞에 우선 '아버지' 혹은 '집'이 가로막고 있다. 순일은 통일운동을 추천하는 정용신을 현재의 자신과 비교해 그곳에서 "그의 성장"을 볼 수밖에 없다. 자신의 "집의 어둠", "그리고 그 어둠을 어떻게 할 수도 없는 자신의 무력함"을 스스로의 '마음의 갈망'을 계속 단념하게 하는 넘기 어려운 벽으로 느끼는 것이다. 순일의 '무력함'이 현실적으로는 아버지에 대한 '무력함'을 의미하는 것임은 말할 것도 없다. 예를 들어 그는 정용신이 대중은 어리석지만, 힘을 가지고 있다고 하는 말에 대해 다음과 같이 생각할 수밖에 없다.

> 나에게 아버지는 이를테면 대중 속의 대중이며, '어리석은 대중'이란 '어리석은 아버지'를 말하는 것과 다를 바 없다. 그리고 아직도 나는 변함없이 가정을 언제까지고 어둡게 하는 아버지를, 어떻게 해야 좋은지 알 수 없었다. 아버지를 어떻게 해야 좋을지 모르는 나는 따라서 대중을 어떻게 해야 좋을지 모른다. (…중략…) "나는 어떻게 하든, 그런 에네르기에 기대하는 것은, 도저히 할 수 없다……."
>
> ―「착미」

'아버지'를 어떻게 할 수 없는 그는 따라서 그 배후에 줄서 있는 '재일'의 '대중'을 어떻게 할 수 없다. '아버지'가 무시무시한 '무지'로 존재하는 것처럼 대중은 정체를 알기 힘든 '어리석음', 즉 앞뒤 안 가리는 생활의욕에 열광하여 노골적으로 드러난 욕망의 추악한 대립이라는 상으로만 존재한다.

신순일이 "나는 옛날부터 추악한 것이 싫었다"고 할 때, 이것은 '대중'이 연기하는 멈추지 않는 말다툼을 의미하며, 또한 그에게 "이 세상의 추악한 것 중에 가장 심한 것"은 작자 스스로 자신의 '원체험'이라고 말한 '부모의 불화'이다. '아버지', '집', '세상', '대중'과 같은 것들은 이른바 인간의 맹목적인 욕망이며 혐오해야 할 수라장修羅場으로, 거기에는 폭력, 질투, 무이해, 거부, 부인, 원망, 시샘, 강압과 같은 인간적 감정의 "황폐"만이 존재한다고 느껴지는 것이다.

그러나 앞에서 지적했듯이 사람이 이러한 감정을 계속 유지한 채 생활 영역에 들어가는 것은 불가능하다. 때문에 누구라도 크든 작든 자기의 과격한 시선을 유화하여 어딘가에 '세계'를 받아들일 여유를 만들어야 한다. 이러한 받아들임의 최초 통로로 '아버지'와의 '화해'가 그려지는 것이다. 「착미」에서 이것은 주인공이 동일한 부모의 싸움에서 다시 한 번 아버지와 충돌하는 장면에서 도래하는데, 다음과 같은 의외의 모습으로 나타난다.

아버지가 있는 곳으로 가 나는 한쪽 손으로 아버지의 팔을, 다른 손으로 아버지의 목덜미를 잡았다. 아버지는 나의 갑작스런 동작에 잠시 동안 어리둥절해하는 것 같은 표정으로 멍하니 나를 쳐다보았다. 아버지의 몸을 나는 세차게 밀었다. 그러자 아버지의 몸은 이상하게도 맥없이 갑자기 휘청거렸다. 그것은 생각지도 못할 만큼 맥없었다. 손에 잡힌 아버지의 팔도 묘하게 야윈 느낌이었다. 거기에는 이미 이전의 나의 얼굴을 바위에 부딪치듯이 굉장한 기세로 강하게 때렸던 강인한 팔의 모습이 없었다. (…중략…) 나는 거기에서 아버지의 늙음을 확인했다. 이미 늙음을 풍기기 시작한 아버지의 육체는 지금 횡포하기 그지없었던 무신경한 성질에 비하면 너무나도 맥이 없었다.

—「착미」

　여기에서 '아버지의 늙음'이란 단지 부친의 연령적, 생리적인 쇠약을 의미하지 않는다. 오히려 자식의 완력이 부친의 완력을 추월한 그 순간을 나타내는 '늙음'인 것이다. 결국 완력 이외에 '집'의 질서를 유지할 방법을 가지지 못한 '아버지'에게 이 순간은 그의 권위가 현실적으로 붕괴했다는 것을 고하는 순간이다. 또한 자식에게도 이 '늙음'은 매우 복잡하게 얽힌 감정 속에 의미를 드러낸다. 다시 말해 그렇게 완강하고 마구잡이의 절대적인 힘을 느끼게 했던 아버지의 지배력이 실은 단지 완력의 우위에 의해 유지되었던 것에 불과했다는 사실이 이때 분명해지는 것이다. 또한 그 우위가 이제는 역전되고 아버지와 자식의 힘의 관계가 결코 예전의 상태로 되돌아갈 수 없다는 사실이 일순간에 고해진다.

　주인공이 돌연 마주치게 된 이 화해의 극에는 아버지와 자식의 세대교체에 항상 따라다니는 어떤 종류의 감동이 동반된다. 그것은 헤겔의 말을 빌리면 "자립존재와 자신의 자기의식"이 "본원인 양친으로부터 분리되는 것에 의해서만 획득될 수 있다는 감동"(『정신현상학』)에 다름 아니나 여기에서의 감동은 결코 일의적一義的인 것이 아니다. 왜냐하면 주인공은 부친의 '늙음' 안에서 자기의 '자립'(= 자유)을 직관하는데, 이 지배력으로부터의 해방에 의해 거의 끝없는 불안에 직면하게 되기 때문이다. 즉 그는 아버지의 압제를 넘었다고 느끼는 순간, 이것이 실은 자신을 보호하는 힘으로 존재했다는 것을 깨달으며, 다시 말해 이번에는 자신이 '아버지'가 될 수밖에 없는 장소에 서 있다는 사실을 발견하는 것이다. 그래서 순일은 곧바로 이어서 다음과 같은 감회를 품을 수밖에 없다.

> 그렇게 깨닫자마자 나는 갑자기 제정신이 돌아온 것 같았다. 나는 스스로가 하려고 했던 일을 갑자기 깨달았다. 아버지의 몸을 붙잡고 있는 자신이 돌연 더할 나위 없이 죄스럽게 느껴졌다. 이미 고목 같은 느낌을 풍기는 아버지의 육체, 나는 그를 붙잡으면서 아버지의 '역사'를 느꼈다. 그의 '역사'는 무겁고, 그 무게는 그것을 붙잡고 있는 나의 건방진 비판 따위는 전혀 얼씬도 못 하게 할 듯 보였다.
>
> ─「착미」

이처럼 '늙음'을 전환점으로 한 세대교체의 극에서, '아버지'상은 일거에 변화한다. 아버지는 이미 포악한 욕망의 신, 그리고 거대하고 절대적인 힘을 가진 무서운 지배자의 역할을 그만두고, 돌연 아주 취약하며 단지 일본사회에서 자기 몸을 돌보지 않고 '재일'의 가정을 유지했던 존재에 불과했다는 사실이 명확해진다. 더구나 이 깨우침은 단지 부친이 전제자로서의 지위에서 전락하는 것에 의해, 또한 그러한 사태와 **교환**되어 처음 찾아오는 것이다.

다른 의미로 말하자면, '재일'의 토양에서 '아버지'는 스스로가 실추됨에 의해 처음으로 '자식'의 이해를 손에 넣게 된다고 봐도 좋다. 때문에 자식 측에서는 자신이 아버지를 추월해 버렸다는 것을 '무거운 죄'로 느낄 수밖에 없고, 바로 프로이트의 "원부 학살原父虐殺"(『토템과 터부』)의 가설처럼 '역사'에 대한 속죄 의식(프로이트에서는 근친간의 금기이지만)을 통해, '부친'의 권위실추라는 사태를 보충하는 것이다.

여기에서의 '역사'란 말할 것도 없이 '재일'이 억압받아 온 '역사'이자 조선과 일본 사이의 불행한 '역사'이며 나아가 부친의 곤란에 가득 찬 생활의 '역사'를 의미한다. 그리고 중요한 것은 이때 주인공에게 '역사'라는 관념은 한편으로는 속죄 의식이지만, 다른 한편으로는 자신이 '부친'의 폭력과 무이해로 인해 입은 깊은 상처를 유화하는 것으로 유지된다는 것이다.

즉 작가는 자신이 '아버지'를 대신해야 하는 장소에 섰을 때, 암암리에 '아버지'와 그 배후에 있는 '재일'의 대중, 따라서 '민족'이라는 것과 화해하려는 심리로 떠밀리게 되는 것이다.

그렇지만 필시 **다른 관점**에서 보면 이와 같은 표현은 일종의 전도, 다시 말해 '재일'의 '역사'라는 실재를 부인하고, 이를 인간의 심리적 관계라는 문제로 **환원시키려는** 것처럼 보일지도 모른다. '부자' 간의 심리 **교차**가 '역사'라는 관념을 불러들이는 것이 아니라 '재일'과 '역사'의 내실이야말로 이 심리 **교차**를 규정하는 것이라고 말이다. 그러나 실은 '재일'의 '역사'를 우선 선험적인 전제로 삼아 출발하는 사고야말로 위험한 것이다.

왜냐하면 우리들은 누구라도 '역사'와 '민족', '재일'이라는 말을 청년기적 언설의 세계에서 받아들이지만, 이것은 우리들의 '불우감'과 '억압감', 나아가 이러한 감정들에 대한 태도 결정 속에서 처음으로 내실을 부여 받는 것이다. 그리고 이 말의 내실을 공유하는 과정에 우리들은 '역사'라는 것의 실재를 상정하기에 이르는 것이다. 그러므로 나는 '역사'의 현실성을 부자의 심리 교차로 해소하려는 것이 아니다. 오히려 '재일'이란 무엇이고 '역사'란 무엇이며, '민족'이란 무엇일까라는 물음에 대해, 이들의 개념을 지탱하는 것은 무엇인가라는 형태로 되묻고 있는 것에 불과하다. '역사'와 '민족'을 선험적 현실로 인식하며 출발하는 한 우리들은 시간이 흘러도 언제까지나 '생활 방식'의 '진리'를 둘러싼, 혹은 '사회'의 추상적 욕망을 둘러싼 언설의 영역 내에 머무를 수밖에 없다.

하여튼 여기에서 '역사'라는 관념은 작가의 '화해'를 향한 욕망 속에 살아 있다고 할 수 있다. 일반적으로 말하면 이와 같은 세대교체에 항상 따라다니는 '화해'의 극은 크든 작든 지배력의 교체에 대한 아버지 측의 인정, 그리고 자식 측의 속죄가 교착하는 장소에서 성립한다. 극의 형식은 아버지 권위의 존재방식과 자식의 자립 방향에 따라 여러 가지 형태를 띠겠지만, '화해'라는 사태에서 오는 감동의 응어리는 **교착의 장소**에서 부자가 서로 '이해'(혹은 인지)를 유통시키는 만남의 장소에서 나타난다. 예를 들어 시가 나오야의 「화해」에서 주인공인 준키치가 아버지와의 '화해'로 기울어 갈 때 그에게 "차츰 나이를 먹어가는 아버지의 불행한 기분에 마음으로 동정한 적도 있었다"라는 감정이 생겨난다. 그리고 준키치와 아버지의 결정적인 화해 장면은 다음과 같이 묘사된다.

"좋다. 그래서? 네가 말하는 의미는 할머니가 건강하실 때만의 이야기냐, 아니면 영원이라는 심산으로 말하는 거냐"라고 아버지가 물었다.

"지금 아버지를 뵙기까지는 영원이라는 마음이 아니었습니다. 할머니께서 건강하실 동안에만 자유롭게 출입을 허락해 주시면 좋겠다고 생각했습니다. 하지만 그 이상의 것을 진심으로 바랄 수 있다면 이상적일 것 같습니다."

라고 말하면서 나는 **언뜻 눈물이 나기 시작했지만 참았다.**

"그러냐."

고 아버지가 말했다. 아버지는 입을 굳게 다물고 눈물을 글썽이고 있었다.

"실은 나도 차츰 나이를 먹고 있고, 너와 지금까지처럼 관계를 계속하는 것이 매우 힘들었다. 정말 속으로 너를 밉다고 생각한 적도 있다. 그리고 몇 해 전 네가 집을 나간다고 말했을 때 여러 번 말해도 듣지 않았다. 나도 실은 당혹했다. 어쩔 수 없어서 승낙은 했지만, 내 쪽에서 너를 내보내려고 하는 생각은 조금도 없었다. 그로부터 지금까지의 일도……."

이런 것을 말하고 있는 사이에 아버지는 울기 시작했다. 나도 울음을 터 뜨렸다. (강조―인용자)

―「화해」

여기에서는 현실적 관계에서 부친이 이미 어떤 지배력도 자식에게 휘두를 수 없고 자식이 힘을 강화해 가는 것에 대해 아버지가 '늙어' 갈 뿐이라는 것이 암묵적으로 이해되고 있다. 또한 심리적 관계에서도 아 버지 측에서는 자식이 사죄하기만 한다면 모든 것을 용서해도 좋다는 기분이고, 자식 또한 아버지를 적대적인 지배자로 느끼고 있는 것만은 아니다. 요컨대 세대교체의 현실적, 심리적 관계는 전부 충족되어 있는데, 그것을 인정하는 행위만이 어떤 집착에 의해 제지당하고 있는 것이다. 이 집착은 아버지 쪽이 형식뿐이라도 자식 쪽으로부터 사죄받고 싶어 하는데 자식은 관념상의 결벽 때문에 어떻게든 이 결벽을 건드리지 않고 '화해'에 당도하고 싶다고 느끼는 데에서 기인한다.

때문에 준키치가 아버지에게 대답하면서 "언뜻 눈물이 나기 시작했을" 때 그는 이미 결정적인 지점을 **넘었다**고 느끼고 있었던 것이다. 왜냐하면 이 집착이 "그 이상의 것을 진심으로 바랄 수 있다면"과 같은 말의 **우연적인 진행** 속에서 스스로 풀렸기 때문이며, 그리하여 제지당하던 감동이 일거에 찾아오게 되는 것이다.

고바야시 히데오는 「화해」를 평하며 "사람들은 「화해」를 읽고 눈물을 흘릴 것이다. 그것은 작가의 강력한 자연성이 사람들의 눈물샘을 자극하기 때문이다"라고 쓰고 있다. 또한 "최상의 예술은 예외 없이 자연의 외침을 포착하고 있다"라고도 쓰고 있다. 그러나 이 경우 고바야시가 말하는 "자연"이란 실은 「착미」의 주인공이 아버지의 '늙음'의 배후에서 발견했던 '역사'라는 것과 다르지 않음을 알 수 있다.

왜냐하면 준키치에게 '화해'의 감동은 '피의 굴레'와 '정의 인연', 혹은 다시 그와 자신이 '가계'의 대물림을 떠맡은 주체로 연결되어 있다는 관념을(그래서 「화해」라는 소설은 주인공 준키치의 자식을 향한 정이라는 분위기 속에 이루어진다), 부자가 함께 **합리적이고**, 불가피하며, **자연스러운 것으로 인정하려는 욕망 속에서** 처음으로 찾아오는 것이며, 따라서 이 감동에서 '자연'이란 이미 **언설화된 욕망**이라 할 수 있기 때문이다. 즉 '자연'도 '역사'도 의심할 여지없는 인간심리의 밑바닥이 아니라, 하나의 허구(따라서 다른 의미의 연결系을 억압하고 망각한 것)로 나타나는 것이다.

그러므로 만약 고바야시 히데오와 같은 표현이 허용된다면, "사람들은「착미」에서 아버지와 자식의 '화해'를 보고 감동하지 않을 수 없다. 왜냐하면 거기에 '재일'의 생활 감성이라는 자연이 훌륭하게 포착되어 있기 때문이다." 그렇지만 이미 명확해졌듯이 이러한 표현은 '화해'의 감동을 인간심리의 밑판처럼 그려내는 데 있어서, 역시 일종의 이데올로기성을 띨 수밖에 없다. 예를 들어 시가 나오야는「화해」의 마지막에 "자신은 화해에서 온 안정을 더 이상 의심할 마음이 없다"고 주인공의 입을 통해 말한다. 그러나 김학영에게 '화해'는 결코 아버지와 자식 사이의 현실적, 심리적 질서의 '안정'을, 또는 보다 본질적으로 작가의 '세계'(아버지, 재일, 역사, 민족)에 대한 심리적 질서의 '안정'을 보증하지 않는다.

'화해'의 장면 뒤에 주인공은 미닫이문의 상인방鴨居 위에 진열된 부친이 민족조직으로부터 수여받은 여러 가지 상장을 발견하고 "내 눈에 그 상장들은 너무나도 무의미했다. 지금의 나에게는 인간의 모든 영위가 공허하고 무의미한 것으로만 생각되었다. 뭐가 '화학 연구'란 말인가. 뭐가 '단결'이란 말인가. '평화통일'이란 말인가"라고 중얼거린다. 이때 작가는 겨우 도달한 '화해'의 장소에서 저「얼어붙은 입」의 출발점까지 빠르게 되돌아가 버린다. 뭐가 '민족'이란 말인가. 뭐가 '세계'란 말인가라고 작가는 말하고 싶었음에 틀림없다.

즉 작가는 '아버지'의 '늙음'을 통해서 자신이 '아버지'가 되고, 그로 인해 모든 '세계'와 화해하는 것 같은 시민사회 공통의 프로세스에 직면하게 되지만 결국 '거부당한 자로서의 자신'이라는 출발점으로 되돌아가는 것이다. 그 증거로 「착미」의 주인공은 '화해' 이후 '안정'을 얻기는커녕 한층 심해진 '불우성'과 마주 하게 된다.

> 결국 나는 조선인임에도 불구하고 '조선'과 무관한 곳에서 살고 있는 것이다. 나의 공허감은 여기에서 오는지도 모른다. 그러나 내가 조선인으로서 살 수 있기 위해서 나는 더욱 '조선'을 친밀하게 느껴야 할지도 모른다. 그런데 아버지로부터 벗어나려 했던 나는 어느새 여동생들과 반대로 '조선' 그 자체로부터도 벗어나려 했던 것 같은 생각이 든다. 그러나 아무리 벗어나려 해도 그것은 완전히 벗어날 수 있는 것이 아니다. 아버지를 뛰어 넘을 수도 없고 아버지로부터 완전히 벗어나는 것도 불가능한 나는 그 중간에서 어찌할 바를 모른 채 허둥지둥 갈팡질팡하며 서성대는 인간임이 틀림없다.
>
> ─「착미」

주인공은 여기서 일종의 생활감성이라는 형태로 자기의 조선인성을 확인하고 있다고 할 수 있다. 그러나 이 확인이 얼마나 역설적인 형태로 찾아오는 것인가는 새삼스럽게 말할 필요도 없다. 그는 저 '화해'에서 '사회'의 거대한 장벽과 같이 서 있던 '아버지'를 추월해 버린다. 그러나 그는 그곳에서 자신이 새로운 '아버지'가 되어야 할 '사회'를 발견하지 못한 채, 그렇다고 하여 '집'의 질서로도 돌아갈 수 없는 상태에 직면하여 "그 중간에서 어찌할 바를 모른 채 서성대고 있는" 것이다. 그리고 그가 이와 같은 장소에서 떠올리는 것은 '조선인'이라는 '불우성'으로부터 벗어날 수 없기 때문에 결국 저 '평화통일'과 '조국건설'이라는 **이야기**의 영역에 몸을 던진 동생들의 기억이다. 그것이 불가능했기 때문에 그는 두 "여동생들"과 달리 일본사회 한복판에서 "어찌할 바를 모른 채" 내팽개쳐지게 되는 것이다.

이처럼 「착미」에서의 '화해'는 매우 역설적인 것이라고 말할 수 있다. 즉 작가는 자기 감수성상의 깊은 상처를 치유해야 할 지점을 통과하면서, 그것에 대해 결정적으로 좌절하고, 그렇지만 그 '화해'의 흔적만은 놓지 못한 채 유지하고 있는 것이다. 실제 「착미」 이후 모든 작품에서 더 이상 포악한 아버지상은 그려지지 않는다. 이들 작품에서는 예를 들어 아버지가 횡포와 몽매의 형태로 묘사되기는 하지만, 그 상은 깊은 속죄의 음조에 젖어 있다. '재일'의 곤란 속에서 "필사적"으로 생계를 꾸려 왔지만 정신을 차리고 보니 '집'이 뿔뿔이 해체되어 있는 것을 발견하고, 이 곤혹감 속에서 꼼짝 못하는 아버지상이 반복해서 그려지고 있는 것이다.

예를 들어 「알코올램프」에서 장남 신길과 아버지 사이의 사상적 분열, 혹은 딸 돈자가 일본인과 결혼하려는 사건이 이를 잘 드러낸다. 여기에서 아버지는 이미 횡포한 가해자이기보다 오히려 불행한 피해자임에 틀림없다. 「헌등이 없는 집」은 결혼하여 자기 자신이 새로운 '아버지'가 된 장소에서 쓴 작품인데, 주인공은 생활상에서 여러 가지 뜻대로 되지 않는 일에 밀려 자신도 또한 아버지가 저질러 왔던 음산한 싸움을 반복하고 있다는 사실을 깨닫는다. 이것은 그로 하여금 "자신이 피의 굴레라고 하는 거역하기 어려운 커다란 힘에 꽁꽁 묶여 있는 것 같았다. 자신은 결국 조부와 아버지와 동일한 윤회를 따라 살고 있는 것일까?"라는 감회에 빠지게 한다.

또한 「유지매미」에서는 생활에 지쳐 자살한 "아버지의 무참한 죽은 얼굴"이 주인공을 따라다니고, 그는 "자신이 살아가는 길은 아버지의 죽은 얼굴과 떨어진 곳에 있을 수 없다"고 생각한다. 작가는 아버지를 향한 속죄감을 예를 들어 "피의 윤회"라든가, "재일의 역사" 또는 "인간 이해의 불가능성"이라는 관념 속에서 이해하려고 한다. 그러나 이것은 '세계'를 확실히 "거부당하는 것"의 총체로서 받아들이고 살아온 작가에게 실은 거의 불가능한 것이다. '아버지'를 계속해서 묘사해 온 작가는 '아버지'와의 '화해', 즉 '세계'와의 '화해'를 가능하게 하는 애로隘路를 찾아내어 그곳을 통과하려 하지만, 그는 그것을 안정된 '이야기'로 정착시킬 수 없었고, 그로 인해 '아버지'라는 주제를 **망집**과 같이 계속 살아가면서 갖고 있어야만 했다.

그러한 의미로 「끝」이라는 작품은 거의 상징적이다. 작가는 이 작품에서 난폭한 지배자로서의 '아버지'상을 다시 기억의 바닥에서 불러 일으켜 「착미」에서 그려진 **생각도 못한** '화해'의 감동을 다시 한 번 재현하고 싶다는 충동에 암암리에 사로잡힌 듯 보인다. 그렇지만 여기에서는 오히려 난폭한 '아버지'상 그 자체가 이미 작가에게 불가능해졌다는 사실이 확실히 제시된다.

「끝」에서 작가는 「착미」의 두 번의 부자충돌이라는 구성을 그대로 덧씌우듯 화해의 감동에 이르게 하지만 그 최후의 클라이맥스는 다음과 같이 묘사된다.

"이제 그만해 줘."

이런 것이 계속되고 있는 한 모든 것이 헛수고란 생각이 든다. 공부하는 것도, 대학에 들어가는 것도, 살아 있는 것조차 쓸데없다는 생각이 든다.

분노도 슬픔도 아닌 마음으로 그는 아버지를 주시했다. 그를 마주 쳐다보는 아버지의 눈이 술 때문인지, 화가 난 흥분 때문인지, 희미하게 붉어져 있었다. 그 눈이 이상하게 반짝이고 있었고, 그는 긴장된 마음으로 아버지의 다음 반응에 대비해 자세를 취하면서 가만히 그 빛을 주시하고 있었다. 그러다 문득 그것이 눈물 때문이라는 것을 깨닫고 안도했다.

"아버지가 울고 있다!"

포켓 속에서 단단하게 쥐고 있었던 끌이 무의식중에 손에서 미끄러졌다. 그는 스스로 자신을 돌이켜 보았다. **자취를 감추고 있던 마음의 끈이 그 속에서 다시 이어진 것 같았다.** 그는 새삼스럽게 아버지의 얼굴을 응시했다. 그때 아버지가 입을 열었다.

"너도 이제 알겠지, 사람들에게 업신여김을 당하며 살아가야 하는 기분이 어떤 것인가……."

무언가 알 수 없는 커다란 것 앞에서 움직이지 못한 채, 그 벽을 깨부수지 못하는 자신을 스스로가 조소하듯이 아버지가 말했다. 붉어진 눈에서는 섭을 내는 기색마저 느껴졌다. (강조-인용자)

—「끌」

그 뒤 "참고 있었던 것이 가슴을 치고 올라와", "이를 악물면서 눈물이 계속 흘러" 내리는 주인공의 모습이 묘사되어 있다. 그러나 이것은 결코 「착미」에서와 같이 화해의 감동을 재현시킬 수 없다. 왜냐하면 여기서 부친은 크든 작든 **사전에** 이해되었고, 때문에 부친을 향한 이해와 속죄감이 **일거에** 찾아온다는 감동이 불가능하기 때문이다. 작가의 욕망은 「착미」의 화해를 토대로 한층 강고한 화해의 감정을 쌓아 올리려 하지만, 실제로 작가는 「착미」에서 그린 화해의 흔적에 불과한 것을 손에 넣었을 뿐이다.

하지만 「착미」 이후 김학영은 바로 이 화해 시도를 향한 지속적인 좌절의 음조 속에서 본질적으로 작가일 수 있었다고 나는 생각한다. 왜냐하면 이 지속적인 좌절의 음조가 표상하는 것은 결코 작가의 개인적인 자질과 감수성이 아니라 오히려 '재일'세계에 대한 작가의 강한 **현실의식**이기 때문이다.

일본사회에서 '재일'로 산다는 것은, 크든 작든 저 '불우의식'을 사는 것에 다름 아니다. 이 감수성의 상처는 '아버지' 혹은 '집'을 심정적으로 부정하게 하고, 자기의 새로운 원리로 등장하는 '사회'에 대한 강한 욕망을 '재일'의 자식에게 불어넣는다. 그러나 이들에게 '사회'는 본질적으로 금지된 형태로 모습을 드러낸다.

이때 한편으로는 일본사회의 저편에 있는 '조국'을 상상하며, 다른 한편으로는 국적과 민족으로 인한 차별 없는 사회를 상상하는 회로가 열리지만, 심지어 어느 쪽도 본질적으로는 **불가능한** 회로라고 할 수 있다. 때문에 한편으로는 '사회'에 대한 욕망을 증폭시키고, 다른 한편으로는 그 욕망을 끊임없이 억압해야 하는 패러독스 안에서 '재일'은 살아가야 한다. 우리들은 작가의 좌절이라는 음조 속에서 늘 이와 같은 '재일'의 기묘한 애로의 장소로 그대로 내던져지는 것이다. 작가가 과거의 바다에서 낚아올린 기억의 원질은 이러한 힘을 가지고 있다. 즉 이 기억은 감수성의 **상처** 이상으로 생생한 **아픔** 그 자체로서 존재한다고 봐도 좋다.

'재일'의 자식 세대는 그러나 어딘가의 지점에서 '사회'를 향한 이념적인 욕망을 단념하고 생활 질서 속에 자신을 착지시켜야 한다. 그리고 그 과정에서 그들은 이러한 단념을 '아버지', '집', '역사', '민족'이라는 **이야기**에 의해 유화시키려는 충동에 휘말린다. 주의해야 할 것은 이때 '아버지'나 '역사'에 대한 '화해'의 욕망이 현실적으로는 그것(모든 이념)과 대립적인 언설로 나타난다는 것이다.

요컨대 여기에서 소년기의 리비도가 **일단 부정**(＝억압)**되고** 그 대립물로서 윤리규범으로 변환된다는 **정반대의 사태**가 존재한다. 청년들은 대부분 윤리규범과 성적 리비도와의 대립을 심리적 갈등으로서 체험하지만 마찬가지로 '재일'은 '사회'를 향한 욕망에서 '생활'을 향한 욕망으로의 전환을 이야기(이념적)와 이야기(생활 감성상의)의 언설상의 대립으로 상징적으로 체험하는 것이다.

김학영이 걸어 온 길은 확실히 이러한 '재일'의 모든 **이야기**가 교착하는 장소였다. 그러나 작가가 결국 그 독자적인 자질에 의해 어떤 이야기로부터도 계속 거부당했다는 것이 이제 확실히 드러난다. 그렇지만 여기에서 중요한 것은 작가 김학영이 '이야기의 불가능성'과 같은 류의 관념에 어떤 의미로도 가까이 다가서지 않았다는 점이다. 결국 작가는 끊임없이 이야기를 향한 욕망에 사로잡혔고 그럼에도 불구하고 그로부터 계속 거부당했던 것이다. 따라서 작가의 시선 속에 결국 세계는 이해 불가능한 광경으로 비추어졌는데, 그 광경은 계속해서 거부당하는 인간이라는 장소로부터 비롯된 특권적 진리로서의 세계의 밑바닥에 깊이 가라앉아 있는 것이다.

문제로서의 내면

　누구나 알고 있듯이 후타바테이 시메이二葉亭四迷가 쓴 『뜬구름』은 일본 근대문학의 출발로 여겨진다. 이 소설이 내게 주는 느낌은 하나의 문학작품이라기보다는 오히려 하나의 순수한 물음에 가깝다. 왜냐하면 이 작품은 그 물음의 독특한 몸짓으로 우리들을 문학이라는 세계로 끌어들이기 때문이다. 그곳에 하나의 물음을 제기한다는 것, 그 사실은 이 작품에서 특히 중요한 것이다.

　예를 들어 나카무라 미쓰오中村光夫는 후타바테이 시메이가 『뜬구름』에서 제기한 물음에 대하여 다음과 같이 쓰고 있다. "이것은 단순한 의문(= 물음—인용자)이다. 그러나 그 물음이 유치하다고 비웃을 수 있는 자는 다만 이것에 대해 한 번도 진지하게 생각해 본 일이 없는 사람들뿐일 것이다. 왜냐하면 이 물음은 단순하지만 동시에 우리들이 인생이나 사회생활을 대할 때 제기할 수 있는 가장 깊은 의문의 하나이기도

하기 때문이다. 바꾸어 말하면 이 물음은 모든 시대의 청년이 각자의 생활에서 한 번쯤은 번민하게 되는 의혹이며, 또한 이러한 의혹에서 헤어난 척 하는 이른바 세상의 어른들에게도 그의 전인생의 근본문제에 관계한다는 사실은 마찬가지이며 이에 대한 확실한 해결은 있을 수 없는 것이다"

이와 같은 인생 내지는 사회생활상의 '근본문제'를 설정하는 능력이야말로 메이지 근대문학의 가장 기본적이며 불가결한 요소였다. 경박하고 실리만을 추구하는 청년 노보루가 순진하고 아름다운 여성 오세이를 둘러싸고 분조와 경쟁하고 분조의 패배로 끝이 난다. 이 구성 안에 간결하게 제기된 물음은 상징적인 시작이었고, 그 물음은 예를 들어 나쓰메 소세키와 같은 작가에 이르러 서서히 규모와 심도를 더해간다. 물론 샛길이나 일탈도 있었지만 생활이라든지 사회라는 것의 안쪽에서 어떤 인생상의 '근본문제'를 끄집어내고, 거기에 수수께끼를 더해가는 것, 여기에 메이지 문학의 기본적인 힘이 존재한다고 생각한다.

나카무라 미쓰오가 지적한 바대로 확실히 『뜬구름』에서 제기된 물음은 '단순'하지만 '해결'의 방도를 찾을 수 없는 형태를 갖추고 있다. 인간에게는 '내부'만이 가장 의의가 있다는 관점과 '외부'로 나타난 것이 모든 것이라는 관점이 작품에서 명료하게 대립한다. 우선 인간의 가치를 판단하는 근거가 그가 현실 생활 속에서 무엇을 이루고 어떠한 관계를 만들어내는가 이외에 존재하지 않는다면 일반적으로 인간의 '내부'와 '내면'이라는 것은 무의미하다. 반대로 '내면'에야말로 인간의 본질이 있다고 전제한다면 '외면'은 사회생활이라는 편의에 불과하며 우연하게 부과되는 대상에 다름 아니다. 인간이 사회적으로 어떠한 존재인가는 기회와 운, 그리고 환경과 같은 것에 의해 어쩌다가 드러나는 가상에 지나지 않는 것이 된다.

『뜬구름』이라는 작품이 일본 근대문학의 출발점이라는 중요한 위치를 차지할 수 있었던 이유는 이러한 '내면'과 '외면'이라는 원리를 서로가 서로를 배제시키는 대립 구도에서 묘사하기 때문이다. 자기의 '내면'적인 원리를 엄격하게 지키면서 동시에 '외면'적인 성공을 거두는 것은 매우 곤란한 일이다. 생활의 외형을 빈틈없이 정리하면서 내면을 전혀 더럽히지 않고 수습하는 것은 매우 어려운 기술에 속한다. 이러한 현실감은 현재에도 청년기 특유의 리얼리티로서 종종 나타나기 때문이다.

메이지 문학의 일반적인 문맥에서 이 대립구도는 '일본 근대 문명의 일그러짐'이라든지 '근대사회의 모순'이라고 불린다. '내면'의 논리가 자기 완결적인 유교적 규범에서 몸을 일으켜 '외면'이라는 억압적인 대립물을 발견했을 때 비로소 '문제'는 근대적인 범형範形 속에서 움직이기 시작한다.

그러한 의미에서 『뜬구름』은 근대적 범형의 '문제'라는 대륙을 처음으로 발견한 작품이었다고 할 수 있다. 이후 이 미지의 대륙은 수많은 모험가들의 탐색의 장이 된다.

예를 들어 기타무라 도코쿠北村透谷는 그의 데뷔작이라 할 수 있는 「염세시인과 여성」에서 다음과 같이 쓰고 있다.

생각건대 사람은 태어나면서부터 이성을 지니며 희망을 쌓아 현재에 안주하지 않는 성질을 가지고 있다. 사회의 인연에 괴로워하지 않고 곧게 자라나는 아이는 본래 상상의 세계에서 성장하고 실제 세계는 모르는 존재일 것이다. 그렇다고 해도 생활 전면에서 실제 세계와 밀접하게 화합하지 않는 자는 없으니 필시 이 상상의 세계인 순수한 세계와 실제 세계인 속세 내지는 세속 세계라고 칭하는 자가 경쟁하며 서로 노려보게 되는 시기를 겪을 수밖에 없다. 실제 세계는 강대한 세력이지만 상상의 세계는 세계의 부조화를 모르는 동안에만 성립하는 것이기 때문에 속세의 자극을 겪게 되면 악전고투를 하여도 결국은 의지를 꺾이어 비운에 잠기는 경우가 많다.

—「염세시인과 여성」

기타무라 도코쿠가 '내면'과 '외면'의 대립을 '상상의 세계'와 '실제 세계'라는 형태로 한층 명료하게 포착한 것은 그가 체험했던 정치운동의 충격에 의한 것이다. 정치운동의 체험이 이 대립을 한층 심각한 상태로 가져오는 이유는 이것이 단순히 지배-피지배상을 내면세계에 투영하기 때문만은 아니다. 정치적인 사상과 운동을 향한 정열은 아주 일반적인 생활에 대한 배려를 옆으로 제쳐두게 만드는 측면도 보다 강하게 작용한다. 생활의 어려움이 인간으로 하여금 세속사회와 일반세계에 대한 강한 대립의식을 느끼게 하기 때문이다.

어쨌든 기타무라 도코쿠도 '내면'(= 상상의 세계)은 어떤 **내적**인 원리이고, 심지어 '외면'(= 실제의 세계)으로부터 억압받을 수밖에 없는 것으로 그리고 있다. 하지만 여기에서 주의하고 싶은 것은 앞의 문장에서 이어지는 다음과 같은 부분이다.

이때 상상의 세계에 대한 패배감에 주눅 들어 피로감을 느끼고, 무엇인가

를 얻음으로써 만족감을 얻으려 한다. 노력과 의무 등은 실제 세계의 예비
군이면서 늘 상상의 세계를 엿보는 자이며, 기타 여러 방면에서 상상의 세
계로 닥쳐와 검과 창을 내민다. 이를 돕는 자, 이를 만족시키는 자, 과연 무
엇으로 이룰 수 있을까. 말하자면 연애이며, (…중략…) 춘심의 동함과 동
시에 연애가 가능하다는 말은 예로부터 사이비 소설가가 인생을 경멸하여
자신의 비루한 이상 속에 축소시키는 폐단이 있으나, 연애가 어찌 단순한
사모의 마음일까, 상상의 세계와 실제 세계 사이의 투쟁에서 상상의 세계
가 패배하여 농성하는 아성이 이른바 연애일 것이다.

— 「염세시인과 여성」

이 문장에는 기타무라 도코쿠의 정치적 좌절의 체험이 농후하게 스
며 있지만, 여기에서 '연애'라는 관념은 그의 현실 체험과는 관계없이
중요한 의미를 띤다. 주지하다시피 그는 에도 시대의 연애 관념인 '풍
류・멋'을 유교윤리에 의해 억압된 자연스러운 연애감정의 형태로 간
주하고, 이에 반해 정신적인 연결을 기초로 한 근대적인 '연애'의 형태
를 보다 본질적인 것으로 간주했다. 그러나 이뿐이라면 도코쿠의 연애
관은 기독교적 애정 관념을 모델로 한 것에 불과하다고 할 수 있다. '풍
류・멋'이 억압된 연애감정이고, 그 억압으로부터 해방되어 근대적인
'연애'가 나타났다는 것은 오해에 지나지 않을 것이다. 필시 중요한 것
은 그가 '연애'라는 것을 '상상의 세계'와 '실제 세계'의 싸움에서 패배한
인간이 마지막에 선택하는 기반(「아성牙城」)으로 생각했다는 점이다.
'내면'은 '외면'과 반드시 대립하며, 그리고 반드시 패배해 버린다. 이때
'내면'은 소멸하는 것일까? 그렇지 않으며 '내면'은 구체적인 인간과

인간(남과 여)의 관계(= 연애) 속에서 연명할 길을 발견한다. 이 점을 도코쿠는 말하고 있는 것이다.

　도코쿠가 생각한 것은 단순히 근대적인 의미의 '연애'가 어떠한 것이어야 하는가가 아니었다. '실제 세계'에 의해 완전히 격파당한 '내면'이라는 원리의 현세적인 **혈로**를 어디에서 발견할 것인가의 문제였다. 따라서 세상의 규범이 억압하고 있었던 연애감정이 억압으로부터 해방되었기 때문에 도코쿠적인 '연애' 관념이 나타났다고 봐서는 안 된다. 오히려 사람들 안에 '내면'의 원리가 성숙하고, 그로 인해 '외면'이라는 억압을 발견했기 때문에 근대적인 연애 감정이 출현한 것이다. 예를 들어 『뜬구름』에서 분조가 오세에게 느끼는 감정은 다음과 같은 것이다.

　　무릇 서로 사랑하는 두 개의 마음은 원래 서로 나뉘어져 따로 고립하는 것이 아니라 (…중략…) 한쪽의 마음이 괴로울 때는 다른 쪽 마음도 함께 괴로울지니, 기쁜 웃음 함께 느끼고 분노도 함께 느끼고 유쾌적열愉快適悅, 불평번민도 함께 느끼며, 기분과 기분이 서로 통하고 마음과 마음을 불러 일으켜 결코 엇갈리거나 뿌리치는 것이 아니라고 오늘날까지 분조는 생각했건만……

　　견식도 고상하고 운치도 있고 멋지고 사랑스럽고 존귀한 소녀라는 것을 생각해보면, 가령 도덕을 장식물로 하는 위선적인 군자, 마음이 넓고 출중함을 가장한 사이비호걸에는 속을지 몰라도 노보루와 같은 비굴하고 경박한 개돼지만도 못한 놈에게 결코 홀릴 리가 없다……

　　　　　　　　　　　　　　　　　　　　　　　　　　　　　—『뜬구름』

이와 같은 연애 감정을 우리는 플라토닉 러브platonic love라 부른다. '연애'뿐 아니라 무릇 모든 플라토니즘Platonism은 적어도 근대 일본과 관련을 맺고 있는 한 도코쿠가 훌륭하게 표현한 억압된 '내면'의 혈로, 퇴로라는 태생을 지닌다. 예를 들어 시마자키 도손島崎藤村과 다야마 가타이田山花袋가 발견한 퇴로는 '문학'이라는 이념과 '고백'이라는 내면의 신앙이었으며, 이 경로는 자연주의문학에서 사소설로 이어지게 된다.

메이지 문학자 중에서 이러한 플라토니즘을 제대로 처리한 것은 대략 모리 오가이森鴎外 한 명뿐일지도 모른다. 그의 플라토니즘에 대한 처신의 방식은 매우 독창적이다. 예를 들어 『청년』이라는 청춘소설은 고이즈미 준이치가 여러 가지 청춘시절의 관념과 '성性'의식에 번민하면서도 오히려 이들에게 교란되는 것을 통해 서서히 '자아'의 윤곽을 잡아가는 모습을 그린다. 여기에서는 '내면'과 '외면'에 대한 예민한 평형감각이 강하게 작용하여, 문제가 혈로를 여는 방향으로 향하지 않고 대립 구조 그 자체를 구원하는 형태로 나타난다.

그런데 '내면'의 원리가 현실적인 거점을 어디에 상정하는가라는 문제는 일본 근대문학의 기본적인 범형에 관계되는 것이다. 도코쿠의 문학적 동료였던 도손은 억압된 '내면'의 고통 안에 **표현할 가치가 있는** 인간적인 '진실'이 존재한다고 생각했다. 이것은 도코쿠에 대한 무이해에서 기인한 것이라고밖에 할 수 없다. 도코쿠의 '연애' 관념에 주목할 만한 가치가 있는 것은 그가 그곳에 사회의 현실관계를 비추는 구체적인 대지를 직관했기 때문이지만(도코쿠는 이것을 '명경明鏡'이라고 부른다), 도손이 포착하려 했던 것은 '문학'이라는 초월적인 이념에 지나지 않았다.

연애라는 장소는 적어도 구체적인 남자와 여자가 관계하는 장소인 만큼 어떠한 플라토니즘도 상대화될 수 있는 계기를 가지지만, '문학'(정치'도 마찬가지이지만)이라는 이념에서 이것이 초월적인 원리로서 존재하는 한 그 안에서 무한히 자기 증식하는 것이 가능하다. 적어도 이러한 상황에서는 도코쿠가 발견한 혈로는 '문제'의 현실성을 더욱 강하게 보존할 가능성을 가진 것이다.

도코쿠가 시사한 통로를 거쳐 근대의 '문제'를 심화시킨 자는 『문학계』 동인 중에는 한 명도 없었다. 메이지라는 시대 안에서 이 문제를 일거에 표출시킨 작가는 나쓰메 소세키였다고 생각된다. 예를 들어 『행인』의 한 구절에서는 조지 메러디스George Meredith의 말을 빌려 다음과 같이 말한다.

> 나는 여성의 용모에 만족하는 사람을 보면 부럽다. 여자의 육체에 만족하는 사람을 보아도 부럽다. 나는 어떤 일이 있어도 여자의 영靈이라고 해야 할까, 혼魂이라고 해야 할까, 소위 정신spirit을 붙잡지 않으면 만족할 수 없다. 그렇기 때문에 어떻게 해도 나에게는 연애 사건이 일어나지 않는다.
>
> ―『행인』

소세키가 처음에 취하려 한 방향은 '내면'을 억압하는 '외면'의 원리를 일본의 부자연스러운 근대화가 야기한 인간의 내부적인 '비틀림'으로 간주하는 것이었다. 이 방향이 『나는 고양이로소이다』의 문명비판적인 입장으로 나타난다. 쇼와 이후의 문학사관은 시마자키 도손과 다야마 가타이라는 자연주의의 계열이 아니라 후타바테이 시메이, 기타무라 도코쿠, 모리 오가이, 나쓰메 소세키와 같은 계열의 정통을 잇는 경우가 많았다. 필시 그 이유는 개인과 사회의 관계성을 상대화시키려는 쇼와 이후의 문제의식에서 오가이와 같이 일종의 평균감각에 의해 인간의 내면성과 사회성 사이에 가교를 놓든가, 그렇지 않으면 소세키와 같이 분열과 대립을 극한까지 밀어붙이는 것을 통해 근대사회의 구조적인 모순을 포착하려는 문제의 형태에 리얼리티가 있다고 느꼈기 때문이다.

　도코쿠가 말하는 '영혼魂'의 문제는 아직 인간이 탐구할 수 없는 '내면'(='내부생명')이라는 장소에 있었으나, 소세키에게 이는 인간의 내면성과 사회성이라는 근저의 모순이 집약적으로 나타나는 지점이었고, 따라서 이곳은 근대사회라는 수수께끼가 수렴되는 상징적인 중심점으로 규정된다. 실제로 『행인』이라는 소설은 '내면'과 '외면'의 대립에서 나타나는 모든 문제를 극한적인 형태로 압축하고, 최후에 소용돌이치는 듯한 느낌을 독자에게 준다. 그곳은 후타바테이 시메이의 『뜬구름』에서 움직이기 시작한 근대적 범형이라는 문제들의 이른바 막다른 골목이며, 이 문제는 마르크스주의에 의해 간신히 새로운 전개를 맞게 되는 것이다. 남자와 여자를 둘러싼 '정신'의 문제, 기교와 행복, 행위와 목적, 무의식unconscious・위선hypocrisy, 사랑과 죄, 자연(욕망)과 도덕, 종교와 절대, 심장의 두려움, 고독, 광기, 그리고 죽음. 이러한 것들이 소세키가(『행인』의 경우) 발견한 근대적인 '문제'의 최종적인 범형의 모든 것이었다. 일찍이 에토 준江藤淳은 이것을 소세키의 '고독의 발견'이라고 불렀다.

　'자연'과의 합체가 불가능하고, 그 앞에서 자신을 식물로 변신시키는 것도 불가능한 채, 저주스러우며 어떻게도 할 수 없는 자기의 '자아'를 이끌고, 이치로 卿는— 나아가 인간은 —서 있을 수밖에 없다. 소세키의 고독이란 이러한 환멸의 끝에서 치명적인 대가를 치르고 발견한 것이었다.

여기에 근대 일본에서의 아마도 최초의 근대적 자아의 발견이 존재한다.
—『나쓰메 소세키』

에토와 같은 관점은 후쿠다 쓰네아리福田恆存에게도 나타나는데, 후쿠다는 '오가이와 소세키 이외에 서구식 고독감과 정면으로 맞선 자는 한 명도 없었다'(『개인주의로부터의 도피』)라고 쓰고 있다. 하나는 인간과 인간(남과 여)의 이해불가능성을 의미하며, 다른 하나는 인간과, '문학'이며 '정치', '자연'과 '종교' 그리고 '절대'와 같은 **초월적 원리** 사이의 결합 불가능성을 의미한다.

'고독'이라는 것을 이러한 문맥에서 파악할 때, 에토가 문제의 새로운 실마리를 마련했다고 해도 좋다. 인간은 **생존의 의미**를 어디에서 찾아야 좋을까라는 새로운 문제를 발견한 것이다. 에토와 후쿠다 비평이 특징적인 것은 언제라도 이러한 장소로 문제의 회로를 향하게 할 수 있다는 점이다. 그렇지만 소세키의 문제의식이 내포하는 것은 오히려 생존의 의미라는 장소에서 생활 관계의 의미를 비추어 보고, 다음에 후자에서 전자를 비추어 보는, 이른바 니체의 '병자의 광학'과 유사한 일종의 운동성이다. 그 한쪽 관계만을 포착하는 한 우리들은 '아이덴티티'와 '개인과 전체'라는 장소로 문제를 억지로 밀어 넣을 수밖에 없다. 에토와 후쿠다가 이후 '아이덴티티론'과 '개인과 전체의 논리'로 경도되어 가는 것은 그들이 어디까지나 마르크시즘 문제라는 패러다임에 대해 강하게 대항해야 했기 때문이다.

　한편 소세키가 생각했던 문제의 모든 것을 '정치'적 문제의식 내부에서 재편하려 한 것이 이른바 '정치와 문학'이라는 문제의 계보이다. 고바야시 히데오小林秀雄가 「사소설론」에서 언급했듯이 '정치'라는 개념은 확실히 사상이라는 '보편적인 성격을 지닌' 것의 힘에 의해서 그 이전의 문학자들의 '문사기질'(= 내면신앙)을 '정복'했다. 그곳에서 말살된 '작가의 명료한 면모'라는 것은 자연주의에서 사소설에 이르는 문학의 개념을 의미한다. 일본의 자연주의문학을 '아내의 육안' 문학이라고 칭하고, 마르크스주의문학의 문제의식에 의해 이것을 '상쇄Aufheben'시킨다는 점에 메이지문학의 최대 과제가 있다고 보았던 히라노 겐平野謙이 고바야시의 「사소설론」을 "예술가와 프롤레타리아문학파 사이에 가교를 놓으려 한 시도"(『쇼와문학사』)로 평가한 것 또한 당연한 것이었다.

　그렇지만 고바야시가 여기에서 자연주의 부정의 모델로 주시한 것은 앙드레 지드Andre Gide와 도스토예프스키Fyodor Mikhailovich Dostoevskii와 같은 서양 작가들이었으나, 히라노가 상상한 것은 오히려 저 후타바테이 시메이에서 나쓰메 소세키로 이어진 문학 계보였다고 생각된다. 그는 이것을 '지식계급의 문학intelligentsiya'이라고 부르며 다음과 같이 쓰고 있다.

　　원래 지식계급이란 억누를 수 없는 내심의 회구에 촉발되어, 신에 대립한 인간 그리고 사회와 대결하는 개인을 자각할 수밖에 없었던 이들을 말한다. 이들은 이단자이며, 무익한 인간들에 다름 아니었다. 그곳에서 지식계급의 고독성, 내향성, 관념성, 이중성, 비공리성, 방관성 등 모든 특징Merkmal이 발생한다. 근대일본문학의 역사에 입각하여 말한다면, 후타바테이 시메이, 기타무라 도코쿠, 구니키다 돗포, 모리 오가이, 나쓰메 소세키, 아쿠타가와 류노스케라는 계보 안에 문학적 지식계급의 명맥이 가냘프게나마 이어져 왔다고 할 수 있을 것이다.

—「지식인은 지식계급이 아니다」

마르크스주의가 가지고 들어온 사회변혁이라는 지상명제를 '지식계급'의 계보가 지속적으로 물어 온 문제 속에 재생시키려는 시도. 전향(혹은 정치적 좌절)체험과 전쟁체험을 지렛대로 출현한 '전후 문학'의 중심적인 패러다임을 그렇게 표현할 수 있다. 히라노 겐, 아라 마사히토荒正人, 혼다 슈고本多秋五와 같은 비평가들과 노마 히로시野間宏, 시이나 린조椎名麟三, 하니야 유타카埴谷雄高, 홋타 요시에堀田善衛, 오오카 쇼헤이大岡昇平, 다케다 다이준武田泰淳과 같은 작가들에 의해 제기된 '문제'들은 생각할 수 있는 일체의 근대적인 문제를 포괄할 정도로 여러 갈래에 걸쳐 있다. 그것들을 여기에서 죄다 말하는 것은 도저히 불가능할 것이다.

다만 그들에게는 에토와 후쿠다와 같이 '고독'과 '아이덴티티', 그리고 '전체와 개인의 논리'기 문제의 마지막 보루로서 나타나는 일은 없다. 그곳에는 소세키가 생각한 이항대립이 혁명이라는 관념에 녹아 든 형태로 재차 부상한다. 정치와 문학, 사회와 개인, 사상과 현실, 지식인과 대중, 관념과 신체, 문화와 자연, 의식과 존재 등등······.

일본의 근대에서 문학이라는 개념이 의미한 것은 이들 문제들에 이끌려, 그 '물음'을 계속 제기함으로써 자기의 윤곽을 확정하려는 사람들의 관념적 욕망의 몸짓이었다. 정치라는 관념이 사회의 제도와 구조에 관한 모델과 그 현실가능성에 관한 계량, 그리고 마지막으로 그 실천의 윤리규범에 대한 '물음'을 둘러싸고 사람들의 내면에 살아있는 것처럼, 문학에서는 저들 이항대립의 진폭이 끊임없이 확대되며, 그로 인해 한층 수수께끼를 더하는 '물음'의 심각함 속에서 '내부'의 확증이 발견된다.

문제들이 근대일본에서 고유의 '내부'적 풍경으로 나타나고, 따라서 언어는 항상 '물음'의 안쪽을 향해 발신된다. 그러나 오히려 중요한 것은 '물음'의 **외부**가 아닐까. 내 생각에는 근대―그 관념의 욕망 형태―내부라는 길을 경유하여 발현되는 '물음'을 **안쪽**을 향해 묻는 것은 불가능하다. 왜냐하면 이들 '물음'은 만약에 어디까지고 거슬러 올라가면, 그저 생활 과정에서 불거진 잉여로서의 '내부'라는 의미부여라든가, 그렇지 않으면 관념세계를 덮을 수 있는 결여로서의 생활 과정이라는 의미부여밖에 할 수 없기 때문이다. 원리적으로 말하면 이항대립을 안쪽을 향해 묻는 것은 불가능하다. 그것은 '신이란 무엇인가', '나는 무엇인가'를 묻는 것과 완전히 동일한 수사적인rhetorical 물음인 것이다. 우리들이 그저 '신이란 무엇인가'라고 물을 때 인간은 그 물음에 의해 그가 외부세계와 어떠한 관계를 맺고, 또한 '언어'의 세계에 대해 어떠한 태도를 취했는가를 볼 수 있을 뿐이다. '물음'의 **외부**란 것은 그런 것에 다름 아니다.

다시 한 번 출발점으로 돌아가 보자.

내가 지금까지 개괄한 것을 되돌아보자. '문학'이라는 지知의 범형에 나타난 여러 가지 문제의 거의 대부분은(내가 모든 범형을 개괄한 것은 아니지만) 후타바테이 시메이에 의해 구축된 '내면'과 '외면'의 대립 구도를 기본 계기로 삼고 있다. 현실의 벽에 부딪혀 좌절하는 인간의 '내면' 원리를 어떠한 도피로 속에서 연명시킬까라는 그 방향성이 문제의 범형을 이른바 변주시키는 원리가 된다. 이 방향성은 여기에 나타난 것에 한정 짓는다면 두 가지밖에 없다. 즉 하나는 '문학'이며 '정치', '역사'며 '종교'와 같은 초월적인 이념의 장소이고, 다른 하나는 구체적인 사람 사이의 마음의 관계성(= 연애, 남녀관계, 집)이라는 장소이다.

예를 들어 고바야시 히데오가 '숙명'이론에서 말한 것은 사람이 이들 범형 안에서 동시에 몇 가지를 선택할 수 없다는 것이다. 이러한 정열의 '숙명'을 따라 사람은 각각의 문제의 폐쇄 영역 안에 스스로를 가둔다. 이러한 '지'의 배치 안에서는 '문제'의 대립이 대부분 제도로서 고안된다는 것, 나아가 각양각색의 인간적인 욕망이나 정열이 대립이라는 제도에 편입되어 있다는 현실 그 자체가 보이지 않게 되어 버린다는 것이 중요하다.

나는 여기에서 메이지 문학자들의 삶의 범형이라는 것을 상상해본다. 메이지 시대 지식계급의 출생기반은 대개 몰락하층 무사계급이나 중산 농민층의 자식이다. 여기에서 몰락 무사계급이란 몰락한 무사계급이라는 의미가 아니라, 하층무사계층이 신정부와의 특별한 커넥션을 가지지 않는 한 대체로 새로운 생계수단을 세워야 하는 필요에 직면하고 있었다는 것이다. 시마자키 도손과 같은 나누시名主[5]의 자제의 경우에도 이러한 사정은 다르지 않았다. 새로운 시대의 질서가 재편성되

---

5 나누시名主는 에도시대 관동지방에서 영주 밑에서 마을의 행정을 담당했던 책임자를 지칭한다.

는 가운데 세습해야 할 견고한 생계를 가지고 있지 않았다는 점과 교육을 세상살이의 거의 유일한 구명줄로 삼아 사회에 발을 들여 놓아야 했다는 점은 그들에게 거의 공통된 사정이었다. '신시대', '신질서', '가문의 부흥', '청운의 뜻'과 같은 주제가 지극히 보편적인 형태로 그들 안에 와 닿고 있었다. 몰락이라는 실감, 생활의 어려움, 예민한 자의식, 윤리감, 미의식, 정치와 문학 그리고 종교 등의 지知의 범형, 집과의 갈등, 연애, 좌절과 같은 문제들은 누구나가 많건 적건 떠안고 있었다. 삶에 대한 욕망이 혈연이나 타인과의 관계성의 내부가 아니라 '정치'나 '문학', '종교'나 '윤리사상'과 같은 지의 범형 속에서 발견된다는 형태, 그 '문제'의 내부를 살아가는 것이 자신과 시대 내지는 사회를 확고하게 연결시켜 준다는 의식과 그 현실적 가능성. 즉 정치가나 작가, 학자나 사상가 등이 될 수 있다는 현실적인 가능성. 그러한 삶의 범형이 실업가나 관리가 되는 것이 가능하다는 범형과 함께 메이지 시대 이후 처음으로 강력한 현실성으로서 나타난 것이다.

만약 이들의 예민한 자의식과 미의식이 작가와 학자 내지는 사상가가 될 수 있다는 구체적인 통로를 가지지 못했다면, 그 의식은 억압적인 '정념'이나 지나치게 과민한 '신경'이라는 모습으로밖에 나타나지 않았을 것이다. '내면'의식이 자립적인 가치로 느껴지기 위하여 실은 작가(작품)와 사상가(학문, 연구)라는 통로가 사전에 열려 있어야만 했다. 그리고 근대사회 이후 출현한 새로운 삶의 범형이야말로 '정념'과 '신경'에 통로를 부여하고 '내면'을 성숙시킨 것이다. 인간의 '지'적 능력에 할당된 새로운 역할이 순식간에 '지'라는 것에 그때까지 있을 수 없었던 가치의 옷衣을 부여했다.

'신神'에게의 접근이 문제인 것과 같은 지점에서 형이상학이 생겨난 것처럼 '내면' 또한 그 자신의 형이상학을 만들어낸다. 예를 들어 마틴 루터Martin Luther와 같은 인물이 '영혼'이라는 문제를 다루었을 때, 그는 물론 근대적인 '내면'의식 안에서 언급하고 있는 것이다.

> 육체가 자유로우니, 건강하고 강건하여 원하는 대로 먹고 마시며 생활한다고 하여 그것이 영혼에 무슨 도움이 될 것인가. 또한 반대로 육체가 자유롭지 않아, 병과 피곤함, 원하지 않는 굶주림과 갈증에 번민하여도 그것이 과연 영혼에 어떠한 해를 줄 것인가.
>
> —『그리스도인의 자유』

여기에서는 인간의 '내면'세계가 모든 외부(즉 환경적 외계 및 신체)와 분리되어 완전히 자립적인 원리로서 그려지고 있다. 특징적인 것은 이미 형이상학적인 전도가 완성되어 있다는 점이다. 앞에서 본 것처럼 '내부'의식에 가치를 부여하는 것은 '작품'과 '연구'라는 **통로**에 다름 아닌데, 역으로 '작품'과 '연구'에 가치를 부여하는 것에서부터 '내부'라는 전도가 발생한다. 그러나 이 전도는 단순하게 관념적인 도착이 아니다. '작품'과 '연구'로 통하는 통로가 '내면'에 가치의식을 부여하는 것은 가치의식이 사회를 구성하는 기원인 데 반해, '내부'가 '작품'과 '연구'의 가치의 근원이라는 것은 개개의 인간에 나타나는 가치의식에 현실성을 부여하는 것에 다름 아니기 때문이다. 중요한 것은 인간의 가치의식이 현실성을 가지는 것은 언제나 반드시 저 구성상의 기원에서 전도된 형태로만 나타난다는 점이다. 그리고 그 현실성의 내부를 탐색해

가는 한 '내면'은 가장 높은 원리로서 루터의 '정신'처럼 상상되기에 이른다. 거기에서 "전도"는 극한까지 밀어붙여진다.

다시 말해 결국은 '작품'과 '연구'가 가치라고 말하는 것조차 이미 '내부'의 타락이라고 간주된다. '영혼'에 이 상관물을 대응시켜서는 안 된다. 왜냐하면 영혼은 그 자신이 **내재적인 원리**에서 하나의 가치이기 때문이다. 그러한 이상 그것이 어느 하나 현실의 것으로 혹은 현실의 관계로서 만들어지지 않는다 하여도 "그것이 과연 영혼에 어떠한 해를 주겠는가"라는 것이다.

루터의 '영혼'이라는 극단을 생각하지 않아도 근대사회의 삶의 범형에 억눌려 출현한 인간의 '내면' 원리는 크든 작든 이러한 전도적인 성격을 내포한다. 이제 분명해졌듯이 이 전도성은 본래 인간 개개의 관념적인 현실성에 필연적으로 따라다니는 것이다. 조금 더 상징적으로 말하자면 근대적인 삶의 범형에서 '청년시절'이라는 말의 리얼리티 그 자체가 전도성의 계기를 숨기고 있다.

그러나 '청년시절'의 문제 모두를 여기에서 다루지는 않겠다. 당장 중요한 것은 '청년시절'에 전도성의 계기라는 것에 부수하여, 또 하나의 한층 강한 전도성의 계기가 부상하게 된다는 점이다.

> 육체의 움직임에 따라 관념의 움직임을 수정하는 게 좋다. 전자의 움직임은 후자의 움직임보다 훨씬 미묘하며 심연에 놓여 있기 때문에, 그는 그렇게 말하고 있는 것이다.
>
> ― 고바야시 히데오, 「다에마当麻」

하나의 침묵을 표현하는 것이 자신의 목적이라고 각오한 소설가, 또는 예를 들어 실증이라든지 논증이라는 말에 이끌려 고안한 이런 저런 사상, 바꾸어 말하면 상대를 논파하고 설득하는 것을 통해 겨우 삶을 유지하는 사상에 신물이 난 끝에 사상 그 자체의 표현을 지향하는 데 이른 사상가, 이러한 괴물들은 현대에 이미 존재하지 않는다.

—「모차르트」

이 이치에 맞지 않는 생활감정의 움직임이 얼마나 귀중한 지혜를 감추고 있는가는, 만약 배워서 안 지혜가 살아가면서 터득한 지혜를 완전히 덮어 가리는 일이 없다면 누구라도 쉽게 알아차릴 것입니다.

—「정치와 문학」

그러나 엄정한 정의를 목표로 해서 점점 더 전문화되고 복잡해지고 서로 간의 협력도 매우 곤란해진 오늘날의 학문을, 정의하기 어려운 생활의 지혜가 만약 감시하지 않는다면 어떻게 될 것인가. 실제로 감시하고 있습니다. 그래서 상식은 결코 큰 소리를 내지 않으나 그 본래의 힘을 끊임없이 발휘하고 있는 것입니다.

—「상식에 대하여」

우리들은 이런저런 청년기를 거친 후 저 '내면'의 내재적인 물음을 반성적인 시선으로 다시 바라보게 된다. 이때 예를 들어 "육체의 움직임에 따라 관념의 움직임을 수정한다"와 같은 '생활감정'의 현실성이 찾아온다. 그러한 현실성이 청년시절의 너무 지나친 관념의 극을 상대화하기 시작할 때 인간은 저 폐쇄된 영역에서 벗어나 삶의 보다 포괄적인 장소에 서게 되었다고 믿을지도 모른다.

그러나 청년시기의 '내면'극이 근대적인 삶의 범형으로서 나타난 '사상의 현실성'에 의해 연출된 것과 마찬가지로, 예를 들어 고바야시 히데오에게 장년기의 극은 생활감정과 감수성이라는 또 하나의 의심할 여지없는 현실성을 거점으로 연출되고 있는 것이다.

중요한 것은 아마 다음과 같은 점일 것이다. 우리들은 청년시기에 저 '내부'의식의 현실성을 매개로 추상적인 형태의 '사회'와 조우하나, 머지않아 생활상의 필요에 따라 '신체'와 '환경세계'라는 '외부'를 발견하게 된다. 그러나 주의해야 할 것은 이렇게 발견된 '내부'도 '외부'도 모두 동일하게 인간의 **심적인 현실성**이며 그에 한해서 동일하게 기원과의 '전도성'을 내포하고 있다는 것이다. 따라서 우리들은 의식과 존재, 정신과 신체, 문화와 자연이라는, 예로부터 존재해 온 플라토니즘을 인식론상의 문제로서 비판하는 것만으로는 불충분하다.

왜냐하면 저 '내면'과 '외면'이라는 강고한 현실성을 심각한 분열의 모습으로 사람들에게 지속적으로 현전시키는 것은 결코 형이상학과 인식론상의 언설적인 계보가 아니라, 오히려 근대적인 삶의 범형 안에서 관념이 연출하는 욕망 형태의 불가피성 그 자체이기 때문이다. 즉 관념학의 전통은 일종의 사람들을 끊임없이 그 '문제'의 내부에 가두어 버릴 뿐이지만, 삶의 범형 확대는 이항대립적인 '문제'의 편재偏在라는 사태를 가져오게 된다.

일본의 근대 사회에서 사람들의 '문학'적 욕망은 기본적으로 이러한 회로를 거칠 수밖에 없었다. 이 회로는 이른바 근대적인 관념이 그 태생 속에서 암암리에 껴안아야 했던 충동으로서 나타났다. 그리고 어떠한 작가도 이 '문제'의 중심부로 향하고자 하는 욕망을 극복하는 것은 지난한 일이었다. 다만 훌륭한 작가의 거의 무의식이라고 부를 수 있는 천성만이 범형을 향한 욕망에서 벗어난 무언가를 표현할 수 있었다. 그것은 근대적인 '문제'의 범형 안에서 결코 표현될 수 없는 무언가 etwas이며, 동시에 반드시 '문제'의 범형에 대한 낯설기로서 나타난다.

예를 들어 우리들이 아는 나쓰메 소세키의 『마음』이라는 작품이 있다. 이 작품은 매우 기묘한 형태를 띠고 있는데 우선 주인공과 선생이 만나는 데에서 시작하여 서서히 그들 생활의 내실을 그려간다. 독자는 거기에서 어떤 수수께끼 안에 빠져들어 가는 듯 느낀다. 아니 그보다는 처음에 나타난 하나의 수수께끼어語가 서서히 소설세계로 확장되어가, 이윽고 그 소설세계의 외곽선을 거의 와해시켜 버릴 정도로 팽창해 가는 것을 목격한다. 이 수수께끼어는 예를 들어 '사랑'이나 '죄' 그리고 '고독'과 같은 색채를 띠고 있으며, 이들 수수께끼는 주인공이 선생의 현실 생활을 알게 될 정도로 깊어지게 된다.

그러나 이 추상적인 수수께끼가 소설적인 일상의 짜임새를 거의 깨버린 듯 보이게 되었을 때 돌연 소설은 반전된다. 주인공에게 배달된 선생의 편지는 이번에는 일변하여, 선생이라는 인물 안에 팽창하여 소용돌이치고 있던 수수께끼가 하나하나 그의 과거 안에서 풀린다. 수수께끼 풀기가 시작되는 것이다. 독자는 놀라서 숨을 멈추고 이 추상적인 수수께끼를 만들어 낸 '생활'상의 현실(= 과거)이 되감겨지는 것을 바라보게 된다. 그리고 마지막에 모든 것이 확실해진 것처럼 보인다. 그 결과 선생은 '자살'이라는 형태로 삶을 마감하고 소설은 끝을 맺는다.

하지만 이미 우리는 눈치채고 있다. 실제로는 어떤 종류의 수수께끼도 결코 풀리지 않았다는 것을. 즉 수수께끼는 바로 선생의 '생활'상의 현실과 구체적인 인간과 인간의 관계 한가운데에서 나타나는 듯 보이지만, 이들 모두가 명확해진 다음에도 수수께끼는 결코 사라지지 않은 채 남아버리는 것이다.

『마음』이라는 소설의 이와 같은 기묘한 성격은 과연 무엇을 의미하는 것일까. 나는 다음과 같이 생각한다. 소세키가 구체적인 인간과 인간과의 관계에서 나타난 것으로 생각한 '수수께끼'들은 결코 그 관계성(=과거)으로 환원될 수 없는 것이다. 소세키가 체내의 이물질처럼 안고 있었던 '수수께끼'라는 것은 그가 『행인』에 이르기까지 강고하게 믿고 있었던 것과 같이 자신과 타자와의 관계를 풀기 위한 열쇠가 아니다. 왜냐하면 그 '수수께끼'는 인간 사이의 구체적인 관계성에서 불행한 아이처럼 태어난 갈등이 아니라, 오히려 작가 안의 '내부'와 '외부'가 균열하는 장소에서 출현한 병원균이 모인 곳이기 때문이다. 즉 이 수수께끼는 소세키가 거쳐야만 했던 '근대' 그 자체가 낳은 수수께끼이고 인간관계의 수수께끼가 풀린 후에도 결코 **'해결되지 않는'** 성질의 것이다.

아마도 『마음』은 소세키가 생각한 문제의 범형을 자기와 타자(이때 이미 개인과 사회라는 문제설정은 작가로부터 멀어져갔다)의 관계성이라는 문제로 풀려 했던 최후의 시도였을 것이다. 그리고 소세키는 이후 『행인』까지의 범형 모두를 버린다. 왜냐하면 『한눈팔기』에서 소세키가 시도한 것은 결코 '해결되지 않고' 남아 버린 수수께끼의 태생을 '혈연'의 세계에서 '사회'로 향하고, 그리고 다시 '혈연'의 세계로 돌아온다는 근대 고유의 삶의 범형 안에서 다시 한 번 포착하고자 한 것이었기 때문이다.

『그 모습』에서 후타바테이 시메이도 이 문제의 범형을 일탈해 버리는 움직임을 보여준다. 대학교사인 오노 데쓰야와 아내 도키코 그리고 배다른 여동생인 사요코의 삼각관계를 그린 이 패륜이야기는, 시작부분에 명확하게 『뜬구름』의 주제가 울려 퍼져 있는 것처럼 보인다. 데쓰야, 친구 하무라, 사요코, 도키코라는 설정은 분죠, 노보루, 오세이, 오마사라는 설정과 대부분 중첩된다. 사요코를 권세가의 첩으로 보내려 획책하는 도키코와 그의 엄마, 그리고 데쓰야가 하무라에게서 사요코를 지키려는 대목까지는 명확하게 '외면'에 의해 억압된 '내면'이라는 대립 구조가 유지되고 있음을 알 수 있다.

그러나 여기에서도 확실한 반전이 일어난다. 데쓰야가 결국 사요코와 운명을 같이 하려는 결심을 하고, 그 결의에 마음이 움직인 사요코가 패륜행위에 동조하는 부분부터 소설의 색채가 의외의 방향으로 움직이기 시작한다. 낭비벽과 질투심이 심하고, 사랑받는 것만을 원하며 남편에 대해서도 돈 벌어오기만 기대하는, '영혼'을 잃은 듯한 여자로 보이는 도키코가 데쓰야에게 이때 또 하나의 모습으로 나타나기 시작하는 것이다.

남편의 생활신조와 사상을 이해하고, 적어도 사생활에서 자신의 '내면' 원리가 유지될 수 있도록 남편을 지지해 주는 여성이 데쓰야가 아내에게 기대하는 상像이다. 남성에게 이러한 여성의 이미지는 이미 기타무라 도코쿠에게서 봐 온 것처럼 '내면'의 성숙이 억압적인 '외면'을 일으키자마자 우리들 안에서 나타난 것이다. 즉 부부의 애정이라는 장소를 억압된 '내면'의 은밀한 거점으로 하려는 근대인의 마음 움직임이 아니무스animus와 아니마anima라는 영원히 엇갈리는 정신의 신화를 만드는 것일 뿐, 칼 구스타브 융Carl Gustav Jung이 발견한 '신화유형'이 남녀의 영원한 엇갈림을 연출하는 것이 아닌 것이다.

이미 언급한 바와 같이『뜬구름』의 후타바테이 시메이에게 이 문제는 이른바 문명사회의 뒤틀림의 문제로서 설정되어 있다. 인간의 '내면'의 진실, '정신'을 다양한 유혹으로 꾀어내어 그것을 소비시켜 결국 다 먹어버리는 존재로서의 세속적인 문명이라는 문제. 소세키의 '무의식unconscious・위선hypocrisy', '여성의 기교와 행복'이라는 문제도 또한 완전히 같은 궤도 위를 순회하고 있었다.

그러나 이미『그 모습』에서는 미묘한 엇갈림이 발생하고 있다. "정말 속을 알 수 없다지만 이 정도로 알기 힘든 사람은 저 사람 이외에는 없을 거라고 생각됩니다. 예전에는 이 정도가 아니었는데 왜 저렇게 되었을까요"라고 도키코는 하무라에게 말한다. 도키코는 도키코 나름대로 데쓰야에게 애정을 원하기 때문이다. 그러나 그녀는 사요코처럼 자신의 '진정' 같은 것을 표현할 수 없다. 그보다는 남편이 원하는 것이 '내면'적인 진정이며, 그러한 것이 이 세상에 존재하는가를 그녀가 상상할 수 없다고 말하는 편이 옳다.

그녀에게 '부부'라는 관념은 남편이 아내를 기쁘게 하기 위해 뼈가 닳도록 일하고, 아내도 또한 그 돈을 써서 남편에게 기뻐하는 모습을 보인다는 마음의 교환 속에 간직되는 것에 다름 아니기 때문이다. 도키코 측에서 본다면 데쓰야는 이와 같은 그녀의 명쾌한 세계에 '정신'이라든지 '진실'과 같은 정체를 알 수 없는 균열을 가져오고 그 내부를 수심에 잠긴 듯 엿보고 있는 기묘한 인간으로밖에 보이지 않는다. 독자는 도키코 안에 하나의 불안의 씨앗이 터져, 그것이 초조와 질투, 시기가 되어 이윽고 자포자기한 듯한 히스테리로 폭발하는 모습을 작가가 이상한 사람을 보듯이 극명하게 그리고 있음을 깨달을 것이다.

도키코에게 이때 발생한 것은 그녀가 어렸을 때부터 익숙해 온 하나의 원만한 세계상에 불안한 이물이 끼어들어 그것이 자신의 평온한 세계의 의미 체계를 한순간에 무너뜨리는 듯한 감각이었을 것이다. 왜냐하면 결국은 '내면'이라는, 정체를 알 수 없는 원리를 떠안고 있는 남편이 그녀의 세계로부터 나가 버리는 것을 목격하기 때문이다.

데쓰야에게 또 한 명의 '내면'의 소유자인 사요코도 이제는 오세이와 전혀 다른 형태로 모습을 드러낸다. 일단 데쓰야의 결의를 받아들인 사요코도 자신의 행복을 위해 도키코라는 타인을 불행에 빠뜨린 것은 '죄'라는 그리스도적 윤리에 의해 마지막에 데쓰야를 거부한다. 이때 그때까지 공유하고 있었다고 믿어 온 두 사람의 '내면'적 원리가 어쩐지 두려운 낯선 모습으로 돌연 그의 앞에 부상한다. 이미 '내면'이 '외면'에 의해 억압받는다는 구도는 사라진다. 오히려 '내면'과 '내면'이 그 각각의 신념 안에서 제각각의 모습으로 존재함에 불과하다는 사실이 분명해진다.

후타바테이 시메이가 『그 모습』에서 『뜬구름』의 문제를 심화시켰다고 여겨서는 안 된다. 또한 그가 '내면'의 현실성을 '외면'의 현실성에 의해 상대화하려 한 것도 아니다. 그는 이 작품의 시작부분에서 분명 『뜬구름』의 문제에서 출발하여 그것을 심화시키려는 욕망을 가지고 있었다. 그러나 그러한 상태로 일이 진행되지 않았던 것이다.

완성된 작품은 그저 각각의 인간이 어떤 닫힌 계열로서 다양한 감수성과 관념의 체계를 안고 있고, 각각 그 신념의 안쪽에서 살아가는 한, 다시 말해 그 체계가 닫혀 있는 한 낯설기와 모순은 인간 동지의 관계 배후에 존재하는 어둠을 순회하여 돌연 부상해 온다는 식으로 묘사되고 있을 뿐이다.

'근대'의 새로운 삶의 범형 안에서 인간은 처음으로 '내면'이라는 원리를 발견했다. 그것이 또한 다양한 문제의 범형을 생성했으나 인간이 그 안에서 살아가는 한, 인간은 자신과 사회와의 관계와 생존의 의미, 그리고 존재의의와 같은 지극히 근대적인 생의 주제를 지속적으로 주장하는 것이 가능하다. 또한 이와 같은 과격한 이념과 거리를 둔 채 생활자로서 자신을 양해하는 경우에도 그 나름의 '이야기'를 만들게 된다. 도키코와 사요코가 그러했듯이 그녀들은 가지각색의 낯설음에 유화의 제스처를 취함으로써 자신들의 세계라는 체계를 결코 무너뜨리지 않았다. 그 체계를 끊임없이 지키려 하면서, 그럼에도 불구하고 어딘가에서 그로부터 벗어나 결국 회복하는 방법을 잃은 데쓰야와 같은 인간들만이 그 삶의 범형의 배후에 숨은 기묘한 균열을 보는 것이다.

2부

고통의 유래

김학영을 애도하다

1.

김학영이 작고했을 때, 두세 명의 지인으로부터 '요즘엔 보기 드문 일이다'라든가 '고전적인 죽음이다'라는 말을 들었다. 김학영의 자살은 이제는 아주 드문 "사소설작가의 자살"이라는 경향으로 받아들여지고 있는 듯하다. 히라노 겐에 의하면, 사소설작가의 "이율배반"이란 창작의 모티프가 되는 '삶의 위기의식'을 생활에서 구하면 현실생활이 파탄 나고, 그것을 회피하려고 하면 계속 쓰는 것이 어렵게 되는 상황에 직면하게 된다는 것이다. 이러한 이율배반의 규정을 누구도 분명히 의식하지는 않았을지도 모르지만, 김학영의 자살은 이 시대로부터 다소 벗어난 곳에서 삐걱거렸던, 사소설작가의 자승자박의 소리처럼 느껴졌던 것 같다.

하지만 내가 느끼는 감촉은 다르다. 그의 자살이 불러일으키는 소리는 나의 아주 가까운 곳에서 울렸다. 그것은 특별히 그와 내가 사소하게나마 알고 지냈다는 데에서 비롯된 것이 아니다. 매우 거칠게 표현하자면 김학영의 작품에서 나는 뭔가 말하기 어렵지만 이해할 수 있는 느낌을 받았는데, 기묘하게도 그의 자살이 바로 그 연장선상에 놓인 것처럼 생각되었던 것이다.

물론 말할 필요도 없이 내가 작가의 자살 '이유'나 '동기'를 **알** 리는 없다. 그저 김학영의 문학으로부터 내가 알아챈 울림이 있어서, 작가의 죽음이 이 울림에 반해 느닷없는 불협화음으로 나타난 것은 아니라고 느꼈을 뿐이다. 게다가 그 소리에 잠시 놀라고 나서 문득 제정신으로 돌아와 돌이켜보니 그의 문학의 울림은 생각보다 가까운, 바로 내 옆에서 계속 울리고 있었다. 이것에 대한 의미를 나는 확인해보고자 한다.

언젠가 김학영에게 내 친구가 쓴 작품 감상을 보냈더니 그 친구에게 김학영이 답장을 보낸 적이 있는데, 이번에 우연히 그 답장을 보니 대단히 인상적인 문구가 있었다. "여전히 술과 줄다리기하면서 연명하고 있습니다만, 술에 완전히 끌려가서는 안 된다고 생각합니다. 아직 인생에서 '패배'하고 싶지는 않으니까요." 다른 사람은 이 문구를 어떻게 읽을지 잘 모르겠으나, 내 생각에 김학영에게 삶의 지속은 늘 무언가와 줄다리기하지 않으면 안 되는, 어떤 긴장과 노력을 요구하는 것이었다. 이런 감각은 지극히 자연스러운 것으로, 작품과 한 인간인 작가와 그 문장이 어떤 뒤틀림도 없이 연결되어 내게 그런 감촉을 준다. 그리고 하나의 밧줄을 사이에 두고 김학영이 줄다리기를 해야만 했던 힘이 원래 어떤 것이었는지를 나는 생각하지 않을 수 없다.

2.

　'재일'로 살아간다는 것은 무엇인가. '재일'의 자식 세대는 일본사회에서 멸시를 받으면서 스스로를 우선 죄 많은 자, 수치스러운 자, 마이너스의 가치를 지닌 자로서 인지하게 된다. 그러나 그것은 부당한 것이다. 일본인의 민족적 멸시도, '재일'이라는 상황 그 자체도, 실은 한일의 불행한 역사에서 유래하며 게다가 그 과실을 당연히 받아들여야 하는 것은 일본인 쪽이다. 이러한 차별은 실은 전도轉倒되어 있다. 죄를 진 것은 일본사회이고, 근대의 악업에 관계하지 않았던 것이 조선민족이다. '재일'의 자식 세대는 이런 것을 깨닫는 것이 불가능할 정도로 "주체"를 빼앗기고 있으며 따라서 자기 민족의 이와 같은 유래를 각성하는 것으로서만 자신의 마이너스 의식과 일본사회의 멸시를 극복해 갈 수 있다…….

　김학영이 자기 삶을 자각적으로 살기 시작한 청년기에, 그의 앞에는 이와 같은 '재일'의 세계상이 움직일 수 없는 형상으로 존재하고 있었다. 재일사회의 이러한 자기 이해의 형상이 아직도 어떤 곳에서는 강고하게 유지되고 있지만, 당시에는 더욱더 의심할 여지없이 명백하게 존재했다. 이것을 토대로 '재일'청년은 그렇다면 북에 귀속할 것인가 아니면 남에 귀속할 것인가라는 커다란 문제에 직면했고, 이 문제를 통과하지 않고서는 누구도 자기 세계를 이해하는 발걸음을 한 발짝도 내딛을 수 없었다.

　학생 시절 김학영이 서 있던 곳은 절벽의 바로 앞이었다. 이때 가파른

절벽을 오르지 않고 우회하는 길도 있었을 것이다. 하지만 우회하면, 도대체 나는 무엇이기에 왜 이런 삶을 살아가지 않으면 안 되는가라는 물음이 결코 해결되지 않은 채로 남는다는 것을, 우리들은(‘재일’은) 누구라도 직관적으로 알고 있었다. 김학영은 북이나 남이라는 양자택일의 한가운데 아무래도 스스로를 내던지지는 못했으나, 그럼에도 불구하고 이 ‘재일’의 문제규범에 정면으로 매달리려고 했다. 그리고 이 홀로 선자의 발걸음을 지탱했던 것은 ‘말더듬이’라는 체험이었다.

작가는 처녀작인 「얼어붙은 입」에서 말더듬이로서의 자기 고통을 묘사했다. 거기에서 작가의 필체는 말더듬이의 **고통**을 그리는 것 이상으로, ‘말더듬이’란 그 당사자에게 어떠한 체험인지를 더없이 정확하게 묘사해 내고 있다.

‘말더듬이’란 단지 언어의 불편만을 의미하지 않는다. 그것은 오히려 타인들의 ‘눈초리의 벽’을 끌어당겨 자기 내부에 “자의식의 감옥”을 만들어내는 것과 같은 기묘한 체험이다. 그러한 체험이 만만치 않은 것은 어느 정도 이 불우한 관계의 **유래**를 알고 있다고 해도 말더듬이라는 핸디캡을 현실에서 가지고 있는 한 이 감옥은 결코 사라지지 않기 때문이다. 또한 말더듬이의 고통은 “특수한 사정”이며 그러므로 타인과 함께 나누지도 못하고 오로지 자기 혼자 견딜 수밖에 없는 것이다. 결국 ‘말더듬이’란 본질적으로 타자와의 관계에서 “교환가치”를 지니지 않는 불모의 고통이다. 김학영이 그려내 보였던 ‘말더듬이’의 고통이란 바로 이와 같은 것이었다.

재일작가 김학영의 독창성은 ‘재일’로 살아가는 것의 어려움을 ‘말더듬이’로 살아가는 것의 어려움에 중첩시켜 파악한 데 있고, 저 북이나 남이라는 이율배반적인 문제 규범을 처음으로 흔들어 놓은 점에 있다.

「얼어붙은 입」을 읽으면 우리는 '말더듬이'로 인해 굴절된 형태로 형성된 주인공의 '내면'에 민족이라는 원리가 '내면'을 억압하는 듯한 '외면'으로서 나타나는 것을 알 수 있다. 그러나 중요한 것은 그러한 굴절된 민족의식이 야기시키는 경위가 아니라 작가가 묘사하는 '재일'이라는 상황이 본질적으로 '말더듬이'의 고통과 서로 겹치는 듯한 **불우성**으로서 그려지고 있다는 것이다.

'재일'이란 무엇인가. 그것은 단순히 차별 안에 놓여 있으면서 그 전도된 유래를 잘 알아 부성由來을 극복하고 가야 할 길을 견디는, 그와 같은 것으로는 해결되지 않는다. '재일'이란 오히려 무엇보다 **돌이킬 수 없는** 불우성을 지닌 것이다. 그 유래를 아무리 명백하게 파악해도 현재 자신을 둘러싸고 있는 관계 안에서 살아가는 한, 저 자의식의 감옥 내부에 갇혀버리고 만다. 그리고 그곳으로부터 도망치기 위해 인간은 물에 빠진 사람이 지푸라기라도 잡으려고 하는 것처럼, 자기회복의 어떤 기회라도 움켜잡으려고 하지 않을 수 없다.

'재일'이라는 상황에 맞서는 이와 같은 작가의 감수성은 예를 들면 「착미」 중 다음과 같은 장면에 완벽하게 투영되어 있다.

주인공인 순일淳一은 부모님의 부부싸움이 그치지 않는 자신의 '어두운 가정'에 절망적인 감정을 지니고 있지만 여동생인 명자明子가 갑자기 귀국운동에 호응하며 '북조선'에 돌아가겠다고 하자 여동생이 가정에 절망해서 가족을 버리려 한다고 생각한다. 하지만 순일은 여동생의 그러한 결단에 대해 아무런 말도 할 수가 없다. 이윽고 명자가 귀환선을 타고 '조국'으로 출발하는 날이 온다. 순일과 어머니는 안벽岸壁에서 갑판에 있는 명자를 배웅한다. 출발신호가 울리고 배가 천천히 안 벽으로부터 멀어진다.

그때 갑판 위의 명자 얼굴이 싹 달라졌다. 그때까지 조용하고 무표정했던 명자의 얼굴에, 갑자기 동요의 빛이 지나갔다. 마치 자기는 지금 어머니나 가족으로부터 혼자 떨어져 낯선 고장에 가려하고 있다는 것을 비로소 깨달은 것처럼, 내게는 익숙한 그 두려움의 표정이 별안간 명자의 얼굴에 떠올랐다. 이제는 어머니를 우리말로 '어머니'라고 부르던 명자가, 불현듯 예전의 명자로 돌아가 이렇게 외쳐대기 시작했다.

"오카상! 오카상!"

명자는 상반신을 뱃전 밖으로 내밀고 창백한 얼굴로, 신음하는 듯한 목소리로 부르짖었다.

"아키코! 아키코!"

하고 어머니도 울면서 소리쳤다.

"오카사앙! 오카사앙!"

"아키코! 아키코오!"

그리고 명자의 얼굴이 갑자기 이지러지더니 눈에서 눈물이 넘쳐흘렀다.

(…중략…)

"오카상! 오카사앙!"

명자는 눈물을 흘리면서 속에 사무치는 날카로운 목소리로 몇 번이고 이렇게 부르짖었다. 배가 급속히 안벽을 벗어난다. 사람들은 한층 술렁거리고 서로가 외치는 소리는 날카로워지기만 하고, 울부짖는 소리가 어지럽게 들려온다. 문득 뜨거운 것이 나의 가슴에 치밀어 오른다. 눈물이 넘쳐 눈앞이 흐려진다.

"어찌된 일인가. 이건 어찌된 일인가" 이런 말을 중얼거리고 있는데, 눈물은 걷잡을 수 없이 흘러 볼을 적신다.

—「착미」

나는 김학영론(이 책 1부에 수록)에서 같은 장면을 언급했지만 여기에서 중요한 것은 배가 안벽을 떠나는 순간에 처음으로, 명자가 자기 행위의 의미를 알아차린 듯이 보인다는 것이다.

이 장면에서 선명하게 드러나는 인상은 '재일'로 살아가는 것의 어려움이란 극복되어야 할 장애 이상으로 **돌이킬 수 없는** 불우성이라고 작가가 현실을 인식하는 태도이다. 이 불우감 때문에 '재일'의 자식들은 '민족'이나 '조국'이나 그 밖에 여러 가지 '이야기'(나는 **인간**이다, 나는 두 민족의 가교 역할을 하고 싶다, 나는 '재일' 그 자체이며 일체의 민족이나 국가를 초월한다 등등)에 매달리려고 하며, 확실히 그 시도를 통해 그들은 '나는 **다른 인간**이다'라는 자의식의 울타리 안에서 다시 자기 자신을 발견하게 되는 것이다.

물론 '북'으로 가든, '남'으로 돌아가든, 또 '재일'의 자리를 택하든, 결국 **진정한 장소**에의 귀속은 명백히 불가능하며, 또 이와 같은 욕망 속에서는 우리들은 언제까지나 명백히 불우할 수밖에 없다. 이러한 과정에서는 오로지 일정한 능력을 지닌 인간만이 불우감을 딛고서 자신의 사회적 능력을 실현하고 그로인해 '재일'의 불우성을 **완전히 없앨** 수 있다.

명자의 '어머니オモニ'라는 말은 자신의 불우를 탈피하고자 하면서 그녀가 움켜쥐었던 '귀국사업'이라는 **이야기**를 상징하고 있다. 그리고 그녀는 배가 안벽을 떠날 때 처음으로 그 **만들어낸 이야기** 속의 이름을 버리고 '오카상ぉ母さん'이라는 본래의 감정으로 되돌아온다. '재일'이라는 상황에 직면하여 작가의 이와 같은 감수성은 전적으로 새로운 것이었다. 이것은 원래는 '말더듬이'로서의 김학영이 세계를 받아들이는 감성에서 기인했을 터이나 바로 이 감수성으로 인해 김학영의 소설은 '재일'이라는 세계의 삶 깊은 곳에 도달한 듯한 리얼리티를 갖게 되었다.

3.

작가 김학영이 이러한 현실을 받아들이는 감성은 반복해서 그려지는 아버지와의 갈등과 화해라는 테마 안에서 좀 더 의미깊은 형상으로 나타난다. 그러나 여기에서 그것에 대해 상세하게 다 언급할 수는 없다. 내가 여기에서 우선 말하고 싶은 것은 작가가 그리는 '재일'의 모습이 이제까지 그려진 '재일'의 세계와 대응해서 어떠한 의미를 지니고 있는가이다. 이미 서술했던 것처럼 김학영에 의해시 포착된 '새일'이란 역사의 착오에 의해서 초래된 전도轉倒된 부성負性을 의미하지 않는다. 만약 '재일'이 이와 같은 것이라면 감춰져 있는 이 **전도**를 밝은 곳에 내놓고 사회를 바로잡는 방식으로 뒤집으면 '재일'의 진정한 방향성이 존재하게 된다. 하지만 그에게 '재일'은 이미 그것을 올바른 형태로 바로잡기에는 무의미하고 불가능한 부성에 불과하다. 그렇기 때문에 그의 주인공들은 민족으로 귀속한다거나 아버지와 화해한다는 아이덴티티의 거점을 끊임없이 모색하면서 동시에 계속해서 좌절당하는 과정을 반복해가는 것이다.

'재일'은 '불우의식'을 강요할 뿐만 아니라 자기회복의 본질적인 **불가능성**에 직면하기 때문에 한편으로는 일본사회에 대한 욕망을 억압하면서 한편으로는 심리적인 자기회복의 '이야기'를 추구할 수밖에 없다. 김학영이 작품을 통해 선명하게 드러냈던 '재일'의 기본구도란 그와 같은 것이었다.

나도 역시 이전에 '재일'의 문제규범의 미로를 몇 번이나 헤매며 시행착오를 겪었기 때문에 그 길의 끝이 어떤 장소에 도달할 것인지 잘 알고 있었다. 만약 전도轉倒된 부성을 바로잡는 것이 자기회복의 유일한 길이라고 생각한다면, 우리는 반드시 사회적 변혁의 궁극적인 전망을 구하는 장소에 다다를 수밖에 없게 된다. '민주화' 또는 '민족'이라는 원리는 오로지 과정 중에 아직 규명되지 않은 형태로서 위치할 수 있을 뿐이다. 누구라도 원칙을 벗어나지 않는 한 반드시 그렇게 된다. 사실 그것은 별로 복잡한 것이 아니다. 순수한 이상향을 목표로 하는 한, 사회의 이상적인 형태를 상상하지 않을 수 없고 또 그곳으로 향하기 위한 실천적인 요청이 기술상의 문제로서 나타나지 않을 수 없기 때문이다. 그래서 그것을 천천히 이뤄가려고 하든가 아니면 단번에 성취하려고 하든가의 차이가 여러 가지 이념의 형태로 나타나게 된다.

그러므로 '재일'의 불우감에서 시작했던 **우리들**의 "세계에 대한 물음"도 그 길 위에서는 진정한 사회변혁의 궁극적 전망을 구하는 물음으로 변환될 수밖에 없으며, 또 계속해서 그 물음 안에서 살아갈 수밖에 없다. 거꾸로 말하면 여기에서 만약 그 궁극적인 전망의 리얼리티가 상실된다면 그곳에서 우리들이 가졌던 "물음"의 동력은 상실된다. 그리고 내가 생각하기에 지금까지 가져왔던 '재일'의 세계상은 확실히 상실의 위기 앞에 서 있는 것이다.

김학영이 보여준 '재일'의 세계상으로부터 나는 전적으로 다른 형태의 물음을 발견한다. 그것을 내 나름대로 바꾸어 말하면 다음과 같다.

사회적인 "열성劣性"을 강요당할 때 사람은 그것을 극복하려고 온갖 노력을 시도한다. 그러나 이 노력이 반드시 보답 받는 것은 아니다. 어떤 경우 그것을 극복하는 다른 힘이나 기량이 있어도 모든 인간이 성공하는 것은 아니다. 그렇다면 여전히 사람은 자신의 어느 정도의 "열성"을 불우성으로서 껴안은 채 계속해서 살아가지 않으면 안 된다. 이때 우리들은 삶의 노력을 **뛰어넘는 것으로서** 나타나는 자기의 불우성에 맞서서 어떠한 태도를 취할 수 있는가라는 문제에 직면하게 된다.

김학영이 끝내 빠져나가지 못하고 결국 그것을 계속해서 그릴 수밖에 없었던 "울타리"의 내면이란 그와 같은 장소였다. 그 울타리의 내면을 **세속 세상**에 맞서 특권화한다면, 말할 것도 없이 전통적인 사소설의 세계가 나타났을 것이다. 하지만 김학영의 문학은 결코 그러한 의미의 '사소설'일 수는 없었다.

어떤 사람도 자기의 "열성"을 회복하려고 하는 현실적인 노력을 처음부터 포기하지는 않는다. 현실의 벽이 뛰어넘기 어렵다는 것을 뼈저리게 느끼면서 좌절감을 맛보게 되고, 그 다음에 심리적인 **부정**의 시험이 찾아온다. 여기에서 사소설적인 '내면'과 '외면'의 반전이 일어난다. 사회변혁의 시도가 현실적인 근거를 가진 어떤 전망의 직관에 떠받쳐

지지 않으면 곧바로 심리적으로 현실을 부인하는 쪽으로 기우는 관념적 성격을 드러내는 것도 그 때문이다.

그런데 그에게 '말더듬'의 불우성은 결국 자기 고통의 유래를 무언가 **외부 탓**으로 돌릴 수 없다는 데에 있었다. 또한 그런 까닭으로 그 고통은 타인과 서로 나누지 못하고 오로지 자기 자신 안에서 견딜 수밖에 없는 것이었다. 김학영은 이와 같은 의식의 태도 안에서 '재일'이라는 자기 불우성과 만났다. 바로 그로인해 그의 문학은 사소설적인 '내면'이나 '외면'의 "반전"으로부터 종이 한 장의 차이로 비껴갈 수 있었다.

그의 문학은 불우성을 어떻게 회복하는가라는 물음의 방향이 아니라, 그것이 뛰어넘기 어려운 것일 때 사람이 거기에 맞서 어떠한 태도를 취할 수 있는가라는 물음의 방향을 택했다. 사회의 여러 가지 모순을 하나의 궁극적인 전망으로 수렴시키는 것이 어려워진 오늘날('재일' 혹은 일본), 그의 문학적 물음이 오히려 커다란 현실적 리얼리티를 갖고 있다는 것을 나는 의심하지 않는다. 그렇지만 물론 그의 문학을 굳이 상황적인 문제로 끌어들일 필요는 없다.

그는 항상 자기의 '재일'성을 그렸지만 꼭 거기에서 '재일'로 살아가는 어려움을 호소하지는 않았다. 오히려 그의 문학은 일상적 노력으로는 결코 극복할 수 없는 삶의 어려움을 껴안은 인간의 영혼을 강하게 울렸으며, 그 삶의 형상을 비추는 힘을 가지고 있었다. 또 그의 문학은 폭넓은 독자를 갖고 있지는 않았지만 독자의 마음에 깊이 스며드는 것이었고 나는 그와 같은 실례를 자주 목격했다. 말할 것도 없이 그것이 문학이 지닌 가장 실질적인 힘이며 작가로서 김학영의 본령이 놓인 곳이었다.

4.

　이러한 김학영의 문학을 자폐적이고 연약한 것이라고 간주하는 경향도 있지만 분명히 틀린 말이다. 사람은 누구라도 재능과 힘에 의해서 '강하게' 존재할 수 있지만, 이와 같은 것을 빼앗기고 여전히 "강인함"을 유지하는 것은 지극히 어렵다. 김학영은 자신의 삶을 둘러싼 여건의 열악함과 지겹도록 마주해야 했기 때문에 본능적으로 재능과 힘에서 유래하는 '강함'의 허위를 알고 있었다. 동시에 자기의 '약함'으로 인해 패배하는 비참함도 알고 있었다.

　어떤 철학자가 간파하고 있었던 것처럼 "패배"에는 늘 미학이 숨어들 여지가 있다. 그러나 김학영은 이것을 또한 본능적으로 혐오하고 있었다. 내가 인간적으로 김학영에게 느꼈던 점은 이러한 감촉이었다. 김학영은 보통 사람보다 오분의 일 정도 느린 템포로 말했지만, 자기 자신의 삶을 둘러싼 여건을 이미 충분히 반추하고 있었으며, 게다가 그 삶이 어떤 특별한 의미도 없다는 태도가 아주 자연스럽게 스며들어 있었다. 그리고 그럼에도 불구하고(또는 그런 까닭에) 그가 언제나 살아가는 것의 큰 어려움과 줄다리기하고 있었다는 사실 또한 자연스럽게 느껴졌다.

　그것을 마음의 자세에서 발생한 어떤 종류의 "강인함"으로 표현하는 데에 나는 조금도 주저하지 않는다. 그리고 이러한 정신의 고요한 태도라는 것이 그의 문학에 그대로 나타나고 있었다는 것을 새삼스럽게 깨닫지 않을 수 없다.

그가 큰 고통을 짊어지고 있었다고 손쉽게 말하는 것은 여러 가지 의미에서 경솔한 것임에 틀림없다. 그러나 그 자신을 표현하는 방법이 자기의 고통에 맞서는 하나의 진지한 태도를 내포하고 있었다는 것을 나는 의심하지 않는다. 그는 분명 평생 동안 여러 가지 힘과 줄다리기해 왔다. '말더듬'의 고통을 소설에 쓴 후에도 작가로서의 자기 힘과 사회인이라는 것, 그리고 아버지라는 것, 그 밖의 여러 가지 것들과 줄다리기하며 분명히 생명의 밧줄을 계속 당기고 있었다. 자기 삶의 어려움은 그 누구 탓도 아닌 바로 자기 내면에서 계속 감당해야 한다는 자세를 통해서 말이다.

이 끊임없는 긴장에 한순간 공백이 생기고 그때 김학영은 문득 오랫동안 계속 감당해왔던 자기의 삶을 향한 노력을 이제 면제해 주려는 마음이 들었을지도 모른다. 그것은 우리들에게는 슬픈 사건이었다. 그러나 분명히 말할 수 있는 것은 그의 죽음은 결코 "사소설가私小說家"의 죽음 내지는 "미학자美學者"의 죽음일 수 없다는 것이다. 내 안에서 김학영의 죽음은 오히려 그의 투철하면서도 고요한 삶의 태도와 반듯하게 연결되어 있다. 그것은 유화시키기 어려운 인간의 불우의식에 대한 간절한 염원으로서 내게 울려오는 것이다.

가라앉는 것의 광경

'재일'의 '민족'과 배리背理

1.

　내 바로 위의 누이는 신앙이 두터운 그리스도 신자인데, 그녀는 언젠가 '신 앞에서는 누구도 국적을 갖지 않는다'라는 목사의 말을 듣고 하늘의 계시를 받은 것처럼 신을 믿게 되었다. 이런 일이 간혹 일어난다. 나도 학생시절 장 폴 사르트르의 '실존은 본질에 선행한다'라는 한 구절을 접한 후 충격을 받았고 이후 은근히 완고한 실존주의자가 되어버렸다.

　의자나 노트라는 '것'을 보라. 그것은 앉기 '위함'이고, 계속해서 쓰기 '위함', '~을 위하여'라는 본질을 그 존재 이전에 이미 가지고 있다. 그런데 인간이라는 존재는 '~을 위하여'라는 존재의 본질을 미리 갖고 있지 않다. 이 점이야말로 인간 존재가 실존에 있다는 가장 뚜렷한 근거이다. 이러한 관념을 사르트르의 한 구절이 나에게 가르쳐 주었다. 인간은 그 존재의 본질을 자기 자신에서 찾아내고 가려내야 한다는 생각, 그것은 심리적으로 '재일'의 집에서 한 걸음이라도 멀리 도망치고 싶어 했던 나의 암암리의 욕망에 꼭 들어맞는 것이었다.

니체에 따르면, 이것은 어떻게 해도 진실이다라는 확신에 따라 어떤 생각이 인간의 뇌리에 자리하는 근본 조건은, 그 생각이 그의 무의식적인 욕구를 지지하고 그 욕구에 힘을 주는 (= '권력량'을 증대시킨다) 상태이다. 따라서 다양한 인간이 다양한 사고의 '진실'을 갖는 것은, 세상에 여러 가지 진리가 있기 때문이 아니라 여러 가지 심리적 욕구의 형태가 있기 때문이라고 할 수 있다.

나의 누이는 그리스도 신자가 되었고 나는 실존파가 되었으며, 또한 아무개는 '민족'이라는 원리를 붙잡았다. 이 중 누군가가 잘못됐다는 것이 아니라 '재일'로 태어난 이상 모두 빠져들기 시작한 불안에 떠밀려 지푸라기라도 잡았다는 말이다.

젊은 날 내게는 하나의 계획이 있었다. 가업을 잇는 것이 싫었기 때문에, 반듯한 "사회인"이 될 작정이었다. 이 계획이 성공했다면 나는 문학과 사상 같은 것에 절대로 흥미를 갖지 않았을 것이다. 그러나 후에 자신의 계획이 그림의 떡이라는 사실을 알게 되었고, 그 결과 비로소 나에게 사회가 어떤 명료한 이미지로 다가왔다.

그러한 일이 있고부터 나는 '재일'이 다양한 지푸라기를 잡는 의미에 대해서 곰곰이 생각해보지 않을 수 없었다.

'재일'의 사상은 당장은 여러 가지 지푸라기에 둘러싸여 있다. 물론

아니다, 여기에 '재일'이 몸을 의탁할 훌륭한 뗏목이 있다고 주장하는
사람도 있을 것이다. 그런데 어느 쪽이든 모든 사람을 태울 수 있는 뗏
목은 없다. 누구라도 잡은 것이 지푸라기라고 생각할 때 그것을 버리
고, 옆에 떠가는 나뭇가지든 뭐든 잡으려고 한다. 쓸모없는 나무를 붙
잡는 불운한 자도 있고 적당한 나무에 매달릴 수 있는 자도 있다.

나에게 중요했던 것은 그저 그러한 '재일'의 모습이 어떤 의미일까였
으며, 나 자신이 과연 어떤 것을 붙잡아야 하는가의 문제는 아니었다. 왜
냐하면 정신을 차렸을 때 이미 나는 깊은 물속에 빠져 있었기 때문이다.

2.

'재일'이라는 사상이, 1세, 2세, 3세의 세대교체를 거쳐 커다란 변용
을 겪었다고 한다면, 그 실질은 어떤 것일까. 이 글은 일단 그러한 주제
를 담고 있다. 다만 그에 대해서 그다지 조감적인 겨냥도를 그릴 생각
은 없다. 최근 아사히저널논픽션상을 받은 강신자의 『아주 보통의 재
일한국인』이라는 책을 흥미롭게 읽었다. 이 점에서부터 말해보자.

저자는 책에서 스스로를 "'민족'이라는 말에 마음이 울리지 않게 된"
젊은 3세 세대 중 한 사람임을 분명하게 밝히고 민족적으로 살아가려
는 사람도, 귀화하고 싶은 사람도, 각자의 방식으로 잘 살 수 있는 방법
을 생각하면 좋은 것이 아닌가라는 견해를 솔직하게 밝히고 있다.

이러한 생각을 가진 세대가 재일 안에서 일정한 그룹으로 나타나기 시작한 것은 물론 꽤 오래 전 일이다. 그러나 생각해보면 한 권의 저서로서 이러한 주장이 저널리즘의 표면에 부상한 것은 이것이 처음일지도 모르겠다.

마침 이 책의 출현을 전후해서 이회성이나 종추월 등을 중심으로 한 재일문예지『민도民涛』가 창간되었는데, 이쪽은 강경한 민족노선을 다시 한 번 재정비하려는 "뜻"을 세우고 있었다.『아주 보통의 재일한국인』도 특집 좌담회에서 다루어졌고 어떤 논자는 이것을 "무지하고 무능한 고백"이라고 혹평했다.

강신자와 같은 의견이『민도』노선으로부터 부정된다는 것은 물론 예상할 수 있는 일이다. 강신자는 북한에 맞서 남한, 민족에 맞서 동화를 주장하는 것이 아니다. 여러 가지 입장의 '재일'이 있어도 괜찮지 않을까라고 주장하는 것일 뿐이다. 따라서 강신자가 포착하고 있는 '재일' 문제의 형태는 이전부터 뿌리 깊게 존재해 온 '북한인가, 남한인가', '민족인가 동화인가'가 아니라, '민족인가, 다양한 재일인가'라는 모습을 띠고 있다. 그리고 이 대립항은 분명히 현재 '재일'을 둘러싼 세대 간 교체의 드라마에서 가장 중요한 국면을 보여주고 있는 것이다.

'재일'의 사상은 언제나 민족이라는 이념을 중심축으로 존재해 왔다. 다만 이것은 반드시 모든 재일이 '민족'이라는 사상을 규명하는 데 힘을 쏟아 왔다는 것을 의미하지는 않는다. 오히려 이것은 '재일'의 전후戰後 역사에서 소위 '민족'이라는 이념이 항상 그 리얼리티를 잃어가는 방향에 있었으며, 그 위기를 의식할 때마다 재일지식인은 새로운 사고와 표현으로 민족이념을 확인해야 할 동기를 가졌다는 사정을 보여주고 있는 것이다.

예를 들어 지금 상징적으로 김석범과 이회성이라는 두 명의 작가를 떠올려보자. 김석범의 출발점은 본래 조선 민족의 일원으로서 전쟁이 끝난 후 곤란한 본국의 상황 속에서 살아야 했던 자신이 왜 조국에 돌아가지 않고 일본사회에서 '재일'로 살아가고 있는가라는 물음에 있었다. 자신이 '재일'로 살아가고 있다는 것, 이것은 **본래 있어야 할 현실이 아니다.** 이것은 어쩔 수 없는 일일 뿐 '재일'로 살고 있다는 사실이 이미 민족의 일원이었어야 하는 자신에게는 **본래**부터의 결함이다. 이 결여에 의해서 김석범은 '조국', '민중', '민족'이라는 이념을 '재일'이 매일 포착하고 확증해야 할 삶의 방식의 원리로 표현했다.

이에 비해 다음 세대인 이회성은 미리 '민족'이라는 근거를 가지고 있었던 것은 아니다. 그가 처음 직면한 과제는 일본사회로부터의 '차별'과 '거절'에 의해 주어진 불우함(나의 존재가 거부당하고 있다)을 어떻게 살아가는 힘으로 바꿀 것인가라는 것이었다. 그리고 이회성의 문학은 '일본인'에서 '반쪽바리'를 거쳐 '민족'으로라는 새로운 삶의 방법을 2세대로서 처음으로 선명하게 그려냈다. 이 의미는 작지 않다.

'재일'이 삶의 시작에서 조우하는 불우감을 해소하려고 먼저 붙잡는 것은, 대개의 경우 인간은 평등하며 자유롭게 살 권리를 갖는다는 일본사회의 민주주의적 사고방식이다. 왜냐하면 2세대가 갑자기 '민족' 이념을 포착하는 것은 일반적으로 곤란하기 때문이다. 젊은 2세대는 우선 '재일'의 집에서 탈출하여 '사회' 속에서 살고 싶다는 꿈을 꾼다. 그렇지만 '민족'이념은 당장 그에게 '집'으로의 귀속을 강제하는 성격으로 나타난다. 때문에 그는 '집'(혹은 '아버지')에 대한 반항의 방법으로 우선 일본의 휴머니즘적 이념을 받아들이고, 나아가 그 이념과 현실 사이의 커다란 괴리에 직면하여 처음으로 '민족'이념을 발견한다. 이것이 2세대에게 '반쪽바리'의 길을 걷게 하는 필연적 경로의 기본 원리이다.

그러나 말할 필요도 없이 이러한 일본인화의 길은 '민족'이념에 있어 최대의 위기이다. 이회성은 '집'과 격투하는 2세대의 모습을 그리면서도, 그럼에도 불구하고 결국 일본인이 된다는 것이 재일의 불우성을 결코 수면 위로 드러내는 것은 아니라는 것을 보여줌으로써 다시 한 번 2세대에게 '민족'이라는 이념이 필연적인 방법임을 확인시킨다.

'재일'의 '사상'이 이러한 고비를 맞는다는 것은 무슨 의미일까. 그것은 '재일'은 항상 다양한 위기에 노출되지만, 결국 자기의 진리로서 '민족'이라는 뿌리를 지속적으로 찾아간다는 것을 의미하는 것이 **아니다.** 오히려 '재일'이 자신의 불우감을 해소하고 살려고 할 때 반드시 일본이라는 공동성의 벽에 부딪치며, 따라서 마지막에는 어떻게든 이 공동성에 대항하는 형태로 스스로의 이념(= '민족')을 세울 수밖에 없다는 것을 의미하는 것이다.

이러한 장면에 강신자가 말하는 '아주 보통의 재일한국인'이라는 감수성의 실상은 매우 흥미로운 의미를 지니게 된다.

많은 재일지식인에게 이러한 '아주 보통의'라는 형용사는 강한 위화감을 야기하는 단어임에 틀림없다. 애절한 차별체험도 갖지 않은 채 일류대학을 졸업하고, 일류기업에 들어간 강신자와 같은 인간의 어디가 '아주 보통의 재일한국인'이라고 말할 수 있을까. 오히려 아무리 발버둥 쳐도 쉽게 일본사회에 수용될 수 없는 대다수의 재일이 진짜 '아주 보통'의 사람일 것이다.

그러나 한편으로 강신자가 자신의 감수성의 실상을 표현하기 위해 '아주 보통의'라는 말을 쓴 이유도 분명히 있다. 아마 강신자는 누가 봐도 매우 솔직한 자질을 가지며, 마음에 굴절된 상처를 남기지 않고, 곤란한 일에 부닥치면 항상 적극적으로 노력하는, 즉 '아주 보통'의 일본인이 일반적으로 좋은 가치라고 느끼는 인간관 내지는 사회성을 가지고 있을 것이다.

과격한 내셔널리즘과 '정치' 관념을 싫어하고, 민주주의적이며 휴머니스틱한 그녀가 사회와 인간에게 품는 신뢰감은 물론 그러한 의미에서 '일본인적'이다. 그러나 만약 그녀가 일본인으로 살고 있다면 이러한 감수성은 일부러 주장되어야 할 이유가 없다고도 할 수 있다. 그런데 강신자는 자신이 생각하기에 '아주 보통'의 감수성이 어째서 '재일'의 일반적인 감수성과는 서로 기이한 형태로 틀어져 버린 것일까를, 자기 스스로 확인하지 않을 수 없었던 것이다.

분명히 '재일'은 이와 같이 기묘한 장소를 말한다.

많은 재일지식인과 강신자 사이가 서로 통하지 못하고 어긋나 버리는 이 '아주 보통의'라는 말의 오차는 도대체 어디서 유래하는 것일까.

강신자로 상징되는 감수성은 어떤 의미에서 이회성이 말하는 '반쪽바리'라는 통로를 전형적으로 보여준다고 할 수 있을 것이다. 그러나 이회성이 그리는 과정에서 '재일'은 거절당하는 일본사회의 벽에 부딪쳐서 '반+일본인'이라는 모습으로 **소멸되지만**, 강신자의 감수성은 오히려 '아주 보통의'라는 모습으로 계속해서 유지된다. 그 이유는 물론 어쩌다 강신자에게 일본사회가 자기 삶의 욕망을 받아들이고 그것을 유지시키는 공동체로서 열려 있었기 때문이다.

나는 이것을 비난할 마음은 없다. 강신자는 여전히 많은 장면에서 '재일'이 그러한 길을 가지지 못하는 사정에 대해 약간은 낙천적으로 그려내지만, 그래도 그녀는 자신의 삶의 가능성을 부인하는 '재일'의 세계관에 대해서 결코 반동적인 사고방식을 만들어 내고 있지는 않기 때문이다.

3.

　강신자로 상징되는 '재일'의 새로운 감수성의 등장은 나에게 다음과 같은 것을 가르쳐 준다. 만약 일본사회가 '재일'을 수용하지 않는다면, '재일'이 비로소 붙잡은 민주적이며 인간적인(일본인적인) 사회관과 인간관은 결코 계속 유지될 수 없으며, 따라서 ('재일'은) '민족'이라는 대항적인(일본의 공동성에 대한) 공동 이념에 필연적으로 도달하게 된다. 그러나 이것을 역으로 말한다면 어쩌다가 일본사회에 받아들여질 수 있는 기회를 얻은 '재일'에게는 '민족' 이념이 유지되지 못하고 완전히 스러져 가는 것이 자연스러운 결과가 된다는 것이다. 그것이 '다양한 재일'이라는 새로운 아이덴티티 형태의 근저에 잠재하는 사정이다.

　이것은 또 다음과 같은 것을 의미한다. 다시 말해 실은 '남인가, 북인가', '민족인가, 동화인가', '민족인가, 재일인가'와 같은 '재일' 문제의 범형範型은 '재일'의 불우 의식이 일본사회라는 문과 대면하여, 그 문이 열리는 방식에 호응하여 표현되어 온 공동성을 향한 갈망의 모습이라는 것이다.

'재일'의 '민족'이념이란 무엇인가. 그것은 우리가 사실 '민족'으로서 일체라는 것을 가리키는 것이 아니다. 오히려 그것은 한편으로 본국의 공동체로부터도 거부되고, 다른 한편으로 일본의 공동체로부터도 거부된다는 사실에 의해, 소위 그 아이덴티티의 불안을 부정하려는 동기에서 나타난 우리들의 위기의식의 표현인 것이다.

그렇다고 하면 실은 우리들은 기묘한 역설 가운데에 놓여 있는 것이 된다. 왜냐하면 앞에서 내가 언급했듯이, '재일'의 '민족'이념은 패전 후 역사에서 항상 붕괴의 위기에 노출되어 왔는데 '민족'이념이 '재일'의 불우성을 잘 표현하기 위해서는, 바로 그것이 끊임없이 위기에 노출되어야 하기 때문이다.

강렬한 에로스를 지닌 말로 '민족'이라는 이념이 많은 '재일'을 붙잡는 것은 왜일까. 그것은 '민족'이념이 스스로의 존재를 둘러싼 꺼림칙함을 없애 줄 새로운 삶의 방식의 원리와, 자신이 살아갈 수 있는 새로운 공동체의 가능성을 보여주기 때문이다. 또한 '재일'이 많은 '반쪽바리'(즉 일본사회의 인간관)의 환상 안에 머무르지 못하고 '민족'이념으로 기우는 이유는 무엇일까. '나는 일본인과 마찬가지로 "아주 보통의" 인간이다'라는 아이덴티티는 일본 공동체가 '재일'을 거절하는 한 "성과 없는"(결국 배신당하게 된다) 아이덴티티로 끝나기 때문이다. 그리고 바로 이러한 사정에 의해 '민족'이라는 이념은 우리들에게 기묘하게 이치에 어긋난 것이 된다.

그것은 도대체 무엇을 말하는가.

'재일'에게 불우성이란 사람이 자기 공동체의 뿌리를 빼앗기고 그 본래 모습을 은폐당하는 상황을 의미하는 것이 **아니다**. 오히려 사람이 언제나 공동체에서 이질적인 존재로 쫓겨나게 된다는 상황 그 자체를 말하는 것이다. 그렇다면 '민족'이라는 이념은 한편으로 이 상황을 끝내어 공동체를 찾아내려는 노력을 의미하지만, 다른 한편으로 언제나 자신을 거부하고 내쫓으려 하는 공동체에 대한 근본적인 낯설게하기의 표현 그 자체인 것이다.

이처럼 '재일'의 '민족'이념은 그것이 유래한 가장 깊은 근거에 의해 이율배반적인 두 가지 동기, 즉 하나의 공동체로부터 쫓겨남으로써 다른 하나의 공동체를 열망하는 동기와, 공동체가 지니는 배외적인 원리 그 자체에 반항하며 그것에 끊임없이 이의를 제기하려는 동기를 가지고 있다고 할 수 있다.

예컨대 내가 김학영이라는 작가를 단서로 다루고 싶었던 것은 '재일'이라는 상황에서 바로 후자의 동기가 보여주는 지층이었다.

김학영의 문학은 나에게 다음과 같은 '재일'의 모습을 떠올리게 했다.

공동체로부터 거부당할 때, 사람은 물에 빠진 사람이 지푸라기를 붙잡으려 하는 것처럼 어떠한 공동적인 이념을 붙잡으려 할 수밖에 없다. 자신을 수용하는 현실의 공동체가 당장 존재하지 않는 경우, 누구라도 우선 상상의 세계 속에서 그 가능성(이념)을 그리기 때문이다. 이때 이회성이 그린 일본인(이려고 하는 것) — 반일본인 — 민족이라는 경로는 당시 많은 2세대에게 대부분 피하기 어려운 길이었을 것이다. 그런데 김학영의 문학에서 우리들은 하나의 불가사의한 광경을 보게 된다.

그의 주인공들은 바로 '재일'의 불우성이라는 장소에서 벗어나 일본사회 안에서 붙잡을 수 있는 가능성에 공을 들이려고 **간절히 바라지만**, 그럼에도 불구하고 그 전부로부터 내쫓긴다. 하지만 이때 중요한 것은 이들이 어떤 이념이나 '이야기'로부터 자유롭게 존재하고 싶다는 의지에 의해, '재일'의 아이덴티티로부터 분리되지는 않는다는 사실이다. 김학영의 주인공들이 인간은 모든 아이덴티티로부터 자유로워야 한다고 생각하는 것은 아니다. 오히려 자신의 부성(負性)이나 불완전함을 없애줄 어떤 형태의 아이덴티티를 간절히 바람에도 불구하고 그러한 장소로부터 내쫓겨 버리는 것이다. 이 점에 우리들은 충분히 주의할 필요가 있다.

왜냐하면 항상 공동체로부터 쫓겨난다는 바로 그 사실을 통해서, 김학영의 문학은 세계와 유화할 수 없는 인간의 상황 그 자체를 '재일'이라는 삶의 광경에서 포착하여 독자 앞에 제시하기 때문이다.

물론 이것이 꼭 '재일'의 '민족'이념의 '허망성'을 알리는 것은 아니다. 차별에 의해 불우성을 출발점으로 가진 '재일'에게 삶의 현실적인 과제는 우선 어디까지나 자신을 수용해 줄 현실의 공동체를 찾아내는 것이며, 그것이 불가능하다면 그 **가능성**(이념 내지는 '이야기'라는 형태로)을 발견하는 것이다. 그리고 지금 가능한 방법으로는, 일본사회(혹은 본국의)의 공동체를 열린 것으로 바꾸는 것과, 가능성으로서의 (이념으로서의) 공동성을 **현실로 만들어** 가는 것, 이 두 가지 선택밖에 없다.

그것이 얼마만큼의 커다란 곤란함을 안고 있으며, 또한 가령 살아가는 동안에는 실현하기 어려운 것이라 할지라도, '재일'이 저 불우성을 **완전하게 해소하려는 욕망을 가지고 있는 한** 그것 이외에는 다른 방도가 없다.

그러나 나는 여기에 하나의 물음을 제기하고자 한다.

공동체로부터 거부된다는 불우성은, 분명히 우리들이 어떤 형태로든 별개의 공동체(자신을 거부하지 않는)를 발견하고 거기에 속함으로써 해소될 것이다. 하지만 그것에 의해 우리들의 삶의 불우감이 완전히 해소될까.

이 물음에 대한 가장 단순한 대답은 이러할 것이다. 우리들이 가장 이상적인 공동성을 이념으로서 상상하고 그것을 실현할 수 있다면 모든 것이 해결될 것이라고.

그러나 이 대답은 당연히 다음의 측면을 내포할 것이다.

만약 '재일'의 '민족'이념이 이러한 **이상의** 공동체에 대한 전망을 가지지 않는 것이라면, 이 '민족'이념은 그저 인간의 다양한 삶의 어려움 가운데 **일면**을 달랠 수 있는 것에 지나지 않을 것이다. 즉 이것은 커다란 공동체로부터 쫓겨난 인간을 다른 커다란 공동체로 되돌리는 노력을 의미하는데, 이 노력은 **하나의** 공동체 내부의 갖가지 모순에는 손을 댈 수가 없을 것이다.

예를 들어 '재일'이 모두 통일조선으로 돌아간다면 피차별에서 기인한 불우감은 혹 해소될지도 모르지만, 그 과정에서 사회의 다양한 모순이 해결된다는 전망은 어디에서도 찾을 수 없기 때문이다. 바로 그러한 직관이 지금 '재일'의 '민족'이념을 커다란 위기에 노출시키고 있는 것처럼 생각된다.

지금 살펴본 것처럼 '재일'의 '민족'이념은 이제까지 항상 사회주의적 전망을 이론상의 토대로 삼아 왔고, 그러한 관점에 한해서는 꽤 강한 설득력을 지녀왔다. 그렇지만 현재 우리들은 누구도 이상사회에 도달할 확실한 방법을 자명한 형태로 제시하기 어렵다는 곤란에 직면해 있다. '재일'의 새로운 세대가 오히려 일본사회의 공동성을 열어갈 가능성을 의식하기 시작한 것은 그 때문이다. '재일'의 '민족'이념은 이러한 움직임에 의해 한층 위기를 의식하고, 또한 그 위기의식에 촉발되어 더욱 더 이 이념을 소리 높여 주장할 수밖에 없게 되었다.

4.

'재일'인 우리들이 다양하게 발버둥치면서 어떤 형태의 이념이나 이야기 그리고 생활 방식의 원리를 붙잡으려는 근본 이유는 눈앞의 어떤 세계가 자신을 거부한다는 사실에 절망한 결과, 자신을 수용해 줄 새로운 세계를 욕망하기 때문이다. 가령 그러한 세계를 붙잡는다면 자신의 삶이 해방될 것이라고 착각하는 경우에도 이 욕망에는 하나의 본질적인 성격이 있다.

예를 들어 낡은 형태의 '재일'이념 속에서 스스로를 해방하고 싶다는 욕망은 현재 **자신이 속해 있는 공동체**(= 일본사회)에 손을 대어 그것을 개변해 간다는 방법과는 분리되어 있다. 여기서 문제는 새로운 공동체(= 민족)를 찾아내는 것일 뿐 지금 속해 있는 공동체를 바꾸어 가는 것이 아니기 때문이다. 그러므로 이러한 상황에서 사람은 자기와 세계의 관계에서 하나의 절대감정을 목표로 하게 된다.

이 절대감정은 독특한 것이다. 이것은 왜 이 사회가 차별이나 배제의 원리를 가지고 있으며 어떻게 하면 그것을 개변해 갈 수 있는가라는 물음에는 향하지 않고, 그저 자신의 '진짜' 세계(공동체)를 갈망하고 그 것을 붙잡지 않고서는 삶 그 자체가 무의미하다는 감정만을 강하게 지 니고 살아가게 한다.

'재일'의 상황에서 사람들은 자신의 존재 이미지를 극한까지 해방시 키고 싶다는 절대감정을 가진다. 그 이유는 재일이라는 상황에서 자신 의 삶의 불우감은 세계와 자기가 근본적으로 분열되어 있다는 데에서 유래한다고 느껴지기 때문이다.

하지만 실제로 '재일'이 다양한 형태로 떠안고 있는 삶의 어려움은 그들이 자신의 공동체를 찾아내고 그곳에 속하는 것만으로는 결코 완 전히 해결될 수 없다. 이것은 도대체 무엇을 의미하는가.

이는 공동체의 이상이 인간의 다양한 모순에서 결코 최종적이거나 본질적인 해결이 아니고 그 일부의 해결을 의미할 뿐이라는 말이 아니 다. 오히려 우리들이 다른 어느 것과도 교환하기 힘든 욕망으로서 자신 의 공동체를 발견하고 그곳에 속하고 싶어 한다는 목표를 가진다면, 실 은 이 욕망은 그것이 구체적으로 가지고 있는 목표를 훨씬 넘어선 무언 가를 목표로 하고 있는 것이다. 따라서 만약 우리들이 '민족'이라는 이념 에 자기의 아이덴티티만을 포함시킨다면 이 목표는 우리들 본래의 욕 망과 영원히 중첩되지 않을 것이라고 나는 말하고 싶은 것이다.

'재일'이 가장 깊은 장소에서 맺고 있는 본질적인 배리(背理)란 무엇인가.

우리들이 자신의 삶 안에서 발견하는 여러 모든 불우성을 단지 **자신 이 속해야 할 공동성의 부재**라는 유래에 연관시켜 갈 수밖에 없다는 것. 그로인해 사상의 언어가 결코 그 본래의 욕망에 **상관**하지 않는다는 것.

바로 이것이 '재일'이라는 **상황이** 안고 있는 가장 위험한 배리인 것이다.

그럼 여기에서 '재일'의 사상이 끝내 다다르게 될 난문難問의 가장자리까지 시선을 넓혀 보자.

일찍이 나는 자신의 불우감에 최종적으로 상관할 수 있는 것은 오로지 마르크스주의가 시사하는 세계 변혁의 전망뿐이라는 소박한 직감을 갖고 있었다. '재일'의 민족이념은 그 이전에 마르크스주의의 변혁이념을 가질 것이라고 생각했기 때문에, 아마도 이때 나와 '민족'이념 사이의 거리는 훨씬 가까웠다. 그런데 어느 날 내 안에 하나의 이미지상의 변용이라고 할 만한 것이 일어나면서 마르크스주의의 세계 변혁이란 전망에 커다란 균열이 생겼다.

여기에서 사상으로서의 마르크스주의에 대한 논리적인 이의제기를 자세하게 할 수는 없지만, 나에게 일어난 이미지상의 굴절에 대해서는 간단히 말해 볼 수 있다.

마르크스주의의 전망에 이끌린 국가사회는 과연 인간의 모순을 완전히 제거할 수 있을까. 내 안의 다양한 지식과 형상을 전부 동원하여 고민한 끝에 나는 인간 존재의 모순을 완전히 해방할 수 있는 사회는 결코 존재할 수 없다는 결론에 도달했다. 한마디로 말하면 혁명 이후 인간이 어떤 불우감도 없이 충족하면서 살 수 있을까라는 의문에 직면했을 때 나는 스스로가 가지고 있었던 과거의 세계상이 강하게 꺾여 버리는 느낌이 들었다.

나는 그저 자신의 이미지에 속고 있는 것이 아닐까.

그렇지 않다고 생각한다. 예를 들어 나는 자신에게 이렇게 **반론**해본다. **완전한 사회**란 원래 하나의 이념(이상)에 불과하다. 그렇지만 그렇다고 해서 그것이 곧바로 이상에 다가가려는 인간의 노력이 전혀 무의미하다는 것을 의미하는 것은 아니다. 그러나 이 대답은 이러한 측면에서는 옳겠지만 아무래도 나를 납득시키지 못한다.

우리가 사회의 커다란 모순의 소재를 발견하고 그것을 끊임없이 개혁하려고 노력한다는 것의 **내재적**인 의미는 도대체 무엇일까. 내 생각으로 그것은 두 가지를 의미한다. 하나는 그것에 의해서 우리가 '사회'라는 것을 믿고 그 안에 살고 있는 타인의 인간적인 윤리와 노력을 신뢰한다는 것이다. 다른 하나는 이러한 '신뢰'의 공동성 안으로 들어가면, 그곳에서는 인류와 국적 그리고 신체적 핸디캡에 의해 거부당하지 않고 타인과 자유로운 관계를 맺는 것이 가능하다는 것이다.

그렇지만 중요한 것은 이 두 가지 모두 최대한도의 지점에서 우리들 내부의 절대감정에는 결코 상관하지 않는다는 점이다.

우리는 어떤 전망에 의거하여 현실적인 과제를 스스로 떠맡을 때 실은 거기에서 자신의 공동체(어떤 신념의)를 발견하며, 그로 인해 처음의 불우성에서 반쯤 해방된다고 해도 좋다. 실제로 그런 길을 우리들은 걸어온 것이다. 이미 봐 왔듯이 어떤 사람은 그리스도를 믿고 어떤 사람은 실존주의자가 되며, 어떤 사람은 민족주의자 등이 되었다.

이제 분명해졌지만 우리가 어쨌든 자신에게는 실현되지 않을 이상을 떠안고(그러니까 그 이상이 진실인가라는 확정은 당장 엄밀하게는 문제가 되지 않는다), 그 이상을 향해 노력하는 것, 그것이 가지는 최대한의 의미는 현실의 공동체로부터 쫓겨나는 대신에 어떤 형태의 '신뢰' 공동체를 발견할 수밖에 없다는 것이다. 그것은 확실히 자신의 불우성을 소멸시키고 싶다는 우리들의 욕망에 들어맞는다.

그러나 그 불우성에서 시작된 '진실한' 세계에 도달하고 싶다는 대체하기 어려운 욕망은 이른바 **여러 가지** '신뢰'의 공동체 안에서 부유하게 될 것이다. 어떤 자는 그리스도를 믿고, 어떤 자는 어떤 형태의 주의를 믿고, 또 어떤 자는 어떤 형태의 사상을 믿는다. 그리고 각각 동료들과 함께 살아간다. 그러나 이 풍경은 아슬아슬한 곳에서 자신이 소유하며 속해 있는 '신뢰'가 상대적인 것에 지나지 않을지도 모른다는 의심에 이끌리게 된다. 게다가 저 '진실'을 향한 욕망이 강하게 유지되는 만큼, 자신이 획득한 '신뢰'가 절대적으로 유일한 것이라는 확신은 상대화된다.

내가 여기서 말하려고 하는 것은 사회를 변혁하려는 꿈이 만약 그 전망이 확실한 '올바름'에 기초하지 않는다면, 결국 그것은 다양한 상대적인 '신뢰' 중 하나에 몸을 의탁하는 것으로 끝날 뿐이라는 것을 의미하는 것이 아니다. 즉 우리들의 '진실'을 향한 욕망은 확실한 '올바름'을 소유하는 것을 전제로 할 때 비로소 가능성을 가진다고 말하고 싶은 것이 아니다.

나는 만약 우리들이 확실한 '올바름'이라는 것을 가질 수 없을 때, 그 절대감정을 연명시킬 수 있기 위해서는 어떠한 형태가 가능할까라고 묻고 싶은 것이다.

나는 다음과 같이 생각한다. 이것이야말로 유일한 길이라고 납득할 수 있는 방도를 누구도 제시할 수 없는 상황에서, 우리의 절대감정은 어떤 임의의 '신뢰'(의 공동체)에 몸을 의탁하는 것에 의해서가 아니라, 우선은 어떤 '신뢰'의 공동체로부터도 떨어져서 무릇 다양한 공동체가 서로 자기를 주장하는 '세계'의 상대성에 대해 지속적으로 이의제기를 함으로써 가까스로 자기의 마지막 가능성을 발견하는 것이 아닐까라고 말이다.

'재일'이라는 **상황**의 불우성에서 나온 우리의 절대감정이란 원래 '항상 삶의 진실을 포착하려는 갈망'을 의미한다. 우리들은 자신이 돌이킬 수 없이 빠져 가고 있다는 의식 속에서, 이 절대감정을 단지 한 가닥 삶의 가능성의 지푸라기로 움켜잡으려 할 수밖에 없다. 따라서 이 절대감정은 본래 하나의 '불행한 의식'이다. 인간은 누구나 이 '불행한 의식'을 부정하고 유화하려는 욕망을 안은 채 삶의 길을 찾기 시작하며 또한 이 의식은 유화되어야 한다. 다양한 공동체라는 것은 이러한 의미에서 인간의 삶에 없어서는 안 될 것임이 틀림없다.

그러나 그것을 유화할 수 없는 인간, 그것을 유화하려는 어떤 노력으로부터도 버림받는 길로 들어선 자는 어떻게 할 것인가. 그는 이 세상에서 인간의 일상적 노력과는 언제나 다른 방향으로 향하는 '진정한 욕망'이라는 것이 존재하는 이유를 알 것이다. 또한 우리들의 세계에 대한 낯설게 하기가 몇 번이고 공동체를 향한 욕망 속에서 상대화되고 유화되려 하여도, 이상을 모색하려는 노력이 그 도중에 어떤 커다란 난문과 모순에 부딪혀도, 그럼에도 세계로부터, 현재 존재하는 세계를 뛰어 넘으려는 욕망이 끊임없이 일어나는 이유를 알 것이다.

'재일'이란, 공동체의 틈새에 있기 때문에 그 첫 불우성이 시작되고, 그로 인해 세계에 대한 낯설게 하기가 생겨나는 사건의 한 현장이다. 따라서 '재일'이란 한편으로 이 불우성을 없애고 늘 자기 본래의 공동체를 꿈꾸려는 삶의 노력이라고 할 수 있다. 그러나 또한 이 꿈꾸는 능력의 **불가피함**은 현재 자신이 존재하는 세계와 공동체를 끊임없이 넘어서려는 인간에 내재한 욕망의 깊은 근원을 우리들에게 알려 준다.

'재일'이라는 것

　'재일'일본인이라는 말이 있다. 자신이 어쩌다가 일본이라는 사회에서 태어나 그곳에서 생활하는 것에 불과하다는 것을 강조하는 말이다. 이 말에는 차별받는 마이너리티로서 '재일'조선인과 재일한국인에 대한 심리적인 연대감도 표명되어 있는데, 나는 이 말에서 어떤 답답함을 느낀다. 일본인으로서의 내셔널·아이덴티티를 굳이 부인하고자 하는 이 말은, 재일조선인과 재일한국인이라는 말 속의 '재일'과는 매우 큰 간격이 존재한다.

　일찍이 재일조선인과 재일한국인에게 '재일'이란 근대 일본의 침략 행위가 가져온 결과로서 발생한 현상을 의미하고 있었다. '재일'은 이국에서 차별받는 마이너리티였고 그에 대한 이의 제기는 '민족주의'라는 형태로 나타났다. 공동체간의 억압 관계에서, 지배받고 차별받는 공동체가 '대항이념'(카운터·이데올로기)으로서 '민족주의'를 형성하는 것은 거의 보편적인 사태이기 때문이다.

약 10년 전에 나는, 「'재일'이라는 근거」라는 재일조선인 작가론을 썼다. 여기에는 경위가 있다. 청년시절 나는 보통 많은 '재일'이 선택하는 '민족적' 아이덴티티를 확립하는 길을 거치지 않았다. 그렇다고 해서 일본인인 척 하려 한 것도 아니다. '조선인'에도 '일본인'에도 정체성을 일치시킬 수 없었던 내게 이 문제는 풀리지 않는 수수께끼였다.

그때 우연히 만난 것이 김학영이라는 작가이다. 김학영은 '재일'이라는 문제를 완전히 새로운 모습으로 표현하였다. 재일이라는 삶의 문제는 "어떻게 민족적 아이덴티티를 획득하는가"라는 것에 환원될 수 없다, 오히려 차별 받는 인간은 "어떻게 자신에 대한 마이너스적 존재 규정을 부정할 수 있는가"라는 실존상의 과제에 반드시 부딪힌다, 민족적 아이덴티티는 이 과제 안에 나타나는 다양한 길 중 하나에 불과하다, 이것이 내가 김학영으로부터 받아들인 목소리의 핵심이었다. 김학영의 작품을 읽고 처음으로 나는 나 또한 틀림없이 '재일'이라는 존재 규정을 받고 있는 자라는 것, 그뿐 아니라 오히려 자신과 같은 "어중간한" '재일' 안에 '재일'이라는 것의 현대적인 보편성이 있을지도 모른다는 것을 이해했던 것이다.

일반적으로 마이너적인 에스니시티의 일원으로 있는 것과 어떤 형태의 '낙인찍기'로 차별받으며 존재하는 것, 이것은 '공동체'라는 원리 자체에 대해서 심리적으로 반발하거나 그것을 부인하는 것과는 완전히 다른 것이다. 여기에 '재일'일본인이라는 말 속의 '재일'과 '재일'조선인과 '재일'한국인이라는 명칭 속의 '재일'과의 차이가 존재한다.

우리는 우선 자신의 존재를 '꺼림칙한 것'과 '마이너스적 가치'로 여기고 살기 시작한다. 그리고 이것을 어떤 형태로든 간에 '플러스적 가치'로 전환하지 못하면 자기 삶을 긍정하는 가능성을 거의 잃어버리게 되는 것이다.

김학영은 그때까지의 '재일'의 민족주의를 이러한 실존 조건을 가진 인간의 아이덴티티 획득을 위한 '이야기'의 형성으로서 비추어 냈다. 즉 마이너리티의 에스니시즘의 본질을 각자의 실존 조건의 문제로서 "보편적으로" 포착했다고 해도 좋다. 그것이 "보편적"이라는 것은 이러한 과정을 어떠한 마이너리티 내지는 '낙인찍힌' 인간도 반드시 경유해야 한다는 것을 의미한다.

내가 보기에 이러한 모티프로 확실하게 결실을 맺은 문학은 일본문학이나 '재일'문학의 어디에도 존재하지 않는다. 그리고 김학영의 작업은 말하자면 '재일'이라는 말의 수준을 한 단계 높인 것이다.

어떤 의미에서 현재 '재일'이라는 말은 '국제화'와 '균질적인 내셔널리티의 해체'와 같은 현대적 문제와 깊이 관련되어 있다. 즉 '재일'이라는 말은 **적극적으로는** '다양성을 인정하는 사회'를 만들기 위한 키워드가 되고 있는 것이다. 그러나 나는 다시 한 번 작가 김학영이 문학적으로 표현했던 '재일'이라는 말의 의미에서 일본인의 주의를 환기시키고 싶다.

그것은 피차별집단의 아이덴티티를 존중하거나 공동체 상호의 아이덴티티를 서로 인정해준다는 현대적인 이념과 통하는 것이 아니다. 또한 모든 아이덴티티를 혐오한다는 새로운 '이야기'와도 맞지 않다. 그것은 그저 어떤 아이덴티티(이야기)로부터도 "외면당해"버린 불우한 삶의 비유로서만 받아들여질 수 있다. 이에 대한 감도가 부족하다면 우리는 인간의 삶의 조건에 대한 중요한 상상력을 고갈시키게 될 것이다.

세 개의 이름에 관하여

　나는 세 개의 이름을 가지고 있다. 재일조선인으로서의 호적명(본명), 일본에서의 통명, 그리고 필명이다. 그중 다케다 세이지라는 필명만큼은 스스로 지은 것이다. 나머지는 모두 남이 정해준 것이다. 그것에 무언가 의미가 있는지 어떤지 모르겠지만 그것의 경위를 상기해 보려고 한다.

　알고 있는 사람도 있겠지만 재일에게는 '본명'의 문제라는 것이 있다. 재일조선인, 한국인의 부모 세대는 보통 일본명을 사용해온 경우가 많다(이것은 지난날의 창씨개명정책에서 유래한다). 자녀들은 대부분 어느 시점에 자기 집안의 '본명'을 알고, 복잡한 생각으로 이것을 은밀하게 껴안고 살아간다. 머지않아 그들은 청년기가 되어 자신의 '민족'을 자각한다. 그리고 많은 경우 '민족'의 자각은 '본명'을 적극적으로 "밝히는" 것으로 이어진다.

나의 집안에서는 예전부터 '나카타 ▯▯'라는 일본명을 사용해왔다. 내가 조선인은 당연히 본명을 밝혀야 한다고 생각한다는 것을 안 것은 대학에 입학하고부터로 그때까지는 자신의 '통명'에 대해서 깊게 생각해본 적이 없었다. 하지만 나는 민족파 청년이 아니라 마르크스 청년이었으므로 강姜이라는 이름에 특별히 애착도 생기지 않았다. 또한 나는 사회파가 아니라 실존파였으므로 스스로는 **우연히** 조선인으로 태어난 것이라고 생각하고 있었다.

민족명을 밝히는 것은 일종의 자기규정을 행하는 것이다. '민족의 일원으로서' 살아간다는 생각에 익숙해질 수 없었기 때문에 결국 나는 대학에서 일본명을 사용했다.

그러다 대학을 나오고 나서 여러 동포와 마주치며 거기에서 처음으로 강カン이라는 '본명'을 사용하게 되었다. 내가 강姜이라는 성姓을 사용하기 시작했던 것은 민족적 자각 때문이 아니다. 요컨대 주위의 동포들이 나를 그러한 사람으로 간주했기 때문이다.

"이름이 어떻게 되세요?"

"나카타입니다."

"아니오, 본명 말입니다만."

"강입니다. 강소운의 강입니다."

"아, 강 씨입니까?"

재일조선인은 '민족명'을 당연히 밝혀야 한다는 생각에 나는 익숙해질 수 없었다. 하지만 '일본명'을 사용하고 있었던 것도 응당 그래야 한다고 적극적으로 생각했기 때문은 물론 아니다. 주변의 친구들은 내가 재일조선인인 것을 잘 알고 있었지만 '민족명'으로 나를 부르려고 하는 사람은 없었고 왜 '민족명'을 밝히지 않는가라고 묻는 사람도 없었다. 친구들은 나를 '나카타'라고 불렀으며 그것을 특별히 이상히 여기는 사람은 없었다. 결국 나는 주변 사람이 자신을 그렇게 간주하는 것에 따르고 있었던 것에 불과하다.

　대학을 나오고 나서 마주쳤던 동포들은 나를 '강'이라는 인물로 간주했다. 그것에 저항할 만큼 '일본명'을 고집할 이유도 없었고, 또 나의 생각을 만나는 사람마다 일일이 설명하는 것은 불가능했다. 나는 자신이 어떤 사람인가는 스스로 결정할 수 없는 것이라는 것을 이때 이해했다. 그때 이후 나는 이러이러한 사람으로 **간주당하는** 것에 익숙해지게 되었다. 그러한 사정으로 나의 경우는 강이라는 '본명'을 적극적으로 "밝혔다"라기보다 그저 그것을 감수했다는 것에 지나지 않는다.

　그러한 케이스가 또 하나 있다. 대학 재학 중에 어머니가 이름을 바꾸라고 하셨다. 나의 이름, 호적명은 '정수正秀'이다. 이것을 '수차修次'로 바꾸고 반드시 친구, 지인들에게도 그렇게 불러주도록 하라는 것이다. 이름 운세를 본 바로는 그때 사용하던 이름이 반드시 커다란 액운과 재앙을 부른다고 하는 모양이다. 이것은 난제였다.

　이름에 구애받는 성격은 아니지만, 이십 년이나 사용해왔던 이름에는 그 나름의 애착이 있다. 무엇보다도 당시 젊었던 나는 어머니가 이름 운세를 보았다는 이유로 이름을 바꾸기로 했다고 친구들에게 말하기가 곤란했다. 그러나 어머니는 강경하게 바꾸도록 명령했다. 결국 그것을 받아들인 것은 어머니가 그와 같이 말한 이유에 짐작되는 바가 있었기 때문이다.

나는 몸이 튼튼하지 않았다. 어머니는 그것을 패전 직후의 식량난 때문이라고 굳게 믿으며 내 몸만 걱정하고 있었다. 어머니에게 액운과 재앙은 아들의 중병과 결부되어 있었던 것 같다. 어머니에 대해서는 항상 자기주장을 고집하고 있었지만 이때는 역시 어머니의 애정을 느끼고 양보했다. 덕분에 나의 이름은 점점 더 늘어나게 되고 말았다. 그 이후 나는 어느 작명가가 붙인 '수차修次'라는 이름을 사용하게 되었다. 지금은 호적명인 '정수正秀'라는 이름으로 나를 부르는 사람은 아무도 없다. 이 이름은 죽어버린 것이다.

한편, 『재일이라는 근거』의 책 후기에 썼던 것이지만 다케다 세이지라는 필명은 다자이 오사무의 소설 『치쿠세이竹青』로부터 따온 것이다. 처음으로 문장을 썼을 때 이름을 어떻게 할까 잠깐 생각했다. 생각 끝에 내가 좋아하는 소설에서 이름을 빌려 쓰기로 했다.

대부분의 '재일'에게 "글을 쓰는 것"은 '본명'(혹은 민족명)을 적극적으로 "밝히는" 문제와 떼어놓을 수 없다. 쓰는 것은 자신의 '귀속'(아이덴티티)을 확립하는 것과 하나가 되기 때문이다. '민족명'을 밝히는 것은 말하자면 '조선민족의 일원으로서' 무엇을 말하는 것이다. 그런데 나는 '조선민족의 일원으로서' 무엇을 꼭 말하려고 한 것은 아니었다. '민족명'을 "밝히지" 않았던 내 나름의 이유가 여기에 있었다.

속물인 아내를 세차게 후려치고 가출했던 주인공 어용魚容은 까마귀의 화신인 아름다운 치쿠세이竹青와 만나서 속세계俗世界를 망각하고 소설의 세계에서 살아가려고 하지만 오왕묘吳王廟의 신神으로부터 주의를 받고 실의에 빠져 자신의 집으로 되돌아간다. 하지만 속물인 아내의 신체에 이변이 일어나서 그녀는 치쿠세이竹青로 변신해 어용魚容의 귀로를 기다린다. 『치쿠세이』는 그러한 이야기다.

다자이 오사무는 어린 시절부터 내 문학의 '신神'이었지만 그중에서도 이 단편을 나는 아주 좋아했다. 그 이유는 지금 돌이켜 생각해보아도 잘 이해할 수 있는 기분이 든다. 젊은 시절의 열정에는 터무니없는 것이 있다. 우리들은 그것을 잘 억누르지 않고는 살아갈 수 없다. 그러나 또한 그것을 모조리 억눌러 버려도 살아갈 수 없다. 청춘이란 것이 나에게도 드리웠던 것은 그러한 성가신 문제였다. 『치쿠세이』라는 소설은 이 난제를 완벽하게 풀어내고 있는 것은 아니지만 그 난제의 "존재 이유"를 언제나 나에게 가르쳐주었다.

이 문제는 나에게 있어서 '민족' 문제 이상의 것이었다. 자신의 '귀속' 문제는 청년시절의 열정 가운데 하나이다. 나는 그것을 보통의 재일청년과는 다른 형태로 가지고 있었다. 그것은 어쩔 도리가 없다는 것으로, 말하자면 하늘이 내린 운명이라고 할 수밖에 없다. 내가 다케다 세이지라는 필명을 지었던 것은 '귀속' 문제가 자기에게는 피할 수 없는 문제라고 느꼈기 때문이다.

왜 '재일'인 자者가 '민족명'을 쓰지 않고 '다케다 세이지'라는 일본식 필명을 사용하는가. 그와 같은 비난은 물론 예상했다. 재일조선인이 일본명을 자기 이름으로 쓴다는 것은 그것을 비난하는 편에서 말하자면 우선 자기 '민족'의 부인이라는 것을 의미하고, 다음으로 '차별'로부터의 도피를 의미한다. 한층 더 나아가, 글을 쓰는, 무엇인가 의미를 주장하는 사람이 그와 같은 태도를 취하는 것은, 재일조선인의 일본인화

경향을 조장하는 것이 된다는 것이다.

나는 그와 같은 비난에 맞서 정면으로 반론할 생각은 없다. '민족'에 아이덴티티를 두지 않는 사람은 모두 일본식 필명을 사용하는 것이 적당하다라고는 말할 수 없기 때문이다. 나는 내 나름의 내적인 이유로 그렇게 하고 있을 뿐이다. 이런 것은 대개 일반화할 수 없는 것이다.

예를 들면 작가 김학영이나『아주 보통의 재일한국인』을 쓴 강신자는 '김학영キム·ハギョン', '강신자カン·シンヅャ'가 아닌, '긴 가쿠에이きん·かくえい', '교 노부코きょう·のぶこ'라고 쓰고 있다. 이것은 '민족명'도 '일본명'도 아니다. 그들은 '조국'에도 '일본'에도 아이덴티티를 가지지 않은, 그와 같은 **어디에도 없는** 자신의 아이덴티티의 실상을 그러한 것으로서 표현한 것이라고 생각한다.

이러한 일에 불만을 갖는 것은 당치도 않다. '민족적' 아이덴티티를 확립한 사람은 '민족명'을 쓰는 것이 자연스러운 것이고, 그렇지 않은 사람은 '민족명'을 피하려고 하는 것도 마찬가지인 것이다.

어쨌든 그러한 구분에서 나는 '본명', '일본명', '통명', 그리고 '필명'이라는 여러 개의 이름을 가지게 되었다. 하지만 이것들에 대해 모두 말할 필요는 없다. 몇 개의 내 이름 가운데 사람들이 부르지 않아 친숙하지 않은 것은 없어졌고, 친밀감과 애정을 담아서 부른 이름에는 저절로 애착이 생겨난다. 어느 것이나 나의 이름인 것이다. 거꾸로 말하면 이것이야말로 나에게는 자신의 진짜 이름이라는 것이 없는 이유다. 그것으로 만족. 살아가는 데 있어서 불편함은 특별히 없다.

다자이 오사무는 "자신의 작품을 설명하는 일은 이미 작가의 패배라고 생각한다"라고 말했다. 나도 그러한 꼴사나운 일을 해버렸는지도 모른다. 다케다 세이지라는 필명은 내가 예전에 내 나름의 아이덴티티에 구애받았던 **흔적**이다. 정당화할 수 없으면 숨길 필요도 없다. 그것을 흥미롭게 여기는 사람이 있으면, 보잘 것 없게 생각하는 사람도 있는 것이다. 그것은 어쩔 수 없는 일이다.

다만, 지금 내가 생각하기에 아이덴티티라는 것은 결국 자기 마음대로 되지 않는다. 그것은 생활하는 가운데 **저 너머로부터 저절로 찾아온다.** 아이덴티티를 확립한다고 말하는 것은 기묘한 것이다. 그것은 오직 자기 안에서만 확립할 수 있는 것이다.

3부

'재일'문학에 나타난 '민족'의 현재

『유역으로』와 「진짜 여름」

　'재일' 2세 작가 이회성은 전작인 장편소설『끝이 보이지 않는 꿈』으로부터 13년의 침묵을 깨고 1992년 6월 장편소설『유역으로』를 세상에 선보였다.

　작가 자신으로 간주되는 소설가와 동행하는 르포작가가 카자흐스탄에 초대 받아 이전 시대에 일어난 대전人戰으로 아시아 주변에 방치된 재외동포의 현상을 자세히 살핀다는 줄거리이다. 이 소설에서는 대전으로 인해 조선 민족에게 야기된 큰 상처가 생생하게 남아 있으며, 조선 반도의 분단과 정치적 대립이라는 상황도 여전히 해결되어 있지 않다.

　작가가 이 장편소설에 담은 메시지는 쉽게 이해된다. 아마 이회성은 이와 같은 조선 민족의 비극을 오늘날 세계에서 발생하는 심각한 민족 문제의 상징으로 그리려 했을 것이다. 선진국가의 논리는 항상 힘없는 나라와 민족의 '의義'를 짓밟는 형태로 자신들의 힘을 밀어붙였다. 여기에 현재 세계의 병리적 뿌리가 있다고 한다면, 분단되어 방치된 재외 조선인의 아픔은 분명히 이러한 근대 역사의 모순을 상징하는 것이 된다.

그런데 이 소설이 쓰여진 것과 거의 같은 시기에 한국인의 피를 이어받은 작가 사기사와 메구무가 재일 3세를 주인공으로 한 작품 「진짜 여름」을 발표했다(『신초』, 1992.4). 이 소설에서 2세 작가들이 그려온 '재일'의 부자관계에 대한 집착, 한일(북일) 간의 역사에 대한 자각과 민족적 아이덴티티의 각성, 그리고 동화에 대한 저항 등의 주제가 아마도 의식적으로 소거되어 있다는 점은 곧 눈치 챌 수 있다.

작가 사카모토 히로시는 『군조』의 창작 합평에서 이와 같은 새로운 '재일' 세대의 생생한 징경이 '정보로서' 제시된다는 점에 「진짜 여름」의 '의미'가 있다고 언급하는데 제대로 된 평가라고 생각한다.

이 소설에서 주인공인 젊은이는 더 이상 명확한 피차별감각도 '민족의식'도 가지지 않은 인물로 등장한다. 그는 드라이브 중에 일어난 작은 사고로 인해, 연인에게 자신이 한국인임을 숨기려 했다는 사실을 비로소 자각한다. 이 이야기는 단지 주인공이 자기 안에 억압하던 것을 밝히는 것으로 진행될 뿐, 민족의식에 대한 각성과 같은 정형적인 주제에 도달하지는 않는다.

이 소설에는 하나의 민족적인 공동성이 해체되어가는 과정이 있다. 그리고 그것을 실제로 경험하는 세대에게 이미 이 과정의 의미를 '윤리적'으로(좋은 것, 나쁜 것으로서) 파악하는 동기는 소거되어 있다. 단지 각자 제각각의 모습으로 어느 순간 문득 깨닫게 되는 자기 아이덴티티의 갈라진 틈새에서 이 과정을 경험하는 것이다. 따라서 이 아이덴티티의 불안은 위기를 메우기 위한 '여러 가지 이야기'를 소환할 것이다. 여기에 '재일' 아이덴티티의 '다양성'이라는 것을 피하기 힘들게 된 근본적인 이유가 존재한다.

그런데 두 소설은 현 상황에서 해결하기 어려운 민족문제라는 질문을 마치 동전의 양면과 같은 형태로 상징하고 있는 것이 아닐까. 민족문제에는 분명히 두 개의 커다란 근간이 있다. 첫 번째는 보다 강대한 민족(국가)이 약소민족을 정치적, 문화적으로 지배하고 흡수함으로써 초래되는 모순이다. 그리고 두 번째는 민족들이 서로 용해되어 새로운 시민사회형의 집합을 만드는 상황에서 발생하는 '원리'의 문제이다.

본디 루소, 홉스, 헤겔 등이 수립한 근대 시민사회의 이념은 민족과 국가 간의 대립, 경합으로부터 발생하는 모순을 해결하기 위한 방법을 포함하고 있었다. 가령 미국의 다민족형 시민사회는 이 원리에 대한 과감한 실험이었다. 그러나 흑인문제를 안고 있었던 이 거대한 나라에서 이 실험은 용이한 문제가 아니었다. 1960년대 전후부터 미국에서는 어퍼머티브 액션affirmative action, 적극적 차별 시정 조치 등을 통해 '융합'의 원리를 모색해 왔지만, 그것만이 결정적인 해결책이 되지는 못했다는 사실을 최근 로스앤젤레스 폭동 등이 여실히 상징하고 있다.

세계 역사는 그것이 모든 민족의 경합과 서로에 대한 정복의 역사였다는 것, 그러므로 또한 순수하게 단일성을 유지한 민족 따위는 존재하지 않는다는 사실을 여실히 보여준다. 분명히 이 경합과 정복의 과정에서 인간은 커다란 비참함을 경험해 왔다. 그러나 현재 돌이킬 수 없는 형태로 국제화가 진행되는 가운데, 모든 민족이 어떻게 서로 공존하며 나아가 조금씩 융화해 갈 수 있을까라는 과제는 더욱 중요해질 것이다.

머조리티 집단이 마이너리티에 대해서 배타적이라면 마이너리티는 결국 대항적으로 자신의 '민족성'을 강조하지 않을 수 없다. 그것은 공동체 사이의 대립 감정을 증폭시키는 악순환을 가져온다. 한편 마이너리티의 '민족성'도 보다 커다란 시민사회 속으로 '다양'하게 분산되는 과정을 피할 수 없다. 이러한 마이너리티 내부의 분열과 확산은 『유역으로』에서 보이는 이회성의 깊은 우려와 연결되어 있을 것이다.

내가 생각하기에 지금 세계에서 발생하는 다양한 민족문제는 이미 민족 단위의 현상 복귀의 논리로 해결할 수 없다. 지금은 머조리티와 마이너리티가 좋든 싫든 공존해야 하며, 서로 해결해야 할 고유한 과제를 가지고 있다고 생각하는 편이 낫다. 그리고 이 '공존'과 '융합'의 원리를 우리들은 아직 충분한 형태로 포착하지 못하고 있다.

'재일'문학은 이 새로운 삶의 곤란함을 농밀하게 그려내야만 이 과제가 내포한 인간적인 이유를 비추는 거울이 될 수 있을 것이다. 카프카의 문학이 바로 그러한 일면을 가지고 있듯이.

주관으로서의 보통, 객관으로서의 재일

강신자의 『아주 보통의 재일한국인』

책 제목에 붙은 '아주 보통의'라는 형용사는 이 책의 메시지로서 매우 상징적이다. 이 책의 저자는 재일사회의 강한 민족의식과 정치 감각을 어떻게 해도 자신과 동일화할 수 없는 것에 대해 생각하고, 그것을 용납하지 않는 동포사회에 대해서 생각하고 있다. 그리고 결국 자기가 살아온 길에서 스스로가 지금의 입장에 설 수밖에 없다는 사실을 '아주 보통의' 것이라고 생각한다는 목소리를 내고 있다.

그러나 필시 많은 재일지식인에게는 저자의 '아주 보통의'라는 표현이 매우 거슬릴 것이다.

분명한 차별의 경험을 거의 겪지 않은 채 동경대를 졸업하고 일류기업에 들어간 사람을 '아주 보통의' 재일한국인이라고 할 수 있을까, 저자의 '민족'에 대한 위화감은 그녀가 '아주 보통'이 아닌 데에서 오는 감각이 아닐까, 하고 말이다.

재일이 민족의식과 정치 감각에 친숙하지 않다는 것은 어떤 의미에서 틀림없이 '일본인적'인 감성이라고 할 수 있다. 그 뿌리에 있는 것은 간단히 말해서 과도하게 내셔널적인 것을 혐오하는 자유롭고 개인주의적인 인간관이다. 그것은 적어도 일본인에게는 '아주 보통의' 평균적인 감각일 것이다.

그리고 일본인이라면 이것을 생활 속에서 균형감각으로 지닌다는 사실에 대해 따로 변명을 할 필요가 없다. 그런데 저자는 바로 재일에 속해있기 때문에 이 감각을 스스로는 어떻게 해도 변화시킬 수 없음을, 주위를 통해 확인할 수밖에 없다. 나는 이 점에서 이 책이 매우 '재일'적인 성격을 잇고 있다고 생각한다.

그리고 여기에 이 책이 전하는 메시지의 커다란 특질, 즉 자기의 '재일'관을 동포를 향해 주장하기보다는 '아주 보통의' 일본인을 향해 제기하고 확인해 보려는 성격이 나타난다. 이 책의 목소리는 '민족'을 절실하게 생활 방식의 지표로 삼고 있는 재일에게는 거의 닿지 않을 것이다. '민족'을 "문제"로서 다루려고 하는 한, 자기의 생활 방식도 용서받을 것이라는 말투로는 도저히 해결될 수 없기 때문이다.

그렇지만 이는 역으로 이 책이 일본인에게 하나의 작은 목소리로서 전달될 수 있음을 의미한다.

인간과 사회에 대해 거의 같은 감각을 지닌 사람이 그 감각을 완전히 다른 형태로 소지하고 처리하며 살아가야 한다는 것. 그것이 재일이라는 이례적인 장소인 것.

일본인은 '민족'인지 '재일'인지 하는 문제를 생각할 필요가 없다. 그러나 이 목소리만은 어디에서인가 이해하는 사람이 있을 것이다.

뒤틀린 역사에 대한 '한'

김석범의 『화산도』

　　김석범의 장편소설 『화산도』는 1948년 제주도 4·3무장봉기라는 역사적 '사건'을 이야기의 골자로 하고 있다. '역사란 인류의 거대한 한과 닮아 있다'는 고바야시 히데오의 잘 알려진 말이 있지만, 이 장편의 근간을 이루는 것도 어떤 사건(이미 일어나 버린 일)에 대한 '돌이킬 수 없는' 한, 분함, 후회, 애석이다.

　　이미 다른 곳에서 언급한 적이 있으나, 김석범이 '제주도'를 그리려는 근본적인 모티프는 1947년의 '해방'에서 남북일체의 민족 '독립'으로 나아가야 할 역사의 도리가 왜 남북분열, 괴뢰 군사정권, 분단고정화라는 방향으로 뒤틀려진 것일까라는 매우 후회스럽고 원통한 마음이다. 남조선의 단독 선거 강행에 대항하여 발생한 4·3 제주도 봉기, 그리고 그에 대해 미군과 한국 당국이 철저하게 탄압한 경위는 작가에게 이러한 "뒤틀린" 역사를 상징하는 중심점인 것이다.

만약 이 언어도단의 살육을 포함한 탄압이 없었더라면, 만약 민중의 힘으로 미군정 당국의 부당한 간섭을 물리칠 수 있었다면, 만약 남북 민중의 민주적 합의 아래 민족 독립의 길이 열렸더라면……. 만약 역사가 그와 같이 움직였더라면, 작가 자신이 처한 '재일'이라는 상황은 발생할 리 없고, 김석범은 민족주의자로서의 본래 임무를 스스로 완수했을지도 모른다. 그럼 어째서 이 본래의 길이 그만 뒤틀리게 된 것일까. 어쨌든 역사에 대한 이와 같은 '한'이 4,500매에 달하는 이 장편소설을 쓸 수 있는 원동력이 된다는 점은 분명하다. 그리고 이 한, 원통, 분함이 작가의 현재에도 결코 치유되지 못한 채, 작품에 배어나와 작가의 간절한 물음의 리얼리티를 지탱하고 있다.

작가는 자산가 자식으로 이야기의 초입부터 마지막까지 '자택 소파'에서 끊임없이 사색하는 인텔리 이방근과, 일본에 사는 부모와 여동생을 마음에 걸려 하면서도 지하조직원(남조선노동당)에 몸담아 민중의 투쟁에 가담하는 남승지라는 청년을 이야기의 중심에 두고, '해방' 후, 미군의 반공정책이 정착됨에 따라 반동화되어 가는 남조선의 사정을 주도면밀하게 그리고 있다. 이 4·3봉기 전후의 남조선 상황은 대개 작품 속의 다음과 같은 음영에서 부상하고 있다.

반동의 물결은 '해방' 속에서 겨우 그 통로를 찾은 사람들에게 자연스럽게 싹튼 내셔널리즘을 '반공'이라는 대의명분 아래에서 억지로 굴복시키려 한다. '일제시대'의 매국적 추종자로서 일단 추방되었던 구권력자의 앞잡이들이, '반공'의 명분 아래 복권되어 분단 현실 고정화와 관련 깊은 미군의 조선 정책을 수행하는 새로운 '괴뢰'가 된다. 이러한 동향은 하나 된 남북의 민족 독립으로 향하려는 민중이 자연스럽게 내셔널리즘을 고양시키는 상황에 대해 등 돌리게 하였고, 이와 같은 배반은 질서를 지키려는 측의 정치 및 사회적 모럴에 급속한 퇴폐를 불러온다. 또한 이 모럴의 퇴폐는 청년과 민중을 한층 강하게 '반체제적' 항쟁으로 몰아넣는다. 그리고 사람들의 상처받고 억압받은 내셔널리즘의 혈로血路는 당시에 공산주의밖에 없었다.

작가가 우선 복원하고 싶었던 것은 자신이 그 속에서 살아야 했던 이러한 시대의 여건이다. 김석범의 세대가 통과해야만 했던 여건의 커다란 윤곽은 연작 「까마귀의 죽음」과 비교해 이 작품에서 한층 선명하게 드러나 있다고 봐도 좋다. 이방근과 남승지라는 중심인물은 이러한 "정황" 속에서 여러 가지 사상적 난문難問에 맞닥뜨려야 했으며, 그들이 직면한 난문은 또한 작가가 세계를 향해서 발화하는 물음의 형태에 곧바로 이어지는 것이다.

예를 들어 여기에서 우선 민중에 가담할 것인가 말 것인가라는 양자택일적인 물음이 출현하며, 나아가 공산주의인가 반공(혹은 방관)인가, 또는 제주도에 머무를 것인가 일본으로 '도망'칠 것인가 등의 여러 가지 물음이 제기되기 시작한다. 이와 같은 물음은 현재의 일본에서 자유주의인가 공산주의인가라고 묻는 것과는 전혀 다른 의미를 지닌다. 후자의 물음이 단지 사람의 감수성과 기호를 묻는 정도의 내실만을 가지고 있는 것에 비해, '제주도'에서 양자택일은 인간의 생활 태도와 모럴을 가장 궁극적인 형태로 추궁하기 때문이다.

그런데 중요한 점은 필시 다음과 같은 것이다. 우선 작가가 『화산도』의 등장인물을 통해 거듭 펼쳐 보이는 갖가지 난문이, 예를 들어 일본의 쇼와 시대(1926~89)에 '정치와 문학'과 같은 말로 표현되었던 사회 사상 문제의 본질을 가장 원형적으로 끌어낸다는 점이다. 더욱이 작가는 이러한 난문을 제시함으로써 재일조선인 혹은 전후 시민사회를 살아가는 일본인을 향해 세계에 대한 가장 궁극적인 태도를 묻고 있다는 점이다.

예를 들어 이방근이 직면한 가장 커다란 문제는 당(조직)에 갖가지 악폐가 불가피하게 수반되는데, 그렇다고 해서 당의 입장에 서지 않고 '민중'에 가담하는 것이 현실적으로 과연 가능한가라는 물음이며, 이 문제가 그 시대 상황 속에서 누구라도 초월할 수 없는 난문이라는 사실이다. 그리고 작가는 이러한 난문의 형식을 통해서, 말하자면 우리들의 '현재'를 되묻고 있는 것이다.

가령 장편소설 『화산도』가 노출시킨 사상적 난문은 '재일'의 세계에서 "어쩌면 우리들에게 '역사'가 이와 같은 것이라면 우리들은 조국의 민중을 선택해야만 할 것인가, 아니면 단지 '재일' 안으로 도망쳐 버려야만 할 것인가"라는 물음으로 나타날 것이다. 작가가 자각적으로 이 문제를 제기했다는 사실은, 소부르주아로서 만약 그렇게 하려고 생각한다면 민중의 고민으로부터 얼굴을 돌리고 살아갈 수도 있는 이방근이라는 인물 설정과 그 묘사 방식에서 확실히 알 수 있다. 다시 말해 작가에게 '재일'로 살아간다는 것은 이방근이 결국 그러한 결단을 내릴 것이며(이렇게 표현하는 것은 『화산도』 4,500매는 미완이며, 그의 최종적 결단은 아직 나타나 있지 않기 때문이다), '조직'에 대한 비판적 견해를 견지하고 최종적으로는 '민중'(= 민족)에게 자기를 던져야함을 의미하기 때문이다.

김석범이 '재일'로 살아가는 것을 이렇게 의미 규정해야 했던 것은 충분히 이해할 수 있다. 그러나 '재일'의 모든 체제를 '제주도'의 상황에서 의미 지으려는 작가의 욕망을 나는 현실적인 '재일' 상황의 부인 내지는 묵살이라고 볼 수밖에 없다. 이방근이 상징하는 것은 만일 민중(=민족)을 외면하려 한다면 그럴 수 있는 '재일'이라는 입장이며, 게다가 작가는 거의 "자유로운" 결단으로 민중의 입장에 서는 것이야말로 필요하다는 것을 보여주려고 한다. 그렇지만 내가 생각하기에 재일 세대가 2세, 3세로 내려감에 따라 '재일'이라는 상황의 본질은 이제는 남인가 북인가, 민족인가 재일인가 귀화인가라는 귀속의 결단이 결코 보편적인 형태로는 존재할 수 없는 곳으로 옮겨가고 있다.

즉 이들에게 '재일'은 빼앗긴 본래성을 회복하는 존재가 결코 아니며, 미리 주어진 귀속의 근거(민족, 국가)를 철저하게 결여하고 있기 때문에, 어떠한 결단도 완전히 등가적인 것으로 개개의 인간에 맡겨진 존재로서 나타난다. 자명한 사실이지만 '재일'의 현재적 과제는 이러한 현재적 상황을 그대로 받아들여야만 하는 것이며, 그러한 의미에서 나에게 작가의 모티프는 매우 아날로그적인 것으로 느껴진다.

그렇다고 물론 나는 제주도의 '역사'를 완전히 무의미한 것이라고 부인하지 않는다. 여기에서 난문을 규명해 가면, 가령 빨치산에 몸을 담고 죽을 것인가 혹은 권력에 굴복해 살아갈 것인가라는 '극한상황'이 나타나게 될 것이다(실제로 「까마귀의 죽음」에서는 그러한 문제로 주인공이 고뇌한다). 사르트르와 까뮈가 '투기投企'와 '부조리'라는 개념을 가지고 시도하려 한 것은 나치 독일이 인간에게 강요했던 "극한상황"을 어떻게 사상화할 것인가의 문제였다.

예를 들어 사르트르의 '투기'라는 개념에는 인간은 궁극적인 모럴을 가지고 죽음을 선택할 만큼 '자유로운' 존재라는 뉘앙스가 감춰져 있다. 그러나 내가 생각하기에 그러한 극한상황에 인간을 내몬다는 것은 이미 인간이 자유로운 존재이기 위한 근본조건이 박탈당했음을 의미하는 것으로, 그럼에도 불구하고 인간이 죽음을 선택하는 것은 내면의 가능성이라는 문제가 될 수는 있어도 결코 '사상화'할 수 있는 문제는 아니다. 사람들은 단지 이러한 극한상황 속에서 도망치거나 배반하거나 자기를 희생하거나 잘못을 저지르는 것이다. 그렇지만 그것들은 결코 상황에 직면한 인간의 '자유로운 결단'에서 출현할 수 없다. 거기에서 무서운 일이 나타나는 것은 작가 자신이 「후기」에서 쓰고 있듯이 근본적으로 "미국의 남조선 점령과 그 군정에 의한 가혹한 인민탄압정책"이라는 강압이 인간을 짓누르고 파괴했기 때문이다.

따라서 우리들이 이러한 '역사'로부터 깨달을 수 있는 것은 오히려 모든 역사의 어떠한 계기가 근대적인 정치권력의 이러한 질質을 형성했는가하는 문제일 것이다. 그러나 작가는 이러한 문제의 직전에 인간의 '세계'에 대한, 말하자면 윤리적 결단을 묻고, 그것을 '재일'의 의미와 연결시키지 않을 수 없었다. 이러한 작가의 욕망은 말할 것도 없이 저 '거대한 한'에 의해 지탱되는 것이다. 앞으로 계속 쓸 속편에서 작가는 이 '한' 자체를 어느 정도로 충분히 대자화對自化할 수 있을까.

소환된 '재일'의 모티프

이양지의 「각」

이양지는 '재일조선인 작가'로서는 이회성과 김학영보다 상당히 뒤늦은 세대에 속하며 이 작가가 출현했을 때 "오랜만에"라는 느낌을 지울 수가 없었다. 지금 정확한 자료는 없지만 이회성과 김학영이 일본의 "패전"을 소년시절에 맞이한 세대인데 비해, 이양지는 패전 후의 경제성장기에 자란 세대일 것이다. 나는 패전 직후에 태어났으나, 이양지는 나보다도 4, 5년 아래의 세대이다. 그리고 이 세대는 '재일'을 받아들이는 방식에 커다란 차이가 있을 것이라는 생각이 든다.

그런데 내가 이렇게 말하면 당연히 이양지를 재일 2세 작가의 흐름 속에서 대우하고 있는 것이 되지만, 실은 나는 이양지를 '여성'작가라고 생각하는 만큼 '재일'작가라고는 느끼지 않는 것 같다.

예를 들어 나는 이회성의 '반쪽바리'와 김학영의 '불우성'이라는 키워드를 통해, 이들의 명백한 재일성在日性을 직관한다. 내 생각에 '재일'

이라는 것은 자기가 '재일'인 까닭에 불행하다는 느낌을 세계 저편에서 받아들여 '나'를 파악하고, 이제 결코 그 관념으로부터 스스로가 눈을 돌릴 수 없게 되어 버린 상황이다. 또한 이 관념의 주위에서 벗어나고 자 '나'는 '재일'이라는 것을 부인하거나, 역으로 철저하게 "조선인·한국인"이고자 하지만 결코 성공하지 못하는 상황인 것이다.

이것이 2세의 '재일'성이 초래한 삶에 대한 의식의 핵심 지점이라고 나는 생각한다. 그리고 이회성과 김학영은 형태는 다르지만 삶의 감수성이 이러한 핵심에 의해 맞추어져 있었던 것으로 보인다.

기묘한 말투일지는 몰라도 나는 이양지가 과연 '재일' 작가일까라는 생각이 든다. 물론 그녀는 '귀화일본인'이기는 해도 진짜 '재일'이다. 「나비 타령」 이후 그녀의 소설은 항상 '재일'에서 오는 삶의 낯섦을 그리고, 그로 인해 '우리나라'와 가야금, 민족 무용을 추구하고 있다. 그리고 그녀의 작품에서는 '재일'이라는 것의 답답함으로부터 벗어나 '민족'으로 향하려는 이제는 지나치게 일반화된 '이야기'조차 '원용援用'되고 있다.

그렇지만 나의 감촉에서 이양지라는 작가가 두드러진 것은 예를 들어 다음과 같은 '자의식'의 형태이다.

생리 직후에는 절대로 다른 사람과 만나지 않겠다고 나중에서야 반드시 후회하는 것이다. 마치 기침이 끊이지 않을 정도로 실컷 떠들거나 혹은 광대 짓을 하고, 다른 사람과 만나는 동안에 스스로를 잊어버릴 정도로 나는 혼란스럽다. 사람과 마주하고 있는 나, (…중략…) 그러한 나를 보고 있는 나, 나, 나…… 머리가 돌 지경으로 현기증이 난다.

— 「각」

「각」이라는 소설은 한국에 유학하는 '재일' 여성이 '생리' 후 겪는 하루의 우울함을 일본에서도 한국에서도 이방인일 수밖에 없는 존재의 위화감과 겹쳐 그린 것이다. 그리고 이 작품의 근간을 이루는 것은 과민한 자의식에 대해서 작가의 숨막히는 혐오감과 나르시시즘을 동시에 포함한 앰비밸런스ambivalence적인 감수성의 형태이다. 이 자의식에 대한 거리의 불안정함이 작가에게 쓰고자 하는 충동을 부여하며, 거기에 '여자인 것'과 '재일인 것' 등의 모티프가 소환되고 있다.

즉 「각」에서 주인공은 자기의 '재일'성에 "고뇌하고" 있는 듯 그려지지만, 이 '재일'성은 저편에서 다가와 작가를 붙잡고 그 문제 안에서 작가를 굴복시키는 형태로 나타나지 않는다. 아마도 이양지는 자기 자의식의 형태를 확정할 수 없기 때문에 '재일'이라는 고뇌를 불러내고 있는 것 같다.

그렇지만 이 자체가 작가 안에 내재하는 '재일'의 고유성이며 반드시 약점으로 기능하지 않는다. 다만 이양지의 '쓴다'라는 것에 대한 충동은 손쉽게 '재일'의 모든 '이야기'(예를 들어 '민족'에 대한 각성)를 소환해 버린다. 그것에 침식되지 않고 '계속 쓴다'라는 좁은 길을 통과할 때 비로소 작가 고유의 '재일'이 그 상象을 완결 짓지 않을까.

이해받은 자의 '불행'

이양지의 「유희」

　　이양지의 「유희」가 아쿠타가와상을 받았다. '재일'조선인(한국인) 작가로서는 1971년 이회성에 이어 두 번째로 18년만의 수상이 화제를 불러오고 있다. 평자들의 의견도 대체로 호의적이다. 예를 들어 『군조』의 창작합평에서 아오노 소青野聰는 "이 정도로 썼다면 대단한 것이 아닌가. 경복하지 않을 수 없지 않은가"라고 말했고, 가와무라 지로川村二郎는 『분게이』의 시평에서 "말의 지팡이를 모색하면서 결국 찾지 못한 채 관념의 모국을 떠나야 했던 여자 주인공의 불행은 관념과 생리 혹은 몽상과 현실 사이에서 분열된 인간의 보편적인 비유를 획득하고 있다"라고 쓰고 있다.

　　그렇지만 나는 이들의 평가에 동의할 수 없다. 「유희」는 작가 이양지의 필력을 잘 보여주는 작품이지만 문학적으로는 익히 알려져 있는 한국에 유학한 여자 주인공을 다룬 「각」에 비해 한 발 후퇴하고 있다.

「각」에서는 얼마쯤 균형을 잃으면서도 작가의 자질에 육박하는 핵심을 보여주었지만, 「유희」에서는 그 핵심이 신중하게 감추어져 버렸다. 그 결과 「유희」는 누구라도 이해할 수 있는 "아이덴티티가 분열된 인간"이라는 이야기를 벗어날 수 없었다고 느껴진다.

그런데 이회성과 김학영이 선행 세대의 '재일'작가라면, 이들과 이양지 사이에는 거의 20년의 시간차가 있다. 그사이에 잠재적인 작가가 많이 있었음에도 불구하고 새로운 '재일'작가는 거의 출현하지 않았다. 이것은 새로운 '재일' 세대가 이데올로기적인 도식에 강하게 구속되어 있어, 그것을 뛰어 넘는 문학의 핵심을 표현하기가 곤란하다는 사실을 잘 보여준다.

적어도 이양지가 이러한 도식을 깨는 새로운 자질을 가지고 등장한 것은 의심할 여지가 없다. 그렇기 때문에 나는 「유희」의 '후퇴'를 안타깝게 생각한다. 그렇다면 '후퇴'는 어떠한 형태로 그려진 것일까.

한 사람의 '재일' 여성이 모국의 이미지를 쫓아 한국의 대학에서 '국어'를 배우기 위해 '이 나라'에 온다. 그녀는 한편으로 모국의 바위산을 사랑하고 대금과 민족 무용에서 마음이 의지할 곳을 발견한다. 그러나 그녀의 '신체'는 마치 항체반응을 일으키는 것처럼 '이 나라'의 말 = 소리(여기에는 세속적인 한국인성이 담겨 있지만)에 강한 거부감을 보인다. 주인공은 이러한 자신을 '거짓말쟁이'로도 '위선자'로도 느끼면서 결국 유학생활에 좌절을 맛보게 된다.

이와 같은 줄거리에서 독자는 역시 '분열된 아이덴티티'라는 모티프를 직감할 수밖에 없을 것이다. 어느 장소에 있어도 그 귀속감이 분열될 수밖에 없는 '재일'이라는 상황에서 일본인이라면 일종의 '무거움'을 느낄지도 모른다. 사실 가와무라 지로는 앞의 비평에 이어 "게다가 바로 이 때문에 독자는 책을 읽고 난 후 감동을 통하여 제쳐두고 있었던 재적任籍의 문제를 새삼 마음속에서 무겁게 끌어올릴 수 있을 것이다"라고 쓰고 있다.

그렇지만 주인공의 이 '분열' 형태는 나에게 오히려 일종의 싱거움과 같은 것, 이러한 표현에 어패가 있다면, 괴로움을 자기 안으로 파고들게 하는 것이 아니라 타자의 시선에 호소해 맡겨 버리는 나약함과 같은 인상을 준다. 그런 이유로 「유희」는 그야말로 모티프상에서 「각」의 후퇴처럼 느껴진다.

물론 이 소설이 이처럼 알기 쉬운 주제만을 그린다고 말하지는 않겠다. 그렇지만 이러한 성격이 소설로서 「유희」를 관통한다는 사실은 자명하다. 이를 상징하는 것이 화자로 설정된 한국의 하숙집 아가씨(이렇게 말해도 30살의 여성이지만)인 '나'의 위치이다.

유희의 괴로움이 처음에는 '나'에게 이해할 수 없는 것으로 비친다. '국어'를 배우러 온 학생이 시험공부 때 통째로 외우는 것을 제외하면 전혀 '이 나라 말'을 배우려 하지 않고 일본어만을 쓴다. 버스 안의 소란을 보고는 갑자기 신경증 환자처럼 운다. 좋지 않은 기억이 없어지지 않는다는 이유로 작은 일들에도 과민 반응을 보인다. 이와 같은 유희의 언행을 '이 나라' 사람이 이해하지 못하는 것은 너무나 당연한 과정이다.

그런데 이상한 점은 이러한 '나'(그리고 하숙 주인인 숙모)는 유희가 자신들에게 스스로의 괴로움을 전하려는 시도를 전혀 취하지 않았는데도, 유희의 언행에 대해 이상할 정도로 '이해'하는 모습으로 그려진다.

이 점에는 과연 '숙부'의 반일감성을 통해서라는 작은 이해의 통로가 제시되어 있다. 그러나 "자기 남편과 유희가 선배와 후배이고, 어떤 인연에서인지 유희가 이 집에 살게 된 후 한 사람은 일본이 싫고 다른 한 사람은 한국이 싫지만, 그렇긴 해도 같은 동포잖아. 무슨 일인가 했어"라는 '숙모'의 이해는 일반적으로 봐도 매우 기묘하며 이해심이 지나치게 좋다고 할 수 있다.

화자인 '내'가 실은 주인공(혹은 작가 자신)의 분신이라는 사실은 가령 소설의 마지막에서, '내'가 어째서인지 유희의 괴로움에 '동화'되어 버리는 장면에서 상징적으로 드러난다. 그러나 주의할 점은 그것이 어떠한 이유에서 발생했든 '재일'의 괴로움에 대한 작품 속 그녀들(한국인들)의 '이해'는 매우 이례적이며 결코 일반적인 것이 아니라는 사실이다. 이것은 무엇을 의미하는 것일까.

내가 지적하고 싶은 것은 결국 작가가 이 작품에서 '재일' 동포 고유의 괴로움을 거의 그대로 받아들이는 허구상의 '이해자'를 만들고, 그의 '증언'을 통해 '재일'의 아이덴티티를 둘러싼 불안을 독자에게 호소한다는 점이다. 어떤 종류의 독자는 이 '이해자'의 입장을 그대로 지지했겠지만, 이로서 작가는 자기의 모티프를 크게 후퇴시키고 말았다.

'재일'이 한국 땅에서 한국어 '아'와 일본어 '아' 사이에서 분열한다. 이것은 '재일'이 일본에서 '민족어'와 '일본어' 사이에서 분열하는 것과 동일한 구조를 가진다. 이 점에 대해서 '재일'작가들은 반복해서 썼다. 그러나 이 문제의 근거지를 아무리 파고들어도 '재일'의 삶을 둘러싼 괴로움을 파헤칠 수가 없었다. 우리들이 거기에서 "분열하는" 것은 삶의 조건을 부정할 수 있을 듯한 장소가 존재하리라고 '몽상'하기 때문이다. 이 '꿈'을 넘을 수가 없는 한 '재일'은 자기의 불우감을 '~의 탓으로'라든가 '~이었더라면'과 같은 지점에 봉인할 수밖에 없다.

'분열'의 유래를 탐색하는 것과 현실에서 이 삶의 조건을 견디며 살아야 한다고 각오하는 것은 다른 태도이다. '재일'의 이러한 구속을 처음으로 극복한 것이 김학영이었지만, 예를 들어 이양지의 「각」에서도 이와 같은 격투의 징조를 잘 엿볼 수 있었다.

유희가 받은 '한국'적인 것에 대한 위화감을 「각」에서는 주인공인 '순이'가 아주 유사한 형태로 체험한다. 그러나 순이의 위화감은 누구에게도 '이해'받기를 청하지 않고 자신의 '생리' 감각 안에 난잡하게 내던져진다. '순이'는 순진해서 상처받기 쉬운 여자가 아니라 나이를 먹은 '후원자'에게 유학을 시켜달라고 조르거나, '변덕스럽다'는 말을 들어가며 한국에 온 여성이다. 그리고 자기 자신의 존재에 대한 의지할곳 없는 초조감과 정형적인 명분을 토해낸다는 사실에 대한 위화감에 힘들어하는 모습이 이 소설의 중심 문체를 만들고 있다.

작가가 자기의 심리에 대해서 밸런스를 상실한 측면이 눈에 띄기는해도, 앞에서 언급한 것처럼 「각」에서는 확실히 새로움을 엿볼 수 있다. 이 작품에서 한국 생활에 대한 위화감을 일종의 '이름 붙일 수 없는것'으로 포착하려는 모티프가 살아있는 것이다. 그러나 「유희」는 그렇지 못하다.

많은 독자들이 「유희」를 읽고 「각」에 그려진 자의식의 과잉이 적절하게 억제되었다는 느낌을 받을 것이다. 그러나 그것을 대가로 주인공의 언행은 단지 자상하고 친절한 '이해자'에 의해서만 받아들여지고, 나아가 이것이 '이름 붙여진' 것으로서만 대우받고 있다는 사실도 눈치 챌 것이다. 여기에서 화자인 '나'와 그 '숙모'는 '재일'의 불행을 '이해'하려는 자세를 취하는 일본 독자들과 완전히 중첩되고 있다. 작가의 이와 같은 진행은 '재일'에도 또한 작가의 '문학'에도 '불행'이지 않을까.

'재일문학' 신세대의 세계관

　올해 군조신인상에 이기승의 「제로한ゼロはん」이 입상했다. 또 최근에 같은 재일한국인 작가 이양지의 「각」이 아쿠타가와상 후보에 올라 화제를 불러 일으켰는데, 이기승은 1952년생이고 이양지는 1955년생으로 두 사람은 같은 세대라고 할 수 있다.

　이 두 젊은 작가의 등장으로 드디어 '재일'문학의 명확한 세대교체가 이루어지는 느낌을 나는 강하게 받았다. 여기에서 드디어라고 말하는 데에는 이유가 있다.

　'재일'문학에서는 「다듬이질 하는 여인」으로 아쿠타가와상을 받은 이회성과 「착미」 등의 감명 깊은 작품을 남긴 김학영 등의 작가가 앞선 세대였지만, 그들은 1935년 전후에 태어나 양 세대 사이에는 20년 정도의 공백이 있다. 즉 이기승과 이양지는 '재일'작가로서는 오랫동안 기다려 온 신세대의 등장이라는 의미를 지닌다.

이 공백은 물론 그 나름의 이유가 있으나 지금은 우선 이 새로운 '재일'작가들이 어떠한 새로운 세계상을 제시했는가를 생각해 보고 싶다.

예를 들어 이회성과 김학영의 문학은 각각 일찍이 '재일' 2세 문학에서 서로 상반된 작품의 전형을 보여주고 있으나, 내 생각에는 이 세대의 세계 체험에서 가장 중요한 점은 자기가 어떻게 태어났는가를 선택하고 결단할 장면에 우선 직면해야 했다는 것이다.

'재일' 2세의 삶의 광경에서도 가장 밑바탕에 흐르는 것은 '차별'에서 오는 독특한 '불우감'이다. 이 불우감을 부정하고 극복하기 위해 '재일' 2세들은 예를 들어 '민족인가 동화인가', '남인가 북인가'라는 삶의 방식을 둘러싼 양자택일의 문제를 소환했다. 소환이라기보다는 오히려 이 문제가 나타나 그들을 다짜고짜로 그 안에 완전히 눌리게 하는 형태를 취했다.

이회성 문학의 본질은 말하자면 선택과 결단 속에 인간의 삶의 의미가 부상할 것이라는 확신에 근거하고 있다. 국가가 아니라 민족, 남인가 북인가가 아니라 통일조국. 이것이 이회성의 결단의 형태였다. 그에 비해서 김학영의 문학은 거의 동일한 문제를 탐구하면서 인간의 삶의 의미는 그러한 이념적인 '존재이유'의 장소로는 결코 환원할 수 없다는 대극적인 지점에 귀착된다.

그런데 내가 앞에서 예로 든 이양지와 이기승의 소설을 읽고 강하게 받은 인상은, 이미 이러한 선택과 결단이 주인공의 삶의 방식에서 결정적인 의미를 지니지 않는다는 사실이다. 주인공들은 오히려 결코 결단하지 않고 여러 가지 체험을 불러 모으면서 자기와 세계 사이의 어색한 차이를 서서히 조정해 간다. 그리고 중요한 것은 이러한 자기 '자의식'의 윤곽을 제대로 그릴 수 없다는 불안과 격투하는 과정에서만 그들의 문학적 리얼리티의 핵심이 발견된다는 점이다.

그런데 나는 두 사람의 소설이 반드시 앞선 세대의 작가들과 충분히 견줄만하다고는 생각하지 않는다. 다만 지금 말한 것처럼 신세대 작가의 특질은 '재일'의 삶에 있어 어떤 중요한 의미를 지니고 있다.

나 자신은 마침 이 두 세대의 중간에 해당하는 1947년생이지만 일찍이 우리들은 자기가 일본이라는 이방에서 '재일'로 살아간다는 위화감과 억압감에 대한 해결을 앞에서 말한 것처럼 양자택일적인 문제 즉 어떤 의미에서 세계의 정치적인 전망에 걸었다. 그 이외에 자기 삶의 곤란을 잘 포착하여 살아가려는 노력을 이어갈 도리가 없었던 것이다.

그러나 우리들 자신이 사회 제도와 질서, 그리고 생활 태도의 형태를 선택해 가는 것에 의해서 보다 좋은 세계에 도달할 수 있을 것이라는 사회적. 정치적인 전망(세계상)은 현재 갖가지 이유에서 거의 불가능해졌다. 그리고 그 때문에 우리들은 이제 사회적, 정치적 선택과 결단이라는 과정에서 자기 삶이 억압당하는 감각을 충분히 표현하거나 극복해 갈 수 없게 되었다.

나는 예를 들어 여기에서 시마다 마사히코와 무라카미 하루키와 같은 일본의 현대 작가들을 떠올린다. 그들의 문학도 역시 복잡하기 짝이 없는 고도 소비사회 속에서 '자의식'의 모습을 어떻게 확정할 것인가라는 지점에 기본 모티프를 가지고 있기 때문이다. 여기에는 명확한 공통항이 있다고 할 수 있다. 그들 또한 이미 정치적인 세계의 전망이 상실된 후의 지점에 서 있는 것이다. 그리고 거기에는 이 세계를 살아가는 것에 대한 뿌리 깊은 위화감이 처음부터 경험으로써 주의 깊게 파악되지 않는 한 충분히 표현될 수 없다는 사실이 암암리에 느껴진다.

문학은 반드시 작가의 인생관에 공감하는 독자만을 사로잡지 않는다. 오히려 그 인생관이 시대 속에서 보편성을 획득해 실제적인 의미를 지닐 때 독자를 사로잡는다. 나는 '재일'의 젊은 작가들이 보여주는 새로운 삶의 기반을 일단 인정한다. 이미 이 양자택일적인 선택의 장소로 우리들은 돌아갈 수 없을 것이다. 그러나 그들은 그들 자신의 새로운 '재일'성을 아직 깊이 표현할 정도로 성과를 올리지 못하고 있다. 새로운 곤란은 이미 시작된 것이다.

저자 후기

여기에 수록된 글에서 나는 김학영의 문학에 어느 정도 역점을 두었으며, 반면 이회성과 김석범과 같은 작가에 대해 다소 비판적인 글쓰기 방식을 취했다. 그래서 어쩌면 독자의 일반적인 감각에서 이 저자는 '사회적' '정치적'인 것보다는 '내면적' '문학적'인 것을 선호하리라는 느낌을 갖게 할지도 모른다. 다만 여기에서 해설풍의 글을 허락받는다면 그렇게 받아들여지는 것이 나의 본의가 아님을 말해 두고 싶다.

김학영의 표현을 빌리자면 나 역시 '거의 스무 살 정도'부터 '자신과 세계가 관계를 맺는 방식에 대해서' 자각적으로 의식하기 시작했는데, '정치적인 것'-'문학적인 것'이라는 이항 대립의 관계는 그때부터 이미 나의 생활 태도 위에서 중요한 문제로서 매우 명료한 형태로 존재하기 시작했다고 할 수 있다. 이러한 이항 대립의 성질은 가령 '이성적'-'감성적'과 '정신적'-'육체적' 그리고 '인식적'-'실천적' 등과 같은 형태로도 존재하며, 물론 지금도 청년 시절의 윤리 규범과 감수성의 질을 결정해

가는 시금석으로서 분명히 존재하는 대립적 범형範形인 것이다. 아마 많은 사람들이 이와 같을 것이며 나 역시 이러한 갖가지 층위에서 나타나는 이항 대립적 문제에 고뇌하고, 이에 대해 뭔가 자기 나름의 결단으로 답하려 했다. 그리고 지금 와 생각해 보면 이와 같은 갖가지 이항 대립적 물음의 내측에 휩쓸려 가는 것은, 틀림없이 '자신과 세계의 관계에 대한 방식'을 물음에 대한 결단이라는 형태로 점차 확정해 가는 과정이었다라고 말할 수 있다.

이 물음은 대개 매우 진지한 물음이며 누구나가 필사적으로 이 물음에 대해 규명하려고 했다. 또한 이 물음은 단지 배우기 위한 물음이 아니라 도대체 **어떠한 삶의 방식이**(그것은 개개의 장면에서 이쪽과 저쪽 가운데 어느 쪽 삶의 방식인가라는 물음의 축적으로 나타날 터이지만) 인간의 가장 본래에 가까운 것인가와 같은, 말하자면 과격한 직접성을 내포하고 있었던 것으로 생각된다. 다시 말해 이러한 갖가지 층위에서 벌어지는 이항 대립적인 문제설정은 (수업인가 바리게이트인가, 요요기인가 반요요기인가,[1] 혁명마르크스인가 검정헬멧인가,[2] 섹터인가 섹터가 아닌가[3]라는 구체적인 형태를 취한다) 그것을 거침으로써 우리들을 생활 방식의 '진리'로 이끌어 주는 유일한 통로로(무의식 속에서) 느끼게 하는 것이며, 바로 청년시절

---

[1] 요요기代々木란 본래 일본 동경 시부야 북부의 일부 지역을 지칭하는 지명이나, 요요기역 부근에 일본공산당의 중앙위원회 사무실이 있다는 이유로 1970~80년대 무렵에 주로 일본공산당을 지시하는 정치적 용어로 사용되었다.

[2] 검정 헬멧黑 ヘルメ은 1968~70년 전반에 일본의 학생운동에서 검은색 헬멧을 사용하는 조직과 이들의 경향을 지칭하는 용어이다. 검은 색은 무정부주의자를 상징하는 색으로 여겨졌고, 공산주의가 빨간색을 상징하는 것과 차별되는 의미로 사용되었다.

[3] 섹터セクタ는 영어로 분파 내지는 종파를 의미하는 용어로, 일본의 정치 분야에서는 신좌익당파를 의미하는 용어로 많이 사용되었다.

의 감수성에 의해서 '세계'를 나타내는 총체로서 출현하기 때문에, 전존재_{全存在}적인 '진지함'을 요청하는 것이었다.

예를 들어 '정치와 문학'이라는 문제가 있으나(그것은 끝났다라고 말하는 사람도 있지만 단지 위상변화를 겪고 있는 것에 불과하다는 점은 현재 학생들의 상황을 조금이라도 접해보면 바로 알 수 있다), 이 문제를 지탱하고 있는 토대는 '사회적' '정치적'과 '내면적' '문학적'인 삶의 방식 중에서 정말로 인간으로서 본래적인 것은 어느 쪽인가라는 청년 시절에 제기할 법한 물음의 범형성 혹은 형식성 그 자체이며, 결코 양쪽 항 개념들의 내실적인 대립을 의미하지 않는다. 즉 이것인가 저것인가라는 이항 대립의 물음이 부상하여 그것이 '세계'의 총체로서 나타나고, 또한 물음에 대한 '진지함'이 '진리'에 대한 열정으로서 존재한다는 관념의 지평 그 자체가 이 문제를 지속적으로 지탱하고 있는 것이다. 이 이항 대립의 문제는 전후 '정치와 문학' 논쟁의 경위가 충분히 밝힌 것과 같이 그 가능한 해답이 두 가지 코스밖에 존재하지 않는다. 하나는 상대편 항의 가치를 '나쁜 것' '열등한 것' '비본질적인 것'으로 규정함으로써, 이쪽 항('정치' 또는 '문학')의 가치상_{價値上} 동일성을 확정해 가는 방식이며, 다른 하나는 양쪽 항의 대립을 넘어서 쌍방의 가치를 통합(혹은 지양)한 지점에서 한층 고차원적인 가치 상태를 추구하고자 하는 방식이다. 그러나 후자의 방식 또한 근본적으로는 저 '진리'에 대한 성실성으로 귀결되는 것이어서, 결국 그 토대 자체에 대해 의식적일 수 없다. 그러므로 시대가 지나 물음의 외형이 변한다 해도, 저 물음의 이항 대립적 성질은 여전히 재생산될 수밖에 없다고 생각한다.

그러나 거듭 말하지만 그럼에도 불구하고 청년 시절의 이와 같은 물음 자체는 말하자면 '삶'의 직접성에 대한 과격한 구심적 성질을 배태하고 있다. '진리'에 대한 이러한 필사적인 성실함을 나는 결코 싫어하지 않으며, 원리적으로 말해 이 성실함은 사회가 자기모순을 표현하는 극히 '내면화'된 하나의 형식에 다름 아니다. 어쨌든 나 역시 저 물음의 범형 속에서 '정치적'인 가치와 '문학적' 가치를 함께 가능하게 해 주는 '제3의' 가치 자체를 나름대로 추구했었다. 그러나 그 시점에서 나는 저 이항적 대립항의 성질을 계속 뒤쫓는 것에 대해 의문을 품게 되었다. 이 의문은 자기 '민족'에 대해 비교적 무자각적이었던 내가 자신 역시 어차피 동료(= 동포)와 함께 이 시민사회로부터 거부당하고 있다는 감각을 어렴풋이 소유할 무렵에 시작되었다. 의문은 서서히 들었지만 요컨대 나는 다음과 같이 느끼기 시작했다. 저 이항 대립적 문제의 내측에서 사람들이 '생활 방식의 진리'와 '감수성의 중심'을 추구하고, 그에 의해 자기 사회와 자기 자신을 관계 짓는 방식을 확정해 가는 절차 그 전체가, 말하자면 근대사회에 고유한 상상의(= 관념형성상에서) 시스템(제도)이 아닐까라고. 이러한 생각은 말하자면 '시민사회'에 대한 나의 "르상티망ressentiment"에서 온 것임에 틀림없으나, 동시에 또한 니체의 말을 빌리면 '진리'에 대한 성실 그 자체(『권력에의 의지』)로부터 불가피하게 나타났다라고 할 수 있다.

'민족'의 문제는 내게 그러한 장소에서 다가 왔다. 나는 달리 자기 민족성이라는 것을 부인하지 않는다. 민족성을 부인하는 것은 무익한 일로, 그것은 법적인 규정성으로, 육친과의 생활에서 유입되고 있는 '신체성'과 같은 것으로, 그리고 무엇보다도 내 생활 의식 위에 짜여진 틀로서 확실하게 존재하고 있기 때문이다. 그렇지만 '민족'이 언설의 욕망, 즉 '진리'를 둘러싼 이항 대립의 물음(남인가 북인가, 귀속인가 망각인가)으로 나타날 때, 나는 이 물음의 내측에 파고들어 인간의 생활 태도에 대한 양자택일적인 가치 분할에 가담할 생각이 없다. 이렇게 말하면 틀림없이 나는 다음과 같은 물음에 곧바로 둘러싸이게 될 것이다. 즉 "그렇다면 너는 인간이라면 누구나가 가지고 있을 '세계'에 대한 근본적인 태도, 그것을 좋게 하고 싶은 근본적인 의지, 혹은 역시 '세계' 속에서 '세계'와 함께 살아가고 싶은 성실함에 대한 열정을, 그것이 이항 대립적인 물음의 형태를 취한다는 이유로 완전히 부인하려는 것인가. 그것이 어떠한 범형성을 가진다 하여도, 그 물음이 인간이 '세계'와 관계를 맺으려고 할 때 유일한 통로로 기능한다면, 그 통로에 대한 혹은 그 통로를 어디까지라도 거치려는 인간의 정열을 부인하는 것은, 요컨대 저 '세계'에 대한 '좋은 의지'와 '성실' 그리고 '열정'이라는 인간의 근본적인 욕망을 완전히 부인하는 것이며 그 시작부터 단념해 버리는 것이 아닐까"라는 물음이다. 확실히 이것은 매우 정당한 물음임에 틀림없다. 이미 언급한 것처럼 '세계'에 대한 '의지'와 '성실'은 단지 주어진 이념과 현실의식의 오차에서 온 것이 아니라 윤리성과 미의식이라는 형태에서 '내면화'된 사회구조의 모순적 표현에 다름 아니다. 그렇다면 '세계'에 대한 성실함을 '문학'이라든가 '역사'라든가 '성숙'이라든가 '자연'이라는 다른 이데아에 의해 '가치 상대화'하려는 것은 그 자체로 이데올로기적인 행동인 것이다(이것에 관해서는 「문제로서의 내면」에서 어느 정도 논했다). 나의 의도는 뭔가 '내면적' '문학적' '심미적' '현실적'인 것을 근거로 '사회적' '정치적' '윤리적' '관념적'인 것을 '가치 상대화'하려는 것이 아니다. 오히려 단지 '세계'에 대한 성실함이 근대 사회의 상상

(관념 형성)의 시스템 내측에서는 항상 '진리'에 대한 정열(플라토니즘)로서 나타나며 따라서 이항적 가치 대립의 문제로 분절되고, 그렇기 때문에 역시 공동성(= 당파성)을 향한 정열로서 찬탈되어 결국 갖가지 생활 태도와 미의식의 공존과 조화라는 '시민사회' 특유의 신화 영역 내측에 머무를 수밖에 없었다는 사실을 우선 명확히 하고 싶었다.

진리내용(마르크시즘, 파시즘, 민주주의 등)의 절대성, 생활 태도의 '진리' 혹은 '진실' 발견이라는 제도성, 이항 대립 가치의 범형에서 유래하는 이념에 의한 세계 분할, '사회'와 개인의 내면화된 계약관계로서의 '진지함'과 '성실함', 이것들은 근대적인 관념 형태의 시스템이 낳은 중심 문제이기 때문에 '세계'를 한꺼번에 직접성으로 획득하고 싶은 우리들의 초월론적 욕망은 이 제도 안쪽에서 언제나 롤랑 바르트가 말한 '신화학'의 통설처럼 퇴락해 버린다. 다시 말해 갖가지 제도와 생활, 소비, 언설 형식이 지니는 부르주아적, 권력적, 기만적, 이데올로기적, 차별적, 시민사회적인 성격을 누구나가 고발하지만, 이를 위해 누구나가 갖가지 근거(= 진리)를 내면화하며, 바로 그 점에서 명확하게 근대사회 관념형태의 제도를 완성시키고 마는 것이다.

'민족'이란 무엇인가라는 것은 일본인이 '인간'과 '생활 방식'과 '사회'를 묻는 것과 마찬가지로 '재일'에게 불가피한 물음이다. 두말할 필요도 없이 이것은 '세계' 그 자체에 대한 욕망으로부터 출현하지만, 이른바 일본의 전후 사회 속에서 '신화학'적인 유형으로서 존재한다. 즉 '동화同化' 신화와 '평등사회' 신화 그리고 '분단국가' 신화를 고발해야 할 물음으로 존재하고 있다. 그런데 그것은 이들 신화에 대한 '민족'-'국가'-'개인'이라는 또 하나의 관계 신화를 만들게 된다. 우리들은 예를 들어 '민족'인가 '동화'인가, 혹은 '북인가 남인가'라는 물음 앞에 세워지지만, '북도 남도'라는 것은 이미 완전하게 불충분한 것으로 이제는 '북인가 남인가'라는 이항 대립의 방식으로 물음을 설정하는 것은 어리석다는 방식으로 우리들은 대답해야 하는 것이다.

나는 이 책에서 내가 언급한 '의도'를 아마도 아주 조금밖에 실현할 수 없었다고 생각한다. 그렇지만 말할 것도 없이 나의 '의도'는 하나하나의 문장을 써 가는 과정에서 조금씩 떠올랐던 것이지, 처음부터 생각하고 있었던 것이 아니었다. 다만 지금 다시 돌이켜보면 나는 '민족'이란 무엇인가라는 문제가 포함한 '세계'에 대한 욕망을 이항 대립의 한계에서 해방시키려 했던 것이지, 결코 그 물음 자체를 부인하려 한 것이 아니다. 그렇지만 그 점이 어느 정도 설득력을 지녔는가에 대해 약간 자신이 없다는 느낌도 든다. 「문제로서의 내면」은 메이지 문학을 다룬 것이지만, 가치 이항 대립성의 기원, 틀 짜기의 근거를 논한 것으로 '재일작가론'의 모티프와 조응하는 점이 있어서 일부러 수록했다. '문학적' 혹은 '생활적' 근거에 의해 '정치적' '관념적' 정열을 상대화하려고 한 것이 아니라는 사실을 조금은 이해해 주길 바란다.

마지막으로 나의 이름에 관한 사항을 조금 언급해 두겠다. 다케다 세이지는 소위 펜네임으로 나의 본명이 아니다. 나는 이것을 다자이 오사무의 소설 제목(『竹青』)에서 차용했다. 문장을 쓰기 시작할 무렵 '재일'의 지인과 일본인들로부터도 자네는 재일조선인 2세인데 어째서 본명을 사용하지 않고 일본명을 사용하는가라는 질문을 자주 받았다. 그 무렵은 나도 그러한 질문에 대한 답을 여러 가지 생각해 두고 있어서 어떻게 물어도 곤란하지 않도록 잘 정리해 두고 있었다. 그렇지만 지금은 요컨대 하나로만 대답할 수 없다. 당시 나의 주위는(지금도 그러한 공간은 어딘가에 존재하고 있을 터이지만) 재일조선인이 본명을 사용하지 않으면 제대로 된 인간이 아니라는 분위기가 농후했다. 나는 그러한 언설에 강한 반발심을 느꼈고, 말하자면 오기로 다케다 세이지라는 일본명을 펜네임으로 사용했던 것이다. 그 무렵 나는 본명을 사용하는 것이 본래적인 자기 인지에 있어서 하나의 개연적인 요소에 불과한데, 저 언설에서 그것이 역전되어서 본명을 사용하는 것이야말로 '진정한 주체성'에 도달하기 위한 유일무이의 절대조건인 방식으로 받아들여지는 것은 부당하다고 생각했던 것이다. 그렇지만 지금 돌이켜보면 결국 그때까지 줄곧 일본명을 사용했는데 글을 쓰는 단계에서 갑자기 '본명'을 사용하는 것이 목에 뭔가 걸린 것처럼 무언가를 숨기는 느낌이어서 아무래도 할 수 없었던 것이 아닌가라는 생각도 든다(그 무렵 '재일'동포들과 알게 되어 "강KANG"이라는 본명으로 불리게 되었으나 나는 달리 위화감을 느끼지 않았다).

그러나 지금 나는 오히려 본명을 사용하는 데에 그 나름의 의미가 있다고 생각한다. 본명을 쓴다는 것에 담겨있는 '재일'의 갖가지 의미를 상당히 이해하는 셈이다(다만 표면화된 '언설'의 세계로부터 떨어져 조용히 자기 나름대로 살고 싶다고 생각하는 사람들을 심리적으로 위협하지 않는 정도에 한해서이지만). 이 펜네임 때문에 어떤 분야에서는 사람들을 사귈 때마다 스스로가 재일 2세라는 것을 설명해야 했고, 그것도 상당히 번거롭고 불편한 일이라는 것을 나는 알게 되었다. 그러므로 지금은 달리 일본명의 펜네임에 대해 사상적으로 집착하지 않는다. 다만 '재일'은 본래 이름을 몇 개인가 가지고 있으며, 한국인, 조선인이라는 호칭으로 고생하거나, 다른 재일에 대해 북과 남의 소속을 서로 물어야 하는 '번거로움'을 안고서 살아가는 존재이다. 그렇게 생각해 보면 새삼스럽게 저 펜네임에서 유래하는 '번거로움'을 피해야 할 까닭도 없는 것처럼 생각된다. 오히려 그 것이 내가 '재일'성을 낙인이라고 생각할 수 있게 하기 때문이다. 그러나 그런 식으로 생각해 보아도 역시 결국은 변명처럼 들릴지도 모르기 때문에, 나는 오히려 한 역사학자의 말을 빌려 내가 실감하는 바를 대신해 보겠다. "내가 어떤 자인가를 묻지 마시라, 나에게 동일한 상태로 머물라고 말하지 마라. 동일한 것은 호적의 도덕이며, 이 도덕이 우리들의 신분증명을 지배하고 있다. 쓰는 것이 문제일 때 우리들은 거기에서 자유로워 마땅할 것이다"(M. 푸코, 『지의 고고학』).

4년 정도 전에 처음으로 '재일'에 관한 글을 쓸 무렵, 그것이 한 권의 책이 될 것이라고는 꿈에도 생각하지 못했다. '세계'에 대한 스스로의 막연한 감촉을 표현하는 것이 얼마나 어려운 일인지도 뼛속에 사무치도록 알았다. 그래도 소수이긴 하지만 내가 쓴 것을 격려해주신 분도 있었다. 그러한 격려는 정말로 믿을 수 없을 만큼 내게 용기를 주었다 (완전히 나는 그것으로 겨우 세계에 대한 욕망을 북돋울 수 있었다). 여기에서 그러한 분들에게 감사의 마음을 표하고 싶다. 고쿠분샤國文社의 시미지 데쓰오 씨도 그러한 분 중의 한 사람으로 단지 편집을 맡아준 것 이상의 신세를 졌다.

1982년 9월

다케다 세이지

『'재일'이라는 근거』는 나의 첫 저서로 돌이켜보니 과연 감개무량하다. 다른 곳에서 언급한 바 있지만 작가 김학영과의 만남으로 나는 글을 쓰는 길에 들어섰다는 기분도 있으나 이번에 다시 읽어보니 그 생각이 한층 새로워졌다.

일찍이 재일조선인에게 조국의 말과 문화를 배우고 본명을 사용하며 빼앗긴 민족적 주체성을 '회복'하는 것이야말로 유일무이한 최대 과제로 간주된 시기가 있었다. 그런데 나는 도저히 민족의식과 민족주의라는 것에 들어맞지 않았고, 스스로의 아이덴티티를 정하기 힘들어 괴로워하고 있었다. 바로 그러한 시기에 김학영 문학과 만났다.

나는 이 책에서 '범형範形'이라는 "조어"를 무리하게 사용하고 있다. 지금 생각하면 일반적으로 '범형'이라고 말했지만 이 말에 뭔가 재일사회에서 '민족인가 동화인가'라는 독특한 "후미에적"[1]인 양자택일의 감각을 담아보고 싶었다.

1 　에도막부가 당시 금지하고 있었던 가톨릭교 신자를 찾아내기 위해, 사람들로 하여금 예수 그리스도나 성모마리아가 그려진 그림을 밟아 보도록 하였는데 이때 사용된 그림을 후미에踏み絵라 한다.

'민족인가 동화인가', 자 어느 쪽을 선택할 것인가와 같은 말투는 실로 나를 괴롭혔다. 지금은 상상하기 어렵지만, 그것은 말하자면 '민족을 포기할 것인가, 그렇지 않으면 인간을 포기할 것인가'와 같은 정도로 청년을 '협박하는 힘'을 가지고 있었다. 그러한 재일의 상황에서 김학영은 완전히 홀로 본질적인 문학의 장소에서 사물을 보고, 생각하고, 썼던 작가였다. 왠지 나는 그것을 잘 이해할 수 있었는데 그 이유에 대해서 써 보겠다.

대학 졸업을 전후해서 나는 조금씩 문학을 접하기 시작했다. 이미 체호프와 다자이 오사무, 소세키 등을 읽고 있어서 문학에 완전히 끌려 들어가곤 했다. 그리고 김학영과 만났을 때 그가 이들 작가들과 문학적 본질을 공유하고 있다는 것을 금방 이해할 수 있었다.

재일에서 보면 일본사회는 모순에 가득 차 있었다. '정치'적인 사고는 우선 그와 같은 사회의 모순을 바로잡으려고 생각하며, 개개인에게 이를 위한 태도결정을 요구한다. 사회가 모순으로 가득 찬 이상, 그 해결 방법은 사회를 바꾸는 것밖에 없다. 따라서 사람들은 사회에 대해서 명확한 태도를 취하지 않으면 안 된다. 이와 같은 사고는 이러한 개개인에게 사회적 태도결정을 강요하게 된다. '민족인가 동화인가'와 같은 엄격한 양자택일은 그러한 사고의 결과로 비롯된다. 사고의 순서로서는 달리 이상할 것이 없으나 누구라도 이 태도결정을 행해야 한다는 생각에 도착点이 있다고 말할 수밖에 없다.

김학영은 거의 모든 인간이 그렇게 생각하고 또한 그와 같이 생각하기를 강요당하던 분위기 속에서 홀로 다르게 생각했다. 그는 사회가 초래하는 여러 가지 모순에 직면한 후 곧바로 이것들과 어떻게 싸울 것인가라는 사고방식을 일단 유보한 채, 각자가 실제로 어떠한 곤란 속에서 살아가는가를 그저 농밀하게 표현하는 길로 나갔다.

김학영이 선택한 문학의 길은 사회에 대해 개개인의 '의'와 '올바름' 대신 인간의 '사는 어려움'의 실질을 깊이 표현함으로써 단지 무엇인가에 '항변'하는 것이다. 이 '항변'은 사회 그 자체에 대한 것이 아니다. 오히려 인간의 교만함과 허위, 기만과 무정, 허식과 냉소주의와 같은 것에 대한 항변이다.

나는 '정치'의 본질이 무엇인가에 대해서 나름대로 알고 있고 사회에서 '정치'적 사고가 불가피하다는 것도 잘 알고 있다. 그러나 '문학'의 감수성이 그 자체의 존재이유를 가진다는 것에 대해서도 역시 나름대로의 확신이 있다. '문학의 정치화'라든가 '정치의 미학화'라는 말로 암암리에 사회에 대한 태도결정을 강요하는 것과 같은 '문학론'이 최근 유행하고 있으나 그와 같은 논의는 어느 시대에나 존재했다는 사실에 주의해야 한다.

"문학은 이렇게 잘못된 사회에 대해서 사람들이 명확한 태도결정을 하는 것을 유보시키고 지연시킨다. 그러므로 문학은 반동적이다." 무익한 '정치'적 사고에 의한 문학비판은 전쟁의 전과 후를 통해서 끊임없이 그와 같이 주장해 왔다. 그에 비해 뛰어난 정치적 사고는 문학을 문학으로서 '내버려 둔다.' 그것이 보수적인가 아닌가라는 후미에적 사고를 통해 문학을 심판하는 것이 언제나 가장 악질의 정치적 사고인 것이다. 기묘하게도 이를 문학에 의한 문학비판이라는 등 강변하는 자도 사라지지 않는다.

나를 움직인 것은 김학영이 혼자 힘으로 이와 같은 재일의 상황 속에서 문학에 대한 깊은 확신을 지탱하고 있었다는 사실이었다. 그리고 과연 이것이야말로 문학을 한다는 의미가 아닐까 하고 강하게 생각했다. 이 감각이 자기 비평의 출발점이었다고 새삼스레 느낀다. '재일'이라는 문제 안에는 일본의 문학과 사상이 안고 있는 모든 문제가 역시 그대로 포함되어 있는 것이다.

새로운 문고판을 간행하면서 치쿠마쇼보의 이자키 마사토시 씨, 그리고 실무적인 일로는 이시이 신고 씨에게 신세를 졌다. 이 장을 빌려서 깊이 감사드린다.

1995년 5월 30일

다케다 세이지